聊城教育大写意
（第一卷）

哈宝泉
主编

雄关漫道真如铁

媒体上的聊城教育

山东大学出版社

图书在版编目(CIP)数据

雄关漫道真如铁:媒体上的聊城教育/哈宝泉主编.
—济南:山东大学出版社,2018.7
(聊城教育大写意;第一卷)
ISBN 978-7-5607-6113-8

Ⅰ.①雄… Ⅱ.①哈… Ⅲ.①新闻报道—作品集—中国—当代 Ⅳ.①I253

中国版本图书馆CIP数据核字(2018)第180934号

责任编辑:张 瑞
封面设计:张 荔

出版发行:山东大学出版社
社 址 山东省济南市山大南路20号
邮 编 250100
电 话 市场部(0531)88363008
经 销:山东省新华书店
印 刷:东港股份有限公司
规 格:700毫米×1000毫米 1/16
19.5印张 350千字
版 次:2018年7月第1版
印 次:2018年7月第1次印刷
定 价:33.00元

《聊城教育大写意》系列丛书

编 委 会

序

宝泉局长送来了他主编的《聊城教育大写意》系列丛书，该丛书共有四卷，分别为《雄关漫漫真如铁》《敢教日月换新天》《直挂云帆济沧海》《无限风光在险峰》。内容既有广大教育工作者的奋斗历程、辉煌业绩，也有办好人民满意教育的深刻思考、执着追求，更有全面贯彻党的教育方针，落实立德树人根本任务，培养德智体美全面发展的社会主义建设者和接班人的使命担当、家国情怀。这四本厚厚的书稿彰显着聊城广大教育工作者浓浓的文化情怀和深厚的文化底蕴。

聊城是一座千年运河古城，南北文化的汇集、碰撞为这座城市带来浓厚的人文滋养，厚德重教蔚然成风。近年来，在市委、市政府的领导下，聊城市教育事业健康发展，取得了显著的成绩，可总结为“八个前所未有”：一是各级党委、政府对教育的重视程度之高前所未有。各级党委、政府真正把教育作为最大的民生工程来对待，做到了优先发展教育事业。二是市县财政对教育的投入力度之大前所未有。仅解决城镇中小学“大班额”和全面改变农村义务教育薄弱学校办学条件两项工作，就投入资金106亿元。三是市县各相关部门对教育的支持力度之大前所未有。近年来建设的学校、幼儿园，没有财政、国土、规划、住建等部门的大力支持，是不能完成的。四是校舍建设速度之快前所未有。为彻底解决“大班额”问题，“全面改薄”，创建义务教育发展均衡县，聊城市自2015年以来新建、改扩建学校达666所。五是基础教育改革力度之大前所未有。全市中小学校长全部取消行政级别，实行校长职级制；全市中小学教师县管校聘管理改革全面推开；深入实施名校带动工程，城市名校带动农村薄弱学校，乡村学生与城市学生同步上课，惠及

13 万余名学生，切实扩大了优质教育资源的覆盖面，满足了人民群众“上好学”的愿望。六是社会各界和人民群众对教育的关注程度之高前所未有。教育关系千家万户，更为千家万户所关注，教育工作无小事，牵一发而动全身。七是全市广大教育工作者的付出之多前所未有。聊城教育系统广大干部职工埋头苦干、开拓创新，仅教育工作思路、架构就有“321”聊城教育整体工作思路、抓学校安全的“361”思路、抓党建的“2351”思路等。特别是在解决城镇普通中小学“大班额”问题、“全面改薄”、创建义务教育均衡县等工作中的付出之多，前所未有。这一点，我作为这几项重要工作的参与者感同身受。八是全市教育提升发展速度之快前所未有。义务教育发展基本均衡县实现全覆盖，2015 年是临清、茌平，2016 年是东阿、高唐，2017 年是东昌府区（含三个市属开发区）、冠县、莘县、阳谷；大力改善办学条件，通过解决“大班额”问题和“全面改薄”等工作，真正实现了城市、农村最美的院落是学校，最好的房子是教室；教育教学质量提升明显，本科上线率高于全省平均值，空军招飞达到全省第一名、全国第三名，创下了 19 年录取量全国地市级第一的辉煌战绩；职业教育体系不断完善，现有国家级示范学校 3 所、国家级重点学校 8 所、省级重点学校 2 所、省级规范学校 8 所；民办教育蓬勃发展，全市民办学校已达 70 所，为解决“大班额”问题贡献了力量。从 2017 年秋季开学起，全市中小学皆按标准班额（小学 45 人/班、中学 50 人/班）招生，基本解决了“大班额”问题，受到人民群众的广泛赞誉。

市教育局党组提出的“321”教育思路颇具新意，“3”是狠抓“教学质量，师德建设，立德树人”三项重点工作，“2”是实现“事业”“文化”两大目标，一切都是为了打造“1”个“聊城教育品牌”。特别是文化目标——“厚德重教，大气兼容，担当奉献，创新奋进”的培树，体现了宝泉局长的格局，这是一个读书人的视野，是一位教育者的情怀。他总结的中华优秀传统文化十大魅力——“修齐治平的家国情怀，胸怀天下的宏大格局，无远弗届的远大志向，孜孜以求的学习精神，知行合一的道德修养，止于至善的厚德载物，慷慨赴死的英雄气概，居安思危的忧患意识，福祸相依的辩证智慧，求新求变的创新思维”颇具影响，对于聊城教育贯彻落实社会主义核心价值观、弘扬中华优秀传统文化、坚定文化自信、实现中华民族伟大复兴都具有参考作用。

《聊城教育大写意》系列丛书，写的是教育工作者的情怀、奉献、担当和感悟，更凝聚着宝泉局长及市教育局一班人的心血和汗水。我想这套丛书对于广大读者，尤其是教育工作者来说，应该是一场文化的盛宴。好风凭借力，扬帆正当时。我相信新时代的聊城教育一定会策马扬鞭，再夺关隘，再铸辉煌。

是为序。

2018 年夏于聊城

目　录

期刊类

报纸类

互联网

期刊类

中华优秀传统文化十大魅力*

哈宝泉

2013 年 12 月 30 日，中共中央政治局就提高国家软实力研究进行第十二次集体学习时，习近平总书记指出："提升国家文化软实力，要努力展示中华文化独特魅力。""把跨越时空、超越国度、富有永恒魅力、具有当代价值的文化精神弘扬起来。"

中华优秀传统文化源远流长、博大精深、魅力无穷，是人类文明的宝贵财富，是新时代中国特色社会主义文化的根基和重要组成部分。笔者认为它有十大魅力：修齐治平的家国情怀、胸怀天下的宏大格局、无远弗界的远大志向、孜孜以求的学习精神、知行合一的道德修养、止于至善的厚德载物、慷慨赴死的英雄气概、居安思危的忧患意识、福祸相依的辩证智慧和求新求变的创新思维。汲取、弘扬中华优秀传统文化的魅力，对于坚定文化自信，实现中华民族伟大复兴具有重要意义。

一、修齐治平的家国情怀

"修齐治平"出自《礼记 · 大学》，即"修身、齐家、治国、平天下"。"修齐治平"是指提高自身修为、管理好家庭、治理好国家、安抚天下百姓苍生的抱负和理想。"修身、齐家、治国、平天下"的关系是互相促进的，但是以修身为基础，修身是"修齐治平"之始。家国情怀是中华优秀传统文化的基本内涵之一。"上思报国之恩，下思造家之福。"(《了凡四训》)家是国的基础，国是家的延伸，在中国人的精神谱系里，国家与家庭、社会与个人都是密不可分的整体。从孝老爱亲、兴家乐业走向济世救民、匡扶天下，家国情怀宛若川流不息的江河，流淌着民族的精神道统，滋润着每个人的精神家园。无论是《礼记》里"修身、齐家、治国、平

* 本文原载《光明日报 · 教育家》2018 年第 5 期。

天下”的人文理想，还是张载“为万世开太平”的大任担当，抑或是林则徐“苟利国家生死以，岂因祸福避趋之”的忠诚执着，那种与国家、民族、百姓休戚与共的情怀和以天下为己任的使命感都令人感佩。屈原的“长太息以掩涕兮，哀民生之多艰”是家国情怀，霍去病的“匈奴不灭，何以家为?”是家国情怀，岳飞的“精忠报国”是家国情怀，陆游的“位卑未敢忘忧国”是家国情怀，顾炎武的“天下兴亡，匹夫有责”亦是家国情怀。

责任和担当，是家国情怀的精髓所在。习近平总书记曾深情地说：“‘修身、齐家、治国、平天下’，我们这代人从小就受这种思想的影响。”从毛泽东“埋骨何须桑梓地，人生无处不青山”的壮志豪情，到邓小平“我是中国人民的儿子，我深情地爱着我的祖国和人民”的满怀深情，再到习近平“我的执政理念，概括起来就是为人民服务，担当起该担当的责任”“人民对美好生活的向往，就是我们的奋斗目标”的责任担当，都是家国情怀的传承和发扬。爱国情怀、天下意识、担当精神是有志者必备的胸怀，正如孟子说的“如欲平治天下，当今之世，舍我其谁也?”

二、胸怀天下的宏大格局

什么是格局?格局是指一个人的眼光、胸襟、胆识、智慧、风格、气度、情怀等心理要素的内在构成。“宏大格局”，即以大视角切入人生，力求站得更高、看得更远、做得更大，力求胸怀天下，海纳百川。只有格局宏大，方能有人生大气象、大意境、大趣味；方能虚心谦下，容人容物，有包容并世之心、吞吐天地之志；方能做贤圣、应帝王、建事业、成天功；方能成大气候，不愧为真君子、伟丈夫、大人物。

古人在宏大格局方面做出了榜样，如孟子，“老吾老以及人之老，幼吾幼以及人之幼”，“孔子登东山而小鲁，登泰山而小天下”；曹操，“夫英雄者，胸怀大志，腹有良谋，有包藏宇宙之机，吞吐天地之志者也”，“大丈夫志在安天下”；杜甫，“会当凌绝顶，一览众山小”；王之涣，“欲穷千里目，更上一层楼”；王安石，“不畏浮云遮望眼，只缘身在最高层”；张载，“为天地立心，为生民立命，为往圣继绝学，为万世开太平”；余善，“一壶天地小于瓜”；顾宪成，“风声雨声读书声，声声入耳；家事国事天下事，事事关心”；陈澹然，“不谋全局者，不足以谋一域；不谋万世者，不足以某一时”；左宗棠，“身无半亩，心忧天下”；张謇，“一个人办一县事，要有一省的眼光；办一省事，要有一国的眼光；办一国事，要有世界的眼光”……都是宏大格局的代表，应认真学习借鉴。

习近平总书记说：“中国共产党是世界上最大的政党”，“大就要有大的样子”。宣示了“永远做人民公仆、时代先锋、民族脊梁”“为中国人民谋幸福、为中华民族谋复兴、为人类谋和平与发展”的责任和担当，展现了中国共产党人的大情怀、大格局、大境界。每个共产党员都要有“先天下之忧而忧，后天下之乐而乐”和为“实现中华民族伟大复兴的中国梦”而奋斗的胸怀与格局。

三、无远弗届的远大志向

“无远弗届”出自《尚书·大禹谟》：“惟德动天，无远弗届。”意思是只有高尚的品德才能感动苍天，不管多远的地方都能到达。远大志向是人的总开关、总闸门，是人前进奋斗的大方向。没有远大志向，就没有前进的目标；没有远大志向，就没有奋斗的动力；没有远大志向，就不能激发自身的潜能。

远大志向是中华优秀传统文化的重要元素，中华优秀传统文化中关于立志的格言、警句、诗篇不胜枚举、比比皆是。比如孔子：“三军可夺帅也，匹夫不可夺志也。”曾子：“士不可以不弘毅，任重而道远。”屈原：“路漫漫其修远兮，吾将上下而求索。”陈胜：“燕雀安知鸿鹄之志哉。”诸葛亮：“夫志当存高远。”苏轼：“古之立大事者，不惟有超世之才，亦必有坚忍不拔之志。”王阳明：“志不立，天下无可成之事。虽百工技艺未有不本于志者。”蒲松龄：“有志者，事竟成，破釜沉舟，百二秦关终属楚。苦心人，天不负，卧薪尝胆，三千越甲可吞吴。”清《格言联璧》：“志之所趋，无远弗届，穷山距海，不能限也。志之所向，无坚不入，锐兵精甲，不能御也。”

立志是事业的开端，也是基础。志就是志向，志就是意志，大凡志向坚定的人必然有股子执着劲，越是艰难困苦，越会愈挫愈勇。

四、孜孜以求的学习精神

“孜孜以求”是指不知疲倦的探求。孔颖达疏：“孜孜者，勉功不怠之意。”学习是人类获取知识、增长智慧的重要方式，是一个国家、一个民族精神发育、文明传承的重要途径。中华民族有着优良的学习传统，崇尚学习、诗书继世之风绵延数千年。

关于学习的诗句古之以来多如繁花。如李白说：“三万六千日，夜夜当秉烛。”杜甫说：“读书破万卷，下笔如有神。”颜真卿说：“三更灯火五更鸡，正是男儿读书时。”苏轼说：“发奋识遍天下字，立志读尽人间书。”陆游说：“纸上得来终觉浅，绝知此事要躬行。”黄庭坚说：“一日不读书，尘生其中；两日不读书，言语乏味；三日不读书，面目可憎。”陈继儒说：“灯火纸窗修竹里，读书声。”

关于学习的成语、典故更是浩如繁星，如悬梁刺股、凿壁偷光、燃薪夜读、映雪读书、囊萤映雪、韦编三绝、手不释卷、发愤图强、闻鸡起舞、孜孜不倦、举一反三等。每一个都是刻在汗青上的古人刻苦学习的事例、故事，非常感人，既鼓舞着中华儿女刻苦读书的斗志，也成为世界文化长廊里的经典。汉高祖刘邦在大臣陆贾劝说下认真学习，奠定了大汉 400 多年的基业，在总结得天下原因时他说的著名的“三不如”表明了他宽广的胸怀和清醒的头脑，他的《大风歌》更是唱出了安不忘危、乐不忘忧的家国情怀。三国时期东吴大将吕蒙听从孙权的劝告认真读书，以“手不释卷”的勤奋洗刷了“吴下阿蒙”的耻辱，成为“士别三日当刮目相看”的一代名将。

学习无论是对于民族、国家还是个人意义都非同寻常。习近平总书记说：“领导十三亿多人的社会主义大国，我们党既要政治过硬，也要本领高强。要增强学习本领，在全党营造善于学习、勇于实践的浓厚氛围”，“贯彻落实党的十九大精神，在新时代坚持和发展中国特色社会主义，要求全党来一个大学习”。学习，尤其是孜孜以求的学习精神，决定着一个人的修养和境界，关系着一个民族的素质和力量，影响着一个国家和政党的前途命运。学习更是一个国家文化软实力的具体体现，是坚定文化自信的基础条件。

五、知行合一的道德修养

“知行合一”是中国优秀传统思想的精华，是中华优秀传统文化的基本命题，其最早出自宋元之际儒学家金履祥所著《论语集注考证》：“圣贤先觉之人，知而能之，知行合一，后觉所以效之。”就是说，先知先觉的圣贤，知而能行，思想与行为一致，是后知后觉之人效法的榜样。“知行合一”后由明代王阳明发扬光大，成为较完备的哲学体系。所谓“知”指道德观念、思想意念和事物之理，“行”指道德践履和实际行动。“知行合一”有两层意思：一是知中有行，行中有知；二是以知为行，知决定行。这一观点强调理论适用、学思结合，强调道德践履与个体修养的过程一致性，也与辩证唯物主义的认识论相契合，提示人们要通过“实践、认识，再实践、再认识”的循环运动，不断提高自身修养的境界和水平。

习近平总书记多次阐述“知行合一”思想，他提出的党员干部要做“三严三实”的表率，指出的“两学一做”基础在学、关键在做，强调的学习贯彻十九大精神要在“学懂、弄通、做实”上下工夫都是知行合一的体现。“知行合一”不仅是道德修养，更是一种指导实践的强大力量。每名共产党员和领导干部都应自觉加强自身修养、践行知行合一，身先士卒，撸起袖子加油干，用好、发挥好这份强大的道德力量。

六、止于至善的厚德载物

德,国之基也,人之本也。国无德不兴,人无德不立。德,是中华优秀传统文化的基本内涵。“厚德载物”出自《易经》:“天行健,君子以自强不息。地势坤,君子以厚德载物。”意思是以深厚的德泽育人利物,强调容人、容物,指人的胸怀宽广、气度宏大,具有深厚的道德修养。厚德载物在中华民族精神和优良传统中占据重要位置,一个有道德的人,应当像大地那样宽广厚实,像大地那样载育万物和生长万物。一个人,在做人与处世时,要心胸开阔,立志高远,要严于律己,宽以待人。厚德载物有两方面含义:厚德指做人要增加内涵(近似于“内圣外王”的“内圣”),载物指做事要贡献社会(近似于“内圣外王”的“外王”)。

古人对道德修养非常重视。在古籍和语录中相关的言论比比皆是。如《大学》:“德者,本也”,“大学之道,在明明德,在亲民,在止于至善”。孔子云:“己所不欲勿施于人”,“德薄而位尊,智小而谋大,力小而任重,鲜不及矣”。孟子:“爱人者,人恒爱之;敬人者,人恒敬之”,“富贵不能淫,贫贱不能移,威武不能屈”。《荀子》:“不知则问,不能则学,虽能必让,然后为德”,“君子至德,嘿然而喻,未施而亲,不怒而威”。诸葛亮:“夫君子之行,静以修身,俭以养德,非淡泊无以明志,非宁静无以致远。”

古人将德概括为八种:“孝、悌、忠、信、礼、义、廉、耻。”后来又总结出“五常”,即“五德”:“仁、义、礼、智、信。”仁是仁爱之心,义是处世得宜合理,礼是人际关系的正常规范,如礼仪、礼制、礼法,智是智慧、明辨是非,信是言无反覆、诚实不欺。“仁、义、礼、智、信”是古代培育民众的准则,是民众崇德向善的价值准则,对今天仍有重要意义和价值遵循。

党的十九大报告指出:“要深入实施公民道德建设工程,推进社会公德、职业道德、家庭美德、个人品德建设,激励人们向上向善、孝老爱亲,忠于祖国、忠于人民。”“富强、民主、文明、和谐,自由、平等、公正、法治,爱国、敬业、诚信、友善”24 字社会主义核心价值观,既是全党、全国人民团结奋斗的共同思想基础,更是应遵循的道德规范。

七、慷慨赴死的英雄气概

慷慨,是指大方、不吝啬,充满正气、情绪激昂。慷慨赴死,是指为了正义的事业,毫不犹豫地贡献出生命。英雄气概,是指英雄们在重大问题、重要关口上表现出的魄力、气度、精神状态。

老子《道德经》“民不畏死，奈何以死惧之”，屈原《离骚》“亦余心之所善兮，虽九死其犹未悔”，荆轲《易水歌》“风萧萧兮易水寒，壮士一去兮不复还”，司马迁《报任安书》“人固有一死，或重于泰山，或轻于鸿毛”，曹植《白马篇》“捐躯赴国难，视死忽如归”，杜甫《蜀相》“出师未捷身先死，长使英雄泪满襟”，李清照《夏日绝句》“生当作人杰，死亦为鬼雄”，文天祥《过零丁洋》“人生自古谁无死，留取丹心照汗青”，于谦《石灰吟》“粉身碎骨浑不怕，要留清白在人间”，谭嗣同《狱中题壁》“我自横刀向天笑，去留肝胆两昆仑”等都是对慷慨赴死的英雄气概的描述。古人为什么会慷慨赴死？在中国优秀传统文化中，精神和思想被推举到很高的地位，早已高过了生命本身，所以自古提倡“舍生取义”。为正义的追求而死是最有价值的，在他们看来，死只是一种归宿，所以视死如归，大义于心。

中华优秀传统文化中的英雄气概被中华民族的优秀儿女完美地传承了下来。如吉鸿昌：“恨不抗日死，留作今日羞。国破尚如此，我何惜此头。”毛泽东：“我们中华民族有同自己的敌人血战到底的气概”，“中国人死都不怕，还怕困难吗?”习近平：“党和人民需要我们献身的时候，我们都要毫不犹豫地挺身而出，把个人生死置之度外。”《党章》中所载入党誓词：“随时准备为党和人民牺牲一切。”2017 年 12 月 13 日，习近平总书记在视察英雄王杰生前所在部队时，号召大力弘扬王杰“一不怕苦，二不怕死”的精神；1 月 3 日，在中央军委“2018 开训动员大会”上的训令中要求全军指战员发扬“一不怕苦，二不怕死”的战斗精神，就是号召全党、全军、全国人民吸吮中华优秀传统文化中英雄气概的养分，汇聚起披荆斩棘、勇往直前、攻坚克难的磅礴力量，实现中华民族的伟大复兴。

八、居安思危的忧患意识

“居安思危”出自《左传·襄公三十一年》：“居安思危，思则有备，有备无患。”意思是处在安乐的环境中，要想到可能有的危险，提高警惕，防止祸患。忧患意识是中华民族的生存智慧，是促进国家进步、民族复兴的催化剂和动力源。忧患意识承载着深厚的民族精神。中华民族是一个饱经忧患的民族，因此在几千年生存发展进程中，它始终强调“生于忧患而死于安乐”，它认识到“祸兮福之所倚，福兮祸之所伏”，强调未雨绸缪，防患于未然；它倡导忧国忧民，“先天下之忧而忧，后天下之乐而乐”，以天下为己任，任劳任怨；它将忧患与勤俭和勤政相联系，“居安思危，戒奢以俭”，总结出“忧劳可以兴国，逸豫可以亡身”的宝贵经验教训。再如《司马法》“国虽大，好战必亡，天下虽安，忘战必危”，唐太宗李世民“水能载舟，亦能覆舟”，“天下稍安尤须兢慎，若便骄逸，必至丧败”，《贞观政要》“备预不虞，为国常道”以及“人无远虑，必有近忧”等都是中华优秀传统文化中有关忧患意识的警句。

生于忧患，死于安乐，放眼古今中外，无数个封建王朝、国家、家族的存亡兴衰都验证了这一道理。在党的十九大报告中，习近平总书记说："一定要登高望远、居安思危，勇于变革、勇于创新，永不僵化、永不停滞，团结带领全国各族人民决胜全面建成小康社会，奋力夺取新时代中国特色社会主义伟大胜利。"在中央政治局民主生活会上，他指出，我们党是生于忧患、成长于忧患、壮大于忧患的政党。在"一五"重要讲话中，他提出了三个"一以贯之"的著名论断，其中就有"增强忧患意识、防范风险挑战要一以贯之"。正是一代代中国共产党人心存忧患、肩扛重担，才团结带领中国人民不断从胜利走向辉煌。

九、福祸相依的辩证智慧

辩证智慧是中华优秀传统文化的最深刻的思想所在，是全民族智慧的结晶，对当代人有着重要的启迪意义。古人的辩证智慧犹如浩瀚星空，其中不乏天人合一、积极进取的观点以及普遍联系、运动发展，不断积累、量变质变，物极必反、矛盾转化等哲理。一阴一阳谓之道，如有无相生、难易相成、长短相形、高下相倾、刚柔相济，"艰难困苦，玉汝于成"。还有动与静、男与女、雄与雌、天与地、昼与夜、夏与冬、南与北、左与右、正与负、合与分、进与退、盛与衰、生与死、福与祸、大与小、黑与白、舍与得等，无不包含着辩证智慧。

福祸相依思想出现于各种典籍中。如《道德经》："祸兮，福之所倚；福兮，祸之所伏。"《淮南子》："塞翁失马，焉知非福"，"夫物盛而衰，乐则生悲"。孟子"鱼和熊掌不可兼得"，"舍生取义"。《汉书·冯异传》："失之东隅，收之桑榆。"《了凡四训》："人为善，福虽未至，祸已远离；人为恶，祸虽未至，福已远离。"……都充满辩证智慧。韩愈《原毁》："是故事修而谤兴，德高而毁来。"意思是说，事业成功了，就会有人来诽谤你；德行高尚了，就会有人来毁坏你的荣誉。李康《命运论》中的"木秀于林，风必摧之……"道出了成功者更容易遇到非难的辩证法。再如否极泰来、泰极否来、泰极生否、否去泰来、苦尽甘来、水满则溢、月盈则亏、盛者衰之始、福者祸之基等都是古人辩证智慧的体现。

综上可以看出，古人的辩证思想蕴藏在中华优秀传统文化之中，与我们的生活息息相关，融入我们的生活，指导我们的实践。我们要善于运用古人辩证智慧中的哲理启示，坚持辩证、全面地看待事物、处理问题，圆满事业，完善人生。

十、求新求变的创新思维

习近平总书记指出："创新是引领发展的第一动力，是建设现代化经济体系的战略支撑"，"创新是一个民族进步的灵魂，是一个国家兴旺发达的不竭源泉，也是中华民族最鲜明的民族禀赋"。创新思维是人类创造力的核心和思维的最高形式，是人类思维活动中最积极、最活跃和最富有成果的一种思维形式。

中华民族成长发展的历史就是一部创新求变的历史。如早在商汤时期的《盘铭》上就刻着："苟日新，日日新，又日新。"意思是，如果能每天除旧更新，就要天天除旧更新，不间断地更新又更新。《诗经·大雅》曰："周虽旧邦，其命维新。"意思是，周虽然是旧的邦国，但其使命在于革新。《周书·康诰》曰："作新民。"意思是，做一个去恶扬善、弃旧从新的人。

《孙子兵法·虚实第六》认为"兵无常势，水无常形"，意思是，用兵作战没有定势，正如水没有固定的形状和流向一样，事物都是不断变化发展的，需要我们依情而变，学会创新。我国古代脍炙人口的两个典故——"曹冲称象""司马光砸缸"，就是两个孩童创新思维的结果。其中"曹冲称象"的故事就是利用等量代换的原理，用小石头代替大象进行称重，打破常规，创新思维，大而化小，分而治之。创新还要善于从实践中汲取灵感，如古代大发明家鲁班，在实践中就很注重对客观事物的观察、研究。他常受自然现象的启发，致力于创造发明。他模仿草叶排列均匀的小齿，制成了伐木的锯；他观察小鸟的飞翔，发明了木质的飞鹞。鲁班一生注重实践，善于创新，在建筑、机械等方面做出了很大贡献，被木匠行尊为"祖师爷"。

没有创新意识，就没有古代的造纸术、指南针、火药、活字印刷术等"四大发明"，就没有当代现今的"两弹一星""航母""蛟龙""天眼""悟空""墨子""大飞机"等一系列重大科研成果的问世，就没有中华民族屹立于世界民族之林的力量支撑，就没有中华民族的伟大复兴。

用心灵培育心灵*

——莘县第二中学的全员育人导师制

周西政

近年来，山东莘县第二中学遵循“不放弃每名学生，让所有学生成功”的办学理念，实施了全员育人导师制。上至校领导，下至普通教职员工，都担任学生导师，贯彻全员育人、全过程育人、全方位育人的现代教育理念，为每个学生提供适合的教育。全员育人导师制的整体框架是，每个教学班由班主任担任主任导师，其他任课教师担任导师。主任导师和导师均负责所执教班级的一个或几个学生小组，对所负责小组和小组成员从学习、生活到德育等各个育人环节进行全方位的指导与帮扶。实践证明，这一育人模式理念先进、方法科学、操作简单、兼容性强，为学校德育工作提供了有力抓手和有效载体。

在育人小组的构建方面，我们进行了大胆的改革，将全员育人与我校高效课堂建设相互融合，创造性地将教学与育人和谐沟通，从根本上解决了全员育人和提高教学成绩脱钩的问题。

以 54 人的班级规模构建 6 人合作小组的操作程序为例。全班可以组成 9 个合作小组。每个导师负责 3 个小组，共约 18 名学生。每个导师的学生尽量分在同一宿舍、处在教室内同一区域。这样一来，每个学生的纪律表现、成绩进退、值周情况等均可通过量化落实到每个导师身上。我们在班级文化长廊上辟出一个版块，命名为“览全员育人”，根据每个小组的育人量化成绩，评出周冠军和月冠军小组，并把小组成员和导师的合影照片张贴在班级的文化长廊上，以起到长效激励作用。

这种分组方式要求导师不仅要关注学生道德品质的成长，也要关注学生的成长与学习进步；不但要解决学生的思想问题，也要负责帮助学生克服在学习中遇到的困难。在这种模式下，教师不仅是学生道德成长的导师，也是学生智

---

* 本文原载《人民教育》2014 年第 21 期。

能发展的老师。这就既解决了学生成长内动力的问题，又解决了学生学业成绩的提高问题，将学生成人教育与成才教育有机统一起来，教育的两项功能得到了全面的发挥。

一、成长册：记录自己的成长历程

成长册是全员育人课题组编制的全员育人实用体系配套用书。为培养学生的健康人格，促进学生身心全面健康发展，全员育人课题组在编制成长册时，按照每3周1个主题的方式，结合每个学段学生的成长特点和学习任务，把每个学期的成长册都设计成8个主题，分为三大系列：高一“起跑线”，高二“成长线”，高三“冲刺线”。每个系列又分为学生用书和导师用书。

以高一年级的成长册为例。高一年级学生用书是《精心塑造我自己·起跑线》，上学期共安排了8个主题：①“理想目标：远航途中的小岛”；②“文明守规范：成就完美的素养”；③“养成好习惯：挑战自我的羽箭”；④“集体主义：包容溪流的大海”；⑤“自律：呈现意志的张力”；⑥“读书求知：追求进步的阶梯”；⑦“自立：勇做真正的自我”；⑧“感恩：报得春晖的寸草”。成长册的主要栏目包括：“设计今天，赢取未来”“补救今天，完美一日”“老师，请您告诉我”“老师，请您分享我的成长”“我的本周成长评价”“下周成长目标”“导师寄语”。

每天晚上自习课前，学生填写成长册的五个栏目，即“设计今天，赢取未来”“补救今天，完美一日”“老师，请您分享我的成长”“我的本周成长评价”和“下周成长目标”。

“设计今天，赢取未来”分为两部分：第一部分填写每天（每周上课五天，星期六、星期天的学习计划不写在成长册上）的学习计划，要具体到每个时间点做什么，比如“6：00～6：30背诵默写古诗两首”；第二部分填写思想、品德等方面的成长目标，如“今天做一件好事”。

“补救今天，完美一日”栏目要求学生每天晚上对照自己“设计今天，赢取未来”一栏里的各项计划，一项一项地核对，看看哪些计划完成了，哪些没有完成，没有完成的原因是什么，还存在哪些问题，明天的学习应该注意什么问题。

“老师，请您分享我的成长”两个栏目要求学生星期二、星期四填写，为自己的进步、收获、成长留下印迹，同时让导师分享学生成长的快乐。

“我的本周成长评价”“下周成长目标”两个栏目在星期五晚上填写。“我的本周成长评价”是学生为自己一周的表现做的总结、反思，并据此填写好“下周成长目标”，为下一周的学习做好总体计划。

“老师，请您告诉我”和“导师寄语”两个栏目由导师填写。前者在周一、周三填写，后者在周日晚上填写。“老师，请您告诉我”栏目要求填写时，导师要根据发现的问题和学生的表现，对学生的进步提出表扬，对学生学习、心理、习惯等方面存在的问题提出改进建议。“导师寄语”栏目要求导师每周填写一次，根据学生一周的表现，对每个学生进行评价，既要表扬学生一周来的进步，也要指出学生下一步应该努力的方向，让学生对自己的成长看到更多的希望。学校要求导师在填写成长册时多用激励性语言，多表扬少批评，多鼓劲不泄气，多说优不揭短，让学生每天都看到导师对自己的肯定，看到自己的成长和进步，不断增强自信心。

为了引导学生在寒暑假期间在家也能自觉注意培养良好习惯，全员育人课题组专门编写了适合学生在寒暑假期间使用的成长册。以寒假期间的成长册为例。

根据假期实际，第一周安排的主题是“慎独”，引导学生学会独处；第二周要过春节，安排的主题是“期待中的团圆”，让学生充分了解春节习俗，感受浓浓亲情；第三周的主题是“盘点我的××年”和“展望未来我无所畏惧”，对自己一年来的学习、生活等进行总结，也为新一年的学习、生活做好规划和心理准备；第四周离开学的时间很近了，主题是“整理行囊准备开学”，目的是让学生为新学期做好心理和物质上的准备。与在学校填写的成长册不同，“老师，请您告诉我”“导师寄语”“我的本周成长评价”“下周成长目标”等栏目删掉了，“老师，请您分享我的成长”变成了“请父母看看我的收获”，由学生的父母填写，发挥家长对学生的监督作用。寒假开学后学生把成长册交给导师，导师在阅读后对学生在寒假期间的表现进行评价，在成长册的最后一页写上评语。

成长册的填写与批阅为导师和学生提供了一个相互交流、沟通心灵的桥梁，它让导师对学生的了解更加全面，也让学生把自己的心里话告诉导师，把自己存在的问题提出来寻求导师的帮助，消除学习、生活中的问题，特别是心理方面的问题，从而以更加积极、健康的心态投入到学习中去。

二、清晨励语：学生的自我激励

“清晨励语”是学校全员育人课题组根据高中学生的身心发展规律和我校学生知识基础差、各方面良好习惯有待养成等现状，从人生价值、前途命运、习惯养成、文明修养、自强不息、感恩等方面精心选编的适合中高中生阅读、利于促进学生健全人格养成的美文。它是成长册的重要组成部分。由于高一、高二、高三的学生在学习、心理、思维等方面各有特点，课题组为不同年级的学生选择了不同的“清晨励语”。如高一学生的“清晨励语”侧重于习惯养成、信心培养，以增强学生自我认知、自我悦纳、自我管理、自我实现的意识和能力，培养学生健全的人格和积极向上的心态，使处于高中阶段起跑线上的高一学生为高二、高三阶段的学习打好基础；高二学生的“清晨励语”侧重于同学关系、爱国主义、学习方法、自我管理等方面的培养，以增强学生的爱国主义精神、健康心理、进取意识，让处于高二成长阶段的学生在心智的各方面得到完善和发展；高三学生面临高考，学习任务繁重，升学压力大，这个学年的“清晨励语”侧重于自制力、意志力、责任心、自信心、理想信念的培养，以减轻学生学习压力，增强高考必胜的信心和正确对待高考的健康心态，为高考做好知识和心理等各方面的准备。

“清晨励语”与成长册的主题相对应，与学生每个星期的成长目标相一致。以高一上学期的“清晨励语”为例。与高一上学期成长册的 8 个主题（见上）相对应的美文分别是：穆旦的文章《理想》《我文明，我讲规范》《珍惜每一分钟养成好习惯》《小水滴离不开海洋》《每个成功的人生都是自律的人生》《读书求知，丰富我生命的石像》、毕淑敏的文章《我自立，我很重要》与《永远有感恩的心》。

每天上午预备铃后学生朗读一遍“清晨励语”。朗读时，全体起立，挺胸抬头，双手捧信，齐声朗读。学校德育处和各年级安排专人对学生的朗读情况进行检查督促，并进行评比。这样要求的目的是要让学生真正地从内心认真对待每一篇“清晨励语”，认真对待每一个良好的习惯和行为，认真对待自己的成长。根据“21 天法则”，每一篇“清晨励语”都要求学生坚持读三周，学生通过不断的阅读来思考学习的意义和做人的道理，产生积极的内驱力，热情拥抱生活，不断追求成功。学校对高三年级在利用和朗读“清晨励语”方面的要求与高一、高二有所不同，因为高三年级面临高考，学生的学习任务繁重，学习压力大，同时各班情况又有所不同（如有文科、理科之分，又有音、体、美专业班，有计算机、护理、机电等春季高考班）。高三年级各班班主任和导师可以根据自己班里的情况，引导班内学生自主编写和朗读具有班级特色的“清晨励语”，激励全班学生积极面对高考、迎接高考，用百倍的信心和努力赢取高考的胜利。

三、阳光大课间：师生共同成长的平台

全员育人导师制落实的关键在于育人平台的建设，除了全员育人常规的育人平台之外，学校又根据学校实际，开设了阳光大课间活动，强化了其育人功能。

首先，我们调整作息时间，在每天下午第二节课后安排了 40 分钟的大课间活动，全体导师与本小组的学生一起活动，更好地开展育人工作。

其次，阳光大课间做到了几个固定：第一，固定活动时间。周一至周五每天下午 3:50～4:30 为课间活动时间（根据季节不同，时间有所调整），导师与本小组学生一起活动。第二，固定活动地点。每个班、每个小组都有固定的活动地点，更有效地利用了时间，也便于检查与督促，提高了育人效率。第三，固定活动内容。我校规定每周一下午是导师和学生谈心的时间，学生就学习、生活、心理等方面的想法和存在的问题和导师进行交流，导师对学生心理进行疏导，引导学生树立积极健康的心态。星期二、三、五下午的大课间是导师和学生共同进行游戏、体育活动的时间，导师和学生一起享受活动的乐趣。星期四下午的大课间，是学科教师和学生就学科学习进行交流的时间，学科教师解答学生学习中的疑问和难点，对学科学习进行学法指导。阳光大课间活动既注重内容的育人功能，也兼顾学生的兴趣与爱好，增强了学生参与活力大课间活动的兴趣。

学校规定每个育人小组必须坚持练好一项体育活动项目（如踢毽子、跳绳、打排球等），并不定期进行比赛，比如毽球比赛、花样跳绳比赛等。学校和年级安排专人负责对大课间活动进行督促检查，并对各个导师的活动情况进行评比，表扬优秀，鼓励后进，让导师重视和开展好大课间活动。衡量学生是否熟练掌握了一项活动项目，不仅要看他完成活动的情况，比如踢毽子是否能每分钟踢 35 个，还要看他能否在规定的条件下完成，如划定活动范围，学生踢毽子时不能走出这个范围，否则踢得再多也不能算完成了。再如，跳大绳时，两个人摇绳，10 个人集体跳，必须每分钟连续跳够 20 个，中间不能出现失误，否则不能算熟练掌握。

为了培养和发展学生的特长与兴趣，学校还将阳光大课间和学生社团活动结合起来。社团活动以年级为单位进行，学生活动不能跨年级进行，这样做是为了方便管理学生和开展社团活动。每位导师个性各异，都有自己的兴趣爱好和特长，如果学校不了解、发现和善于利用导师的特长，导师教育教学的积极性就极有可能被削弱。全员育人课题组在设置社团时，充分考虑和尊重每个导师的特长和自主性以及学生的兴趣爱好。学校在各年级设置了球类、棋类、艺术等多个社团，学生可自由选择。一般来说，每个社团 30 人左右为宜。如果一个社团报名的学生比较多，比如音乐社团报了 70 多人，年级就要负责进行协调，让这些学生选择音乐里面的某一个专项组成音乐专项社团，如钢琴社团、葫芦丝社团、声乐社团等，分别由几位音乐老师按照不同的专长担任导师。

每周四下午大课间时间，学生根据自己选定的社团到规定的地方参加社团活动，如音乐社团在音乐教室活动，球类社团在操场活动等。每个社团都有专门的导师负责，导师既要指导学生做好社团活动，又要加强对学生的教育管理。阳光大课间与社团活动的结合，把全员育人和发展学生的特长爱好很好地融合在一起,既能让学生的爱好、兴趣和特长得到充分的尊重和发展,又保证了全员育人的良好效果,师生共同学习、共同进步、共同成长,可谓是一举多得。

四、主题班会:深化德育内涵

班会是对学生进行思想品德教育的一种有效形式和重要阵地。为更好地发挥班会在培养学生健全的人格、优良的品质方面的重要作用,深化学校德育内涵,学校根据全员育人导师制和学校实际,实施每周召开一次主题班会制度。

主题班会的召开分为两个阶段:第一阶段是在星期日晚上自习课前召开。各班主任导师(即班主任)和导师召开碰头会,学校德育处和年级安排专人进行督促检查。学校把这个制度称为“主题班会预备会制度”。召开主题班会预备会,各班主任导师和导师就一周来的导师工作情况和班级学生情况进行全面交流,讨论下周一主题班会内容,确定班会主题及班会程序。第二阶段是在星期一下午第三节课召开。班会主持人或是主任导师,或是导师,或是学生,完全由各班视班会需要自主决定,班会内容也由各班根据学校、班级和学生的需要灵活安排。班会形式也由各班主任导师和导师根据实际需要共同研究确定,有时在室内、有时在室外,并不呆板教条。

为突出养成教育,培养学生健全的人格、优良的道德品质,全员育人课题组根据《全员育人实用体系配套用书》安排的主题,结合学校一学期的工作安排,确定一学期主题班会的主题。这些班会主题的编排目的是解决高中生在成长过程中关于思想品德、心理健康和学习方法等方面的各种困惑,消除他们在人生发展关键期的价值观的迷惘,培养健全的人格和积极向上的心态,引领学生自主探究“我是谁?”“我要干什么?”“我到底要怎样发展?”的问题,从而使学生树立正确的人生观、世界观和价值观。这是我校全员育人导师制的一大特色,它打破了以往主题班会乱而无序的现象,形成了一套完整的体系,适合高中各个阶段的学生需要和发展。以高一上学期班会主题为例,全员育人课题组确定的班会主题共六个:一是“新生入学第一课——相逢是一首歌”,二是“老师告诉我——校规校纪培训”,三是“我会和同学合作——课堂学习、合作探究、习惯养成”,四是“我学会了记笔记——课堂学习中的记忆、记录方法”,五是“我能养成好习惯——学习习惯和生活习养成”,六是“我有一个理想——树立目标、增强学习动力”。围绕某一个主题,召开的班会可能并非一次,如“老师告诉我——校规校纪培训”,很显然不是一节班会就能够完成的。

在主题班会预备会上,主任导师和导师结合本班实际,围绕班会主题设计课件,形成具有本班特色、能切实解决实际问题的班会课件,保证主题班会顺利召开，发挥主题班会德育阵地的作用。虽然学校要求每个班级每周一下午都要召开一次主题班会，但如有需要，各班可以随时召开主题班会。如期中考试后，高一某班学生因为成绩不好普遍情绪低落，学习状态不佳。班主任发现这一问题后，和导师研究讨论后，及时召开了一次以“正确对待考试分数”为主题的班会，消除了班内存在的不良情绪，学生的学习积极性重新恢复到考前的良好状态。

全员育人导师制力求为每个学生提供适合的教育，它更新了教师的教育教学观念，使先进的教育教学理念深入教师内心，促进了和谐师生关系的构建，培养了学生健全的人格和优良的品质。

让不同层次的教师都得到发展*

吕丁学

学校若要充分挖掘每位老师的潜能，调动每个老师的积极性，发挥每位老师的优势，就要对不同年龄段或能力层次的教师提出不同的管理目标，让他们永葆活力，促进学校持续优质高效的发展。我校的做法是：让老教师看家，让中年教师当家，让青年教师发家。

老教师德高望重。他们在长期的教育实践中，历经风风雨雨，磨炼了意志，形成了优良的师德、师风，是青年教师前进的航标灯。他们经得多、见得广，在课堂教学、教书育人方面，积累了数十年的教育经验，对年轻教师的成长更能发挥传帮带作用。

我们给老教师送弟子。开展多渠道、立体化的“师徒结队”活动，使老教师经有所传，业有所承，为年轻教师迅速成长提供原料和营养，也使老教师在带年轻教师的过程中认识到自身的价值，有效促进新老教师的优势互补。在我校，经验丰富的老教师每年都会收到一张聘书，上面写着“您在某某学年被聘为教学指导老师”。教龄三年以下的“新教师”都要拜师学艺，由“老教师”们手把手地传授备课、课堂教学、试卷分析等业务。小到一个教学点如何设计更合理，大到一个班级如何治理更完善，每名“老教师”都毫无保留地向“徒弟”们传授经验，可谓是“新竹高于旧竹枝，全凭老干为扶持”。

1.给老教师留面子

学校在安排工作、考核、评价等方面，要考虑到老教师和年轻教师的区别，采用不同的标准。对老教师尽量做到宽松、自由。比如，在考勤上，可以严格要求年轻教师，对老教师应尽量给予照顾；在备课上，老教师可以写简案；上课的时候，提倡老教师用普通话，而年轻教师必须要用普通话，等等。即使老教师和年轻教师犯了同样的错，也要采用不同的处理方法。在工作、生活、行为、习惯

* 本文原载《基础教育论坛》2016 年第 3 期。

等方面要以尊重、照顾老教师为主。老教师对学校有着浓厚的感情，他们很关心学校的发展。学校制定各项规章制度、发展规划等重大决策要多与他们沟通，让他们担任学校重大决议的顾问，多征求他们的意见和建议，确立他们“当家理事”的地位。多年来，老教师培育了许许多多的学生，可谓“桃李满天下”。他们既同自己的学生结下了深厚的情谊，也同学生家长们结下了亲切的友谊，家长也将把老教师作为他们的良师益友，也最受他们的尊敬、爱戴和信任。老教师与家长间最有利于思想交流，老教师提出的正确意见和建议他们最容易接受。让老教师们与家长打交道，做学生家长的工作最有优势。所以，我校的“家长学校”多数由老教师担当教师，定期让他们给家长们办讲座，传授教子之方；还让他们给家长和社会介绍学校的管理和教育教学情况，征求他们的意见和建议，为改进学校工作提供借鉴。

2.让老教师换脑子

部分老教师由于精力所限，在传统和经验的制约下，知识更新较缓慢，思想比较守旧，进取意识弱化。学校要引导老教师“走上从事研究这条幸福的道路上来”，参与学校的各类教研活动，不断更新教育理念和教学方式，避免单调乏味、简单重复或机械疲惫的从事教学工作，让他们以一颗研究的心来看待教学，看待学生，让自己的教学在研究中、反思中得到提升，享受教育的乐趣。

我校规定，在确立各项科研课题时，至少要有一位老教师为课题组成员，并且具有明确的研究任务，否则不予立项。在每次的业务学习时，都要请一位老教师引领大家学习一篇文章，或请老教师推荐一篇文章，请他们轮流做一个理论讲座。“逼迫”老教师不断学习充电。

3.让老教师养身子

长期的脑力劳动、高压力的工作运转、紧张的工作状态，使老教师们的身心受到一定的影响，学校在生活上要多关心、照顾他们，让他们工作有张有弛，休息和娱乐不可偏废，经常组织他们参加多种文体活动以调节身心。我校的“职工之家”配有多种娱乐健身器材，对老教师随时开放，时间不受限制。同时，学校举办各类文体活动，专门设有老教师比赛项目和单元，评比标准也不同，让他们保持乐观向上的心态，为教育事业健康工作。

在选优评模时，我们将年龄在 40 岁以上、在本校工作满 10 年的中学高级教师，划分为一个层次。在这一层次的教师中，根据其工作业绩、态度、能力等，评选出“优秀园丁”。中年教师的人生经历和社会阅历较为丰富，家庭和工作环境基本稳定，心理素质基本趋于成熟，精力相当充沛，对教材、大纲较为熟悉，对于学生情况也相当了解，教学风格和特色也已初露端倪，手头都有一定资料的积累，功底实，技能全，上进心和责任感极强，多数已成为学科带头人或学科、教研组长，并获得了高级职称，因而完全可以专心致志地投身到工作中，在已有的基础上更上一层楼。他们年富力强，是学校的中流砥柱，是学校的当家人，堪当重任。

学校采取“搭台子”“给位子”等方法，鼓励他们参加高端业务培训、学术交流，扩大他们的交流面，不断开阔视野，让他们站得更高，看得更远，想得更多。我们定期举办中年教师汇报课、示范课、经验交流会等活动，激励他们自我提高。让他们主持科研课题，提高教研能力，形成自己的独立思考和创造性见解，把他们培养成“师德高尚，业务精良，肯学习，善合作，能创新”的骨干教师，成为各学科，各教研组甚至级部的“掌门人”。

在选优评模时，我们将年龄为 30～40 岁、在本校工作五年以上的中学一级教师，划分为一个层次。在这一层次的教师中，根据其工作业绩、态度、能力等，评选出“骨干教师”。

青年教师是学校的主力军，是新生力量，是学校的发家人。他们精力旺盛，富有激情。思维灵活，勇于创新。因为没有经验，他们对人、事、物也就没有成见，往往更容易用新的视野去看待和思考问题，在问题解决的过程中，他们常常能够给我们带来新的思路和新的角度。同时，年轻人还有一个最大的优势，就是愿意不断尝试新的教学方法、教学模式、教学手段。每一种尝试对于他们的成长，对于教学经验的累积都是大有裨益的。

他们与学生容易沟通。由于年轻老师与学生之间的年龄差异小，刚刚从学生那样的生活环境、生存状态中走过来，他们更能够理解学生所面临的困难，更容易理解学生学习的苦衷。因为几乎没有“代沟”，在学生的眼里，他们的想法、做法以至他们的语言和兴趣爱好往往更前卫、更时尚，更能够跟上“潮流”，因而也更容易影响和感染学生，也更容易和学生们交朋友。做学生的思想教育工作更有优势。

学校将采取“铺路子”“压担子”等措施，加快青年教师培养的步伐。我们充分利用集体备课，让他们在集体智慧的帮助下，迅速成为合格的教师。鼓励青年教师积极参加加市、县各项教学比赛活动，在比赛中不断进步。鼓励他们积极担任班主任工作，在教育学生和处理各类教育问题中，在与学生的相互沟通中，磨练自己，丰富自己，促进青年教师不断成熟。我们有针对性地提要求、定目标、压任务，激发工作热情和敬业精神，让他们在强烈的任务驱动中快速成长。在工作和生活中，给年轻教师更多的关爱和赏识，让他们在各自岗位上大显身手、建业立功。

在选优评模时，我们将年龄在 30 岁以下、工作满三年的教师，划分为一个层次。在这一层次的教师中，根据其工作态度、潜力、业绩等，评选出“教坛新秀”。

学校管理是“人”的管理，要使学校充满活力，必须给每一位教师提供一个合适的岗位，形成充满张力和创造力的运行机制，才能形成一心一意谋发展的良好局面，有效促进学校工作的更快、更好发展。

初中化学课堂小组合作学习方式初探*

李　敏

合作学习是指在由多名学生组成的异质性小组中从事学习活动，并以他们小组的表现为依据获取奖励或认可的课堂教学形式，其主要的理论依据是集体动力理论。一方面，具有不同智慧水平、知识结构、思维方式、认知风格的成员各有自己的特长和优势，在合作性的交往团体里，他们可以相互启发、相互帮助、取长补短，实现思维和智慧上的碰撞，从而产生新的思想，创造性地完成学习任务。另一方面，合作性的集体学习有利于学生自尊自重情感的产生，在交往实践中学会理解、倾听、尊重他人，通过合作而高效率地解决个人难以解决的问题，体会合作的重要性，培养合作意识、社交能力及对集体、他人的责任感，努力实现每个学生在认知上、情感上和态度上的积极发展。现代教育教学的理念要求我们要创造一个师生之间、学生之间充分交流与沟通的课堂，要达到此目的，关键就在于构建一个能使学生们相互合作的学习环境。

一、培养学生合作的习惯是合作的前提

现在的很多学生基本上没有进行过合作学习的尝试，普遍存在与别人沟通能力差的缺陷，在学生还不了解合作、缺乏基本的合作技能的情况下盲目开展合作学习，学生的第一反应自然是面面相觑，茫然不知所措，根本不知道要干什么，更谈不上进行有效的合作了。显然这是行不通的。

让学生养成合作学习的习惯，实施小组合作学习切不可操之过急，必须循序渐进，优化引导过渡，一般分为五个阶段：

第一阶段，要让学生学会“翻身”“能坐”。这是培养学生合作意识的阶段。教师应在各种形式的教学中有意识地渗透合作的意识，在潜移默化中让学生不

* 本文原载《教学与研究》2017年第10期。

知不觉地具有这方面的意识。化学教学中本身就有许多学生分组(2人一组)实验，虽说这还不是真正的小组合作学习，但至少含有合作的成分。教师可充分利用这种有利的时机有目的地进行渗透教育。如在进行实验基本操作教学时，可让双方互相评价对方的操作，指出对方的不足之处并帮助其纠正，互相讨论操作的要领和注意事项等，既可保证学生掌握基本的化学实验技能，又使他们具有初步的合作意识。

第二阶段，要让学生“能站”。这是培养学生最基本的合作技能阶段。学生如果缺乏必要的合作技巧，就无法有效地合作学习，甚至无法合作学习。合作学习的技巧是小组合作提高成效的关键。学生合作学习的技巧并非与生俱来的，也并非在团体之中就会自然得到良好的发展的，教师应在各种场合创造机会，让学生主动参与各种教学活动，互帮互学，学会思考、表达、总结、讨论、倾听、评价、赞美、欣赏等合作学习的基本技能，为课堂教学中的合作学习奠定基础。

第三阶段，要让学生“能扶着走”。这是正式开展小组合作学习的起始阶段，也是学会阶段。万事开头难，尤其是初中化学教学，在课时紧张、升学压力重的情况下，开展小组合作学习存在着一定的难度。但必须让学生明确开展合作学习与升学是并不矛盾的。要开展有效的小组合作学习，最重要的是要让学生认识小组合作学习的意义，打消他们的思想顾虑。例如，在进行空气中氧气含量的测定这个实验时，发现钟罩内水面上升没达到1/5，就这个问题我组织学生进行了一次合作学习。在明确实验原理的基础上，各小组从药品的用量、仪器气密性的好坏、测量上升水位的时机等方面进行了深入的讨论，在提出假设的基础上通过实验探究进行验证，并在交流中获得了共识。类似的合作学习极大地调动了全体学生的求知欲、好奇心，使不同水平的学生都能在原有的基础上得到良好发展。这使学生初步懂得了什么是合作学习，如何进行合作学习，并且也初步尝到了合作学习的“甜头”，感受到了成功、进步和发展的快乐，使合作学习深入人心。

第四阶段，要让学生“能摸着走”。这是开展小组合作学习的发展阶段，也就是会学阶段。这阶段要让更多的学生更主动地参与课堂，把学生由传统班级教学中单纯的旁观者，转变为教学活动的积极参与者。在合作学习中，学生的角色不断变换，一会儿发问，一会儿解释，一会儿协助，一会儿评价，要让他们随着这种角色的不断变化，关注学科知识，学会从他人的角度来看待问题，学会与同伴密切交往、热心互助、真诚相待。如果说在上一阶段中教师指导的成分还比较大，那么这一阶段可以说是真正发挥学生的主体性作用的阶段，教师要转变角色，淡化自己是组织者、而是学生学习的参与者的观念，让学生在小组合作中敢想、敢疑、敢说、敢做。例如，学生就铁制品锈蚀的条件进行合作探究实验后，交流时发现有些小组中三支试管中的铁钉(其中一支让铁钉露出水面；一支让铁钉浸没在水中，水面上覆盖一层植物油；另一支只放铁钉，试管口上塞橡皮塞)都不同程度地生了锈，对这个问题，我并没有直接答复，而是继续把它作为合作学习的内容，让学生自己寻找原因，自己提出假设，自己制订方案，重新进行探究。有了第一次探究作对比，10天后各小组通过交流，找到了原因。这样，既挖掘了此实验的内涵和价值，又使学生认识到做好化学实验必须认真、踏实、细致。通过此类方法，慢慢培养学生养成科学的态度，使学生获得科学的方法，学生从中感受到合作学习的乐趣。

第五阶段，要让学生“能自由走”。这是开展小组合作学习的较高阶段，也是乐学阶段。由于学生的主体性得到了充分的体现，自然会产生求知和探究的强烈愿望，此时可要求同学根据已有的知识基础去观察自然、观察社会、观察身边的事物，选取比较感兴趣的主题，或者是一些热点、焦点事件，通过报纸杂志、电视、网络广泛查阅和收集资料，并整理成有一定观点的系统资料，在小组内进行交流、讨论，合作研究解决方案，达到共享知识、共同拓宽视野、共同进步的目的。

二、给出适当的问题是合作学习的关键

进行合作学习的任务最好是中等难度的、有真实情景的、有挑战性的以及解决途径和结论不唯一的问题。太易和太难的问题都不适合，太容易的问题无须讨论，太难的问题，小组讨论难以使个人在短时间内进行深入缜密的思考；真实情景有助于激发小组的兴趣，具有挑战性；解决途径和结论不唯一有助于更多的成员参与评价和获得成功感。给出的学习任务是否恰当，是教师设计这项教学活动的一个关键。

例如，在进行“二氧化碳”这节教学中，可以探究的问题有很多，比如二氧化碳的密度、溶解性、二氧化碳与水的反应、澄清石灰水检验二氧化碳反应实验中异常现象的探究，到底把其中的哪些问题作为小组合作学习的任务，这就需要教师进行选择。一方面，教师要考虑选择认知目标的重点和难点；另一方面，还要充分考虑上面提到的对进行合作学习的任务要求。最终，笔者在本课时对小组合作学习的设计主要体现在课上学生对二氧化碳和水反应的合作实验、对二氧化碳和水反应实验方案的设计与交流评价以及课后共同完成小组实验报告三个教学活动中。这三个问题难度适中，后两个问题具有开放性。其中，二氧化碳和水的反应是本节课的认知目标的重点。

在合作学习中，教师与学生之间应为“指导—参与”的关系。课堂教学离不开合作学习，有效的合作学习需要教师有效的组织。只有教师进行有效的组织、精心的设计、耐心的培养、深入的研究，才能将合作学习的实效发挥到最大，使课堂更和谐、教师更轻松、学生更受益。

【参考文献】

[1]戴圩章:《“合作学习”的几个问题及对策》,《基础教育参考》2011 年第 8 期。

[2]朱国美:《基于小班化的初中化学小组合作学习策略》,《江苏教育研究》2011 年第 22 期。

生态·快乐·高效*

——生态化活动教学模式探索

杨广立

在当前"创新教学模式，构建高效课堂"的教改新形势下，传统的课堂教学模式不再适用，课堂教学改革已是大势所趋，推行"自主、合作、探究"的生态化活动教学模式是当今课堂教学的主旋律。

课堂是学生学习、成长的地方，是学生作为主体人思想和情感交流的场所，是激发其生命活力、凸显其人性、唤醒其自由天性、展现其多彩自我的舞台，是师生点燃灵感、激发创新性、集聚智慧的平台。

那么如何创建以学生活动为教学活动主体的新型教学模式，打造出生态高效的快乐课堂呢？我认为要做到四个转向。

一、课堂由预设到生成

传统课堂更多的是关注教师的预设，教学目标和重点、难点当然要预设，但是连教学过程都设计好，教案上不但设计好老师怎么问，还要设计好学生怎么答，这就值得商榷了。每个学生都是有思想的活生生的人，又怎么会完全按照教师安排好的套路出牌？

传统课堂评价的核心价值取向是教师的基本素养和教学功底，是看老师执教的独角戏，而忽略了课堂教学的主体——学生。即便是有学生活动，也是老师做主角，学生做配角，评价课堂教学也主要是看学生对老师的配合度。但学生才是学习的主体，才是课堂的主角。所以，新课改要求老师要引导学生进行自主学习、实践探究，在主动参与的过程中逐步生成自己的知识构架和认知结构。这就是要打造"生本教育"的生态课堂。

---

* 本文原载《中国基础教育研究与探索》2014年第10期。

生态化教学是由老师、学生和课程标准、教学资源与教学环境等要素交互作用形成的整体,各要素的地位和作用既有其各自的“生态位”,又形成庞大的“生态链”。“以人为本”是新课程改革的根本原则,包括生本和师本两个方面。老师和学生要保持相互促进的互动状态,师生之间不是静止封闭的,而是在不断进行动态、开放的信息和情感交流。比如,学习对话体式的英语课文,可以先让学生相互对话,学生掌握了课文内容和句型,教师就没有必要再按部就班地遵循教案的预设教学,而应该让学生自选多种喜欢的形式去表演。例如,可以采用英语相声或小品的形式演绎出来,然后把生活中熟知的同类场景都牵引出来,使学生的思维和认知向纵深发展。

这样在课堂教学系统中,师生之间靠共生关系形成一种动态生成模式,进而使得师生关系和谐、相互认可、心理相融,就会产生教师乐教、学生乐学的谐振共鸣的教学情境和教学氛围,教学效果肯定不错。相反,如果老师在教学中只考虑预设,不考虑生成,强制输入学生完全掌握没有任何基础的信息和知识,必然会造成课堂生态的失衡。这就要求师生要及时调整教与学,以促成课堂教学的动态平衡与和谐稳定。

二、学生由参与到融入

教学活动是教师和学生以课程为中介展开的活动,是教师和学生的双边活动,是教与学的互动过程。生态高效的课堂要在“以人为本”的核心教育理念指导下,把“以教师为主导,以学生为主体”作为教学活动准则,把“体验、探究、自主、合作、综合实践”等学习过程和学习方式纳入课堂教学,变“教材本位”为“学生本位”,变“老师教为主”为“学生学为主”,在达到学生知识与能力成长目标的基础上,为学生创造温馨舒适的人性化学习环境,营造和谐向上的浓厚的学习氛围,使学生的综合素质得到全面发展。

在传统课堂上,常见的现象是:老师条分缕析地问,学生异口同声地答;老师说上句,学生对下句;老师提问题,总是几个老面孔能对答如流,其他学生都像事不关己的观众。这样的课堂看起来学生的参与度很高,其实大多数学生并没有真正融入课堂。

融入,是指学生知识能力、思想感情以及神态、肢体的忘我投入,是学生完全融进教学情境中,形成一种知识与情感的教学互动气场。若要学生更充分地融入课堂,教师要增强多元化教学意识与评价理念,遵循“尊重、包容、平等、个性”的原则,关注学生的生命体验,满足学生的审美需求与价值需求,利用教育智慧挖掘各方面的潜在资源,尤其是要把学生自主学习的潜能纳入到教学活动范畴中来，力求做到师生和谐、教学相长。

利用丰富多彩的教学方式和方法，可以增加课堂魅力，吸引学生融入课堂学习。比如，教师可以利用“游戏”方式，把英语学习和玩游戏有机结合起来，让学生在玩中学。比如，学习字母时，可以让学生扮演字母；学习句型时，可以让学生扮演单词，还可以让学生自行设计面具和标牌等道具上台演出。这样既可以化抽象为具体，又可以激发学生的学习兴趣，加深他们对学习内容的记忆。学习环境优美或故事情境较强的课文时，比如九年级上册 Unit 8 Merry Christmas(《快乐的圣诞节》)这篇英语课文，可以运用多媒体辅助教学，充分调动学生的视觉和听觉，让学生了解：美国人在圣诞节是怎样穿衣打扮的，会有些什么样的活动？这样就会让教学内容变得更加丰富有趣，使学生获得直观而形象的体验和感受。

英语教学比其他知识性学科更富感情色彩、亲和力、实践性和趣味性。教师应鼓励学生勇于参与，敢于质疑，积极实践，踊跃表达，从“怕出错”到“敢出错”，再到“改正错”，进而“不犯错”。这种平等、民主的良性互动，会使师生间的感情更融洽，课堂气氛更加轻松快乐。

三、教学由课内到课外

相对一潭死水的课堂，鲜活的课堂肯定会更高效。只有开放的课堂，才会有鲜活的气息。开放性教学，是教学内容、教学方法、教学环境、教学评价等多方面的开放，立足于充分发挥学生的主体作用，立足于学生综合能力的提高，创设一种民主、平等、和谐、自由的教学环境，最大限度地提高学生活动的自由度，放手让学生尝试，使每位学生成为学习的参与者、探索者和创造者。

开放性教学包括向内开放和向外开放。向内开放，就是“引进来”，让教材之外、生活之中的学习素材走进课堂，激励学生积极参与，大胆尝试创作，将英语学习活动与学生的现实生活联系起来。很多农村学生不太喜欢上英语课，尤其是枯燥乏味的英语课，最大的原因之一就是教材内容与学生自己的生活距离太远。我就在教材之外补充学习一些学生喜闻乐见的英语内容，比如不伤大雅的幽默笑话等，让学生在自己喜欢学的内容里掌握词汇和句型，这样就能够与学生学习英语的兴趣和需求找到共同点，活跃课堂气氛，学生参与度高。我还引入一些经典流行又简单易学的英语歌曲，让学生学唱表演，这样既活跃了课堂气氛，调动了学生的学习兴趣，又提高了学生的音乐修养和审美情趣。向外开放，就是“走出去”，让英语走出课堂、走进生活，即把英语教学与现实生活紧紧地联系起来，让英语学习成为一项生动、具体、艺术化的生活体验。平时，我注意引导学生将课堂上学到的英语知识应用到生活中去，表现生活，丰富生活。比如，学习“Merry Christmas”时，就让学生制作圣诞贺卡送给老师、同学或家人。在课堂教学中，应多给学生展示才能的活动机会，将课内教学活动与课余学习联系起来，把课堂拓展到更为广阔的空间，尽量让每个同学都能体会到上舞台的感觉，真正实现课堂理论联系实践。如课堂上，让学生当主持人，主持导演英语课本剧；让同学们都有机会上台表现自己的自主学习内容；让特别喜欢唱英语歌曲的同学在课堂上举行“个人演唱会”……既活跃了课堂气氛，又丰富了课堂内容，还能够提高学生的综合素质，可谓一举多得。

四、评价由单向到多元

评价对教学具有重要的导向功能。在生态化活动教学模式中，课堂教学过程应该由老师对学生的单向评价转向多元评价，即评价主体多元化、评价内容多维化、评价手段多样化。多元教学评价，强调评价方式的多元化、评价参与者的多元化和评价内容的多元化，实质是全面真实地评价学生的潜能、学业成就，以提供教学改进的信息，促进学生的发展。

在多元评价的实施过程中，应逐渐引导学生成长为主动的自我评价者，让学生通过主动参与评价活动，随时对照教学目标，发现和认识自己的进步和不足。那么，如何在教学过程中开展多元评价呢？

1. 评价主体多元化

课堂教学中的评价，包括教师评价、学生自评、学生互评、小组评价、学生与教师互动评价等评价方式。教学评价不再是评价者对被评价者的单向刺激反应，而是评价者与被评价者之间的互动过程。学生的自我评价是第一位的，其次才是小组内的学生或其他学生的互评，最后由教师进行总结性评价。评价时，教师应该多给学生反思的时间和空间，使学生形成自我评价和反思的习惯。对于学生自评和互评，教师要注意循循善诱，通过耐心引导使学生的评价言之有物。如：好不好？好在哪里，不好在哪里？为什么？通过多元评价，让学生不断反思，进而获得正确、深刻的认识。教师对学生进行评价时，应注意因人而异，既注意评价学生个体对问题的认识和表现，也注意把对小组评价和个人评价有机结合起来。

2. 评价内容多维化

教师在教学中应该以多维视角评价学生的表现。评价力求做到准确、全面，既要关心结果，更要关心过程，还要全面衡量和关注学生在学习过程中的表现，包括他们的责任感、自信心、进取心、情感和意志等方面，促进学生的个性发展。比如，在英语对话练习活动中，让学生结合自己的生活自主对话，评价时，既要对对话的词汇与语法进行评价，也要对内容进行评价，还要注意对学生的思维方法、世界观、人生观和价值观进行评价等。这样就能通过评价提高学生的综合素质。对于一些学习能力不强的学生，只要他们能按要求完成活动，就要给予表扬和鼓励，让他们获得成功的体验。

3.评价手段多样化

教学评价是促进学生自我教育和自我发展的重要途径和有效方式。在教学中，教师应通过多样化的评价手段，促使学生在英语学习中获得有效的发展。课堂上，教师的鼓励与夸赞的语言和肢体动作（如点头微笑、伸大拇指、摸摸学生的头、拍拍学生的肩膀等）都是常用的评价手段。比如，在学生注意力不集中时摸摸学生的头或拍拍学生的肩膀，给学生一些善意的提示。亲切自然的语言和行动上的评价也能让学生感受到老师的信任，使他们增强学习的信心。另外，根据教学内容与方法的不同，在进行评价时，可以采用书面评价、观察访谈的口头评价、作品展览的评价等多种方式。

总之，生态化活动教学模式，就是凸显学生的学习主体地位，让学生在学习的动态过程中展示自己、发展自己、提升自己、完善自己，从而生成生态、快乐、高效的课堂。

【参考文献】

[1]钟启泉：《学科教学论基础》，华东师范大学出版社2001年版。

[2]教育部人事司组织编写：《现代教育评价》，华东师范大学出版社2002年版。

[3]教育部：《全日制义务教育英语课程标准》，北京师范大学出版社2001年版。

[4]刘党桦：《转换评价角度回归课堂本色》，《素质教育大参考》2013年第9期。

生本教育下的生态化教学探析*

许书敏

当前，新课程改革强调生本教育。"生态化"教学体系自20世纪80年代以来被越来越多地提出并受到重视。它强调以学生的学习为主体，以学生的发展为主线，以学生知行与生存为核心。这与素质教育的新课程改革正相扣合。

在"创新教学模式，构建高效课堂"的教改新形势下，实际的教学现状是，一方面是课程改革开展得轰轰烈烈，一方面是传统教学的我行我素。教学理念老化、教材内容固化、教学模式僵化的弊病还普遍存在。要想根除这些弊端，有必要利用生态化的理念建立起一个开放、创新的生态化教学体系。

一、生态化教学的主要特征

生态，是指生物在与之相适应的自然环境中生存、发展的状态、习性和生理特征。生态化，是指用生态学观点分析研究相关问题，以生态的眼光、态度、原理和方法观照、思考、理解和诠释相关现象，并以生态的方式开展实践。生态化教学是一种理念，也是一种实施策略，是在系统观、整体观、联系观、发展观、和谐观与均衡观的生态观念指导下，充分体现、不断运用和创新发展教学智慧。生态化教学的特征主要有：

第一，系统性。生态学认为，任何生物都是由各部分组成的有序、稳定、完整的生命共同体。生态化教学就是由师生和课程标准、教学资源与教学环境等要素交互作用形成的整体，各要素的地位和作用既有其各自的"生态位"，又有庞大的"生态链"。

第二，开放性。在"以人为本"的根本原则指导下，课程标准、课程资源、教师资源和教学活动等构成要素都要保持可持续发展的开放性：内部各要素之间

* 本文原载《中国基础教育研究与探索》2014年第10期。

既要相互协调，均衡发展，又要与整个课程教育系统保持相互促进的互动状态，还要与全球时代发展保持互动。

第三，共生性。共生是指生态系统的构成机制和存在机制，具有严格的生态组织性，一旦某一环节弱化或缺失，将导致整个系统的振荡或解体。教学中各个要素相互依存、彼此促进，是各要素之间靠共生关系形成教学系统整体的动态结构。

第四，平衡性。在一定的时间内和相对稳定的条件下，生态系统各部分结构和功能处于相互适应和协调的动态之中。教学中，输入学生跳一跳够得着的信息和知识，经过学生的内部加工，可以形成解决问题的能力。若教师不了解学生的基础而过度输入，必然引起学生消化吸收的梗阻现象，造成课堂生态失衡。这就要求师生及时调整教与学，以促成动态的平衡与稳定。

二、生态化教学的基本内涵

生态化教学主要包括课程资源生态化、教师资源生态化和教学活动生态化。

1.课程资源生态化

课程资源生态化是指根据课程标准、素质教育目标和学生实际情况改革课程设置，开发利用教材。《课程标准》指出要充分体现个性化，发展创造性，考虑学生的水平，满足不同个体的发展需要。比如，初中语文基于人文教育与学习工具的双向功能，要承担素质教育的重任，必须在教学中投入多学科知识。

目前，教材多已配备多媒体教学光盘，学校配备了多媒体教室，教师人手一机，教学应该充分利用多媒体和网络课程资源，充实课程内容。网络课程既能够激发学生的学习兴趣，也利于学生自主学习。传统教材与现代化媒体教材结合运用，可收到事半功倍的教学效果。

除了充分利用国家教材作为核心课程、显性课程外，还要注意开发利用广播、电视、报刊以及网络媒体等学习资源作为外围课程和隐性课程，这样更有益于学生的全面发展。

2.教师资源生态化

思想决定行动，理念创造风格。教师的教学思想决定教学活动的行动方向，教师的教学理念打造课堂活动的方式风格。

首先，教师要认识到生态化教学的重要性，增强多元化教学与评价意识，遵循“尊重、包容、平等、个性”的教学理念，关注学生的生命体验，满足学生的审美需要与价值需求，力求做到师生和谐、教学相长。

其次，教师要具有探索精神、全球意识，增强对人类发展和文化进步的使命感和责任心，树立终身学习的理念，坚持学、教、研并进；不仅要业务修养和专业能力过硬，而且要有教育心理学、计算机教育技术等多方面的知识素养。

3.教学活动生态化

教学活动是教师和学生以课程为中介展开的双边活动，是教与学的互动过程。教学活动的生态化是要在“以人为本”的核心教育理念指导下，把“教师为主导，学生为主体”作为教学活动准则，把体验、探究、自主、合作、综合实践等学习过程和方式纳入课堂教学，变“书本位”为“人本位”，变“教为主”为“学为主”，在达到学生知识与能力成长目标的基础上，为学生创造温馨舒适的人性化学习环境，营造和谐向上的浓厚的学习氛围，使学生的综合素质得到全面发展。

当今时代，世界文化不断融合，信息技术飞速发展，教学资源正走向集成化、一体化，教学方式方法要更加灵活多样。只有把教学活动生态化，才能真正实现资源的高效利用和学生的全面、健康、充分发展。

三、生态化教学的实施策略

一是教师做“平等中的首席”。所谓“平等中的首席”，就是要求教师转变传统的“权威”角色，由教学管理者、知识传授者向学生学习的合作者、引导者、参与者转变，成为学生学习的伙伴、成长的益友。教师做“平等中的首席”的具体实施策略如下：

(1)让学生走上讲台。课前，教师组织由优、中、差学生代表组成的语文学委会共同商议决定学习内容和学习方式，师生一起做导演，让讲台成为学生的舞台。

(2)做学生的学习同伴。教师用重点篇目进行教学示范，然后师生角色互换，遇到问题，师生学习共同体共同探讨、一起研究、协力解决。

(3)做学生的知心朋友。教师做学生学习的合作者、引导者、参与者，适应新课程改革和素质教育发展的需要，积极培养学科感情，做学生的良师益友，构建平等、包容、和谐、共进的师友关系。

二是打造“师生学习共同体”。当前，网络、报刊、书籍等资源丰富，学生学习的信息源广泛而充足，教师已不再是学生学习的唯一消息源。因而，教师要成为学生学习的伙伴、成长的益友，实现教学相长。

平时，教师作为“平等中的首席”要多观察、研究学生，了解他们的心理需要、学习特点和个性特征，纠正学生在学习中易犯的各种错误，注重学生的学习质量，提高学生的学习成绩，提升学生的综合素质。

三是创建“生态化活动教学模式”。生态化活动教学模式要求在课堂教学活动中凸显学生自主合作、质疑探究、动态生成的学习活动过程。生态化教学模式的实施策略体现为“四个转向”，具体为：

(1)课堂由预设转向生成：教学由传统的关注教师预设，转向关注学生的学习过程，教与学靠师生共生关系形成一种动态生成模式。

(2)学生由参与转向融入：教学过程中，让学生不仅是参与学习，而是融入课堂，使其知识能力、思想感情以及肢体等全身心地投入，形成一种知、情、意、行全方位融入的学习环境气场。

(3)教学由封闭转向开放：生态化教学以生为本，关注学生的生命体验，满足学生的审美需要与价值需求，挖掘各方面的潜在资源，尤其是应把学生自主学习的潜能以及其他隐性资源纳入教学范畴中来。

(4)评价由单向转向多元：评价对教学具有重要的导向功能。新课程教学应由师对生的单向评价转向多元评价，即评价主体多元化、评价内容多维化、评价手段多样化。实质是全面真实地评价学生的学习过程、成果和潜能，以更好地改善教学，促进学生发展。

四、生态化教学的实施途径

构建生态化课堂是实施生态化教学的主要途径。

1.打造民主的和谐课堂

生态化课堂首先要充分发扬教学民主，构建平等和谐的师生关系。所谓教学民主，就是建立民主平等的师生关系和生生关系，全体师生形成“学习共同体”，鼓励学生积极参与课堂教学活动，教师做好“平等中的首席”。

非凡的投入才会有非凡的成就。民主的氛围可让学生融入课堂。若要学生更充分地融入课堂，教师要增强多元化教学意识与评价理念，力求做到以教导学、以学促教。比如，语文比其他知识性学科更富感情色彩、亲和力、实践性和趣味性，更易于培养学科感情，更易于进行平等、民主的良性互动。平等、尊重、理解基础之上的和谐民主的课堂正是生态化教学理念本质特征的体现。

2.构建互动的自主课堂

课堂教学应该是师生共同体验、发现、创造、表现和享受美的过程。在教学活动中，要以互动的方式，进行师生、生本、生生三位一体的平等对话、个性对话，形成一个统一、完美的“学习共同体”，这样的课堂会更活跃，更见成效。在个性、平等对话中，创设一种“人文化引导，自主化学习”的新型学习环境，气氛活跃，师生精神快乐，可以让学生的潜能得以更深层的发挥，个性得以更充分的张扬。以语文学科为例，新课标要求语文教学要重视培养学生的创新意识，激发学生的学习兴趣，培养学生独立思考的习惯，鼓励学生大胆质疑并提出自己的观点、看法，为学生自主学习营造宽松的学习环境。

利用丰富多彩的教学方式和方法，可以增添课堂魅力，吸引学生融入课堂。学习对话内容较多的课文时，可以让学生自导自演各个角色，既可以化抽象为具体，又可以激发学生的学习兴趣，加深对学习内容的记忆。

教美文欣赏课时，教师可以运用多媒体辅助教学，调动学生的视觉和听觉，让教学内容变得更加丰富有趣，使学生获得直观而形象的审美感受；还可以利用"游戏"，把学习内容和玩游戏有机结合起来，让学生在玩中学。比如，可以先让学生玩毕淑敏《心灵游戏》一书中的"我的人生五样"游戏，然后趁热打铁，即时成文。

3.激活开放的新鲜课堂

"问渠那得清如许，为有源头活水来"，只有开放的课堂，才会有鲜活的气息。开放性教学，是在教学内容、教学方法、教学环境、教学评价等方面的开放，立足于充分发挥学生的主体作用，立足于学生综合能力的提高，创设一种民主、平等、和谐、自由的教学环境，最大限度地提高学生活动的自由度，使每位学生成为学习的参与者、探索者和创造者。

开放性教学包括向内开放和向外开放。内外兼修，才能打造高效课堂。向内开放，就是"引进来"，让教材之外、生活之中的信息资源走进课堂，激励学生积极参与，大胆尝试创作，将教材学习活动与学生的现实生活联系起来。生活即大语文，大语文即生活！课堂上尽可能多地给学生展示的机会：让学生当主持人；让同学们轮流上台即兴演讲；举行背诵比赛，选出每班的"快嘴"或"速背小能手"；让喜欢写作的同学在课堂上开"小作家作品展览会"……这种教学效果，既能够活跃课堂气氛，又能够丰富课堂内容，远远高于教师的"一言堂"。

向外开放，就是"走出去"，让语文走出课堂、走进生活，即把语文教学与现实生活紧紧地联系起来，让语文学习成为一项生动、具体、艺术化的生活体验。学以致用是学习的最高境界。这样，可以引导学生将课堂上学到的知识用到生活中去，以点缀生活、表现生活，使生活变得更加丰富多彩，也将生活中美好的素材用文字形式展示出来。

总之，新课程的生态化教学既是素质教育改革的一个重要内容，也是培养生态化新型人才的一条重要途径。在生态化教学过程中，教学理念与目标要求的生态化是指导，课程资源的生态化是基础，教师资源的生态化是保障，教学活动的生态化是关键，学生的知识进步、人格完善与生命发展是核心。

【参考文献】

[1]陈琦、刘儒德:《当代教育心理学》,北京师范大学出版社 2007 年版。
[2]钟启泉:《学科教学论基础》,华东师范大学出版社 2001 年版。
[3]杨广立:《通识教育下大学英语教学的生态化探析》,《科技信息》2010 年第 34 期。
[4]刘党桦:《转换评价角度回归课堂本色》,《素质教育大参考》2013 年第 9 期。
[5]教育部:《全日制义务教育语文课程标准》,北京师范大学出版社 2001 年版。

“标准＋规范”大学校管理机制的构建*

——以高唐县第一实验小学为例

杜英伟

自2009年起，高唐县第一实验小学根据当前教育形势，经过七年多的教育教学实践，针对学校管理、教师管理、学生管理、教学管理等多方面现状，逐步探索出了适合自己发展的办学路子：学校管理网格化，教师管理双向选择、捆绑考核，学生管理遵守规则、养成习惯，教学管理不适则改，达到了管理高效、乐教乐学、轻负高质的办学目标，使学生核心素养在学校落地。不断加强制度建设，磨合梳理各方面标准，彰显了学校品质；通过规范管理，成就了该校打造一方名校的教育理想。

一、“标准＋规范”大学校管理机制提出的背景

当前，“精细化管理”一词深受国内各大企事业青睐，成为企事业管理的一大亮点。著名的管理专家汪中求说：“精细化的时代已经到来，细节决定成败。”

作为一所有5000多名学生的大校，管理工作要较小规模学校复杂烦琐得多。高唐县第一实验小学试图寻找一种保证学校“不死机”的正常运行机制。学校管理运行机制是确保学校安全、有效工作的关键。运行机制的作用在小规模学校效果不明显，但在大规模学校就有显著的效果。大规模的学校要以制度建设为基础，制定各项工作标准，把标准作为衡量工作的标尺，规范运行，这样才能保证各项工作的有效开展。

课堂教学是学校工作的主线，同样也存在一些问题，如教学模式僵化，缺乏创新；教师过于注重知识的传授，轻视能力培养和锻炼；学生被动接受知识，缺乏学习兴趣和主动性。学校班额大，学生之间差异同样很大，再加上开全课程、

---

* 本文原载《现代教育》2017年12期。

开足课时的逐步落实，课时明显减少。面对种种问题，高唐县第一实验小学以上级文件精神为指导，以培养学生综合素养为核心，在充分调研和实践的基础上，逐步进行“单元整合多课渐进”语文主题教学课程体系改革和数学“1+5”自主学习模式探索，从而全面提高整体教学水平和教学质量。

在这样一种实际情况下，学校逐步明确了师生管理、学校运作、教学改革等多个层面、多个维度发展标准。标准的确立，使学校各项工作有据可依、有章可循，使得学校管理日渐规范起来。

二、“标准+规范”大学校管理机制的具体内涵及内容

标准原意为目的，也就是标靶，之后由于标靶本身的特性，衍生出一个“如何与其他事物区别的规则”的引申义，而后则指衡量人或事物的依据或准则。《文选·袁宏〈三国名臣序赞〉》：“器范自然，标准无假。”在一定范围内以管理活动的共性因素为对象所制定的标准，称为“管理基础标准”。其作用与意义在于有利于建立协调高效的管理秩序，有利于管理经验的总结、提高、普及、延续，有利于实现依法治校。

规范侧重的是规范化管理，强调的是在管理过程中，要充分体现人的价值，在对人的本质特性准确把握的基础上，通过确立一套价值观念体系来引导下属员工的意志行为选择，而不是把人当作一个机器上的螺丝钉和齿轮。其包括系统思考，贯彻整体统一、普遍联系、发展变化、相互制衡、和谐有序等若干观念。

标准则有利于促进学校内涵式发展，成就规范化名校。内涵式发展，能体现一个学校的软实力，注重质量、精细化管理、打造品牌（特色）、不断创新，是内涵式发展的显著特征。高唐县第一实验小学“标准彰显品质，规范成就名校”办学理念的具体内涵，即以“遵守规则，养成习惯”的教育策略促进学生习惯养成，以“双向选择，团队考核”模式来规范教师队伍，在学校管理上实施网格化管理，以“不适则改”为教学改革原则，以各项标准的确立为切入点，使学生有朝气，教师有激情，校园有秩序，课堂有活力。

三、“标准+规范”大学校管理机制的具体举措

（一）学生：遵守规则，养成习惯

学校学生多，管理难。鉴于此，学校需要通过制订统一标准来规范学生行为。所以，学校以“遵守规则，养成习惯”为主题，开发了《好习惯益终生》校本课

程，分上、中、下三册，分别供低、中、高年级使用；先后制订了《高唐县第一实验小学上放学路队标准》《高唐县第一实验小学卫生标准》等标准。这些标准的实施规范了学生的行为，让规则意识扎根于学生的心灵。

《高唐县第一实验小学上放学路队标准》中明确规定：学生入学后按路队行至主教学楼前、后，再按所在教室位置选择向左、右分向或直行，从规定楼梯上楼至教室。路队有标准线，行进时不得超出标准线。这一标准既规定了行走路线，又规范了行走姿态，意在使学生养成良好的行走习惯，最终将好习惯内化为自觉的行为。

为了增强学生对好习惯的切身体验，学校开设了“好习惯天天见”电视专栏，每学期 64 期节目，面向全校所有班级直播，以改正坏习惯为主题，以表演的形式呈现，由学生自编自演。学生在表演中体验、感悟，好习惯在表演中内化。

除日常的规则管理外，在课堂上，采用四人制小组合作方式学习：把全班同学按列分成四个大队，如 A 队、B 队、C 队、D 队，然后，把每队按两排前后四人遵循同组异质、异组同质的原则分成小组，分别用 1、2、3、4 组命名，明确小组内每个组员的职责，以便合作学习。高唐县第一实验小学积极地运用小组和大队对抗与相互激励，达到了学生自我管理、自我学习、共同进步的效果。

（二）教师：团队考核，专业成长

教师素质决定着教学质量，以教师成长促进学生成长，才能成就教育理想，最终实现教育的发展。教育过程是师生共长的过程，学校通过树立标准给教师以努力方向，让专业成长成为教师的自身需求与自觉行为。

为了针对性地解决问题，学校确立了工作标准和操作流程，制定了《“单元整合多课渐进”语文主题教学课程体系教师操作手册》、配套音视频，组成了教师操作手册系统。学校还确立了“双向选择，团队考核”的教师管理制度。“双向选择”的主体是教师与年级学科教研室，在最大限度地满足教师意愿的前提下，以教师的师德表现和个人品质作为主要参考，以认可、互信为基础形成工作团队。“团队考核”按照常规评价和行政评价相结合、平时检查和阶段性检查相结合的方式进行，公示考评结果，接受全校教师监督。

（三）校园：网格管理，事得其人

安定的校园环境是教育有序进行的必要条件。高唐县第一实验小学以制度运行为核心，制订了各项工作标准，以标准作为衡量工作的标尺，确保校园井然有序。学校加强了校园标准化管理，创建平安、和谐校园，为师生创造安定有序、和谐融洽、充满活力的工作、学习环境。学校把每个副校长分管的工作，细分成时间、地点、管理人三个维度的交集点，这些交集点对应具体的工作内容，再把这些点进行连接，由此形成副校长分管工作的管理网。各副校长的管理网重叠在一起形成学校管理工作的整个网格，我们称其为“网格化管理”。

(四)教学管理:不适则改

高唐县第一实验小学对在教学工作中遇到的不适合学生发展的、不适合全面提高教学质量的、不适合学生探究合作学习的内容都进行了调整、改革。截至目前，学校开展的语文“单元整合多课渐进”主题教学课程体系，以及数学“1＋5”自主学习模式课程改革日臻成熟，一系列成果在省内外得到了认可。以语文“单元整合多课渐进”主题教学课程体系构建为例。为解决学生读写脱节、不会学以致用，教师过于注重对文本思想内容的感悟，忽略阅读(尤其是课外阅读)、语文本体性知识以及写作方法的指导、阅读量太少等语文教学中存在的问题，从2009年起，学校坚持“追本溯源、大道至简”的研究原则，开始了“单元整合多课渐进”主题教学课程体系实践与研究。

1.“单元整合多课渐进”语文主题教学课程体系的运作系统

“单元整合多课渐进”语文主题教学课程体系作为一个系统，有着自己独立的运作规范。但作为整个学校系统的一个子系统，它既对学校大系统起着独特的作用，同时也得到学校大系统强有力的支撑。

(1)教学材料系统。教学材料系统是指校本阅读课程。校本阅读课程使用围绕情感主题、知识点主题进行扩量阅读的辅助读本。读本有四种，其中自编读本有两种:《书香润年华》分低、中、高3册，选取了571首古诗文及经典文言文，分别供一、二年级，三、四年级，五、六年级使用，要求学生背诵;《语文主题阅读精选读本》共12册，每年级2册，文章从全国其他版本小学语文教材、重点期刊、文学杂志上选编，要求学生最低都能达到流利地朗读。教材配套读本有两种:苏教版教材读本、人教版教材读本，分别是12册，每年级2册，同样要求学生最低都能达到流利的朗读。按照标准，完成朗读任务，一、二年级学生每学期朗读量为35万字左右，三、四年级学生每学期朗读量为45万字左右，五、六年级学生每学期朗读量为50万字左右，确保了拓展阅读的质和量。

(2)课型流程系统。“单元整合多课渐进”语文主题教学课程体系中的课堂教学是把整个单元的教学任务通过整合，确定出单元任务和情感主题、单元知识点主题。根据任务和主题确定精略读文本、读写结合任务、拓展阅读任务、主题习作任务。每单元教学用两周时间完成，第一周处理教材，第二周拓展阅读主题习作。

方法习惯标准磨合课、自主预习课、基础过关课、主题精读课、主题略读课、读写结合课、拓展阅读课、高效阅读课、综合练习课、主题习作课、习作讲评课、语文实践课、检测反馈课13个课型组成课型流程体系，根据每单元任务和知识点的不同，按顺序进行选择，形成课型流程。

课型流程贯穿整个课堂教学过程，按一定逻辑思维逐课推进，执行各项标准，达到保底质量。每个课型在整个体系中都有不同定位，承担着不同任务，各项任务都有不同标准。在使用时执行流程标准，按前后顺序逐课推进，就能达到预期效果。

(3)组织运行系统。在推行"单元整合多课渐进"语文主题教学课程体系过程中，需要诸如后勤、政教、政工、配套制度等做保障，才能协调推进。在诸多保障条件中，最主要的就是团队教研机制的建立。而在教学教研方面，以年级、学科教研室为单位的捆绑评价，改变了过去教师保守、封闭的工作状态，在一定程度上缓解了教师之间抢时间、加大作业量、竞争激烈的现象；教师们积极地参与各项活动，组员关系更加融洽，大家相互帮助、合作交流，逐步形成开放、和谐、浓郁的教研氛围，不仅促进了教师专业水平的提升，也在更大程度上解决了老师职业倦怠的问题。

团队教研是在年级和教师双向选择的基础上，以上年级学科教研室为团队进行的。对于一个新单元，所有学科教师都要先个人钻研，再集体教研，再团队教研，形成较高水平的教研成果，根据各班学情作适当调整，最后进课堂。在这个过程中，以研究"教"为核心改为以研究"学"为核心，从而也改变了教与学的方式。

(4)教师操作系统。学校编印了《"单元整合多课渐进"语文主题教学课程体系教师操作手册》、录制了13种课型的配套音视频，组成了教师操作系统。这是教师在推进课改体系中的执行依据，是教师执行流程、标准的实际操作指南。

2."单元整合多课渐进"语文主题教学课程体系的支撑系统

该体系的支撑系统主要包括"网格化"学校管理系统、"双向选择、捆绑考核"教师管理系统和"遵守规则、养成习惯"学生管理系统。

四、"标准+规范"大学校管理机制构建取得的成效

第一，通过好习惯的养成，促进了学生的核心素养落地。习惯的养成过程需要约束，学校有针对性地制订了各项规则以确保实现教育目的。

第二，教师们熟悉了工作流程，掌握了工作标准，既有利于学校管理，又有利于开展工作。首先，以此作为教师考核的标准，规范教师行为，同时也解决了

教师的职业倦怠问题，促进了教师专业成长。其次，团队形成过程实则是形成包容心、责任心的过程，使教师个体、年级、学校形成共同体。以年级、学科教研室为单位的团队评价，改变了教师我行我素的现象，教师逐渐养成了自觉约束的习惯；改变了过去保守、封闭的工作状态，在一定程度上缓解了教师之间抢时间、加大作业量、竞争激烈的现象，增强了团队的凝聚力，激发了每位教师的工作热情与责任心。教师积极参与各项活动，组员关系更加融洽，团队成员互帮互助、合作交流，逐渐形成了开放、和谐、积极的教研氛围，教师在交流中提升了自己的专业水平。

第三，"网格化"管理，最大限度地实现了学生在任何时间、任何地点、任何事情都能找到具体负责人，即事事有人管，人人有事管，校园管理无死角，营造了有序、安全的校园环境，保障了教育教学工作的有序进行。

第四，语文和数学课堂教学发生了质的变化。具体表现为：一是改变了教师教的方式。教师由原来单纯的教变为现在引导学生把握学习方法、体验学习乐趣，由原来的满堂讲变为现在的组织、协调、安排、检查。二是改变了学生的学习方式，学生由以前的被动学变为主动探究、合作学习，习惯性主动学习占据了主导。学生的自信心增强了，学习兴趣浓厚了。文明守则的学生、积极进取的教师、和谐有序的校园、张弛有度的课堂，成为高唐县第一实验小学一个个的闪耀亮点，成就了高唐县第一实验小学教育者的理想。

五、"标准＋规范"大学校管理机制构建的反思与展望

实践证明，坚持标准管理、规范办学，不仅促进了学生、教师的发展，同时也促进了学校的发展。当前的规范化管理只是现代学校管理的起点，学校管理的实践永无止境，学校将继续坚持办学特色，努力打造人民满意的优质教育，为学生的终身学习和一生发展奠定坚实的基础。

优秀的行为只有通过整合才能创造出社会认可的品质，品质是一个整体的内在的概念。人们在思想、行为、认识等各方面的良好习惯，只有通过不断融合，才能升华为相应的品质需要。作为一所学校，担负教书育人的重任，在具体工作中更应规范办学、规范教学、规范学习，从大处着眼、小处着手，注重细节，注重规范，使规范成为第一实验小学的一个习惯、一个品牌，乃至一种品质。

用人所长，各得其乐*

吕丁学

明人吕木冉的《泾野子》中有这样一个故事：一老者有五个儿子，一个木呆呆，一个鬼精灵，一个眼瞎，一个背驼，一个腿瘸。面对五个不健全的儿子，老人让木呆呆去耕农，精灵鬼去做生意，眼瞎老三去算卦，驼背老四搓麻绳，瘸腿老五纺线织布。这样，他们都能安身立命，衣食无忧，幸福安详。

无疑，这个老者是聪明的，用其所长，各得其所。学校里的几百名老师各有各的长处和优势，聪明的领导要用人之长，使人在舒心惬意中施展自己的才华。

2010年高考语文全国Ⅰ卷的作文题《都什么年代了，有鱼吃还捉老鼠》，来自于我校美术教师王怀申的一幅漫画。这位老师在各级报刊上发表过很多漫画，并且获得过全国各类大获。当时，很多媒体前来采访，不少记者问了我一个相同的问题：你校学生中应该也有不少漫画高手吧。当时我就懵了："还真没发现学生能画漫画的。"他们又问："有这么好的漫画老师，为什么没有培养出漫画学生呢？"我又是一愣。几年来，这位美术老师一直按照"高中课程标准"，教给学生高考所考的专业知识和技能，但漫画不在高考范围，所以没开设这门课。

那时，我才感到：这不是让优质教育资源白白浪费了吗？学校里有很多喜爱漫画的学生，我们就应该满足他们的愿望，发展他们的爱好特长。随即，我们让喜爱漫画的同学自愿报名，组建了一个由20多名同学参加的漫画社团，由这位老师在每天下午的课外活动时间进行辅导。一年后，效果显著，有10多名同学的漫画在《时政》《讽刺与幽默》等多家报刊上发表。这位老师也得到了学校相应的奖励。

其他有某方面特长的老师也自告奋勇，办起了书法、笛子、街舞、拉拉操、诗歌、京剧等多个学生社团，涵盖科学、艺术、人文、社会、体育等多个领域。每天下午的课外活动时间，走进校园，你可以看到同学们吹拉弹奏、翩跹起舞、挥毫

---

* 本文原载《山东教育》2015年第6期。

泼墨、咏诗作赋的潇洒英姿，运动场上学生们奔腾跳跃、拼抢搏杀的矫健身影。我校学生在全国和省市县组织的各类文体比赛中各有斩获。

教师的各类特长，在学生的社团天地里结出硕果。在“校长邮箱”里，我收到过一封学生来信：“校长，高一年级的同学可以跟老师学笛子，我们高二年级的学生也有想学的，就是没老师教，您能为高二年级配一位教笛子的音乐老师吗？”这时，我突然想到，高二年级的音乐老师擅长拉二胡，笛子不是他的强项。高一年级想学二胡的学生该怎么办呢？这时，我灵机一动，何不让他们通教呢？让他们都担任两个年级的音乐课，只是变更了两个年级的音乐课程表，课时未增加。这样，高一年级有愿意学二胡的学生有老师教了，高二年级有愿学笛子的同学，也能找到老师了。

这个办法也解决了我们美术教学中的困难。我校的美术教师在素描、国画、色彩等方面各有所长，就让他们全部通教高中三个年级的课，专教自己的强项。这样，一个班可能有三个美术教师同时教，学生的美术专业技能得到了全面发展。

很早我们就有“以万物为师”的古训。古人连动植物的优点尚思为我所用；那么，将有特长的人闲置一旁，岂非极大的浪费？如果不能追求众人特长的发挥，一味地感叹人才、资金的匮乏，岂不令人悲哀？不同的人有不同的专长，不同的人有不同的潜力，如何在不同的岗位上发挥一个人的才能，是值得大家研究的重要课题。只有用人所长，并让其发挥到极致，才能更好地创造价值，创造更多的价值。人们只有做他擅长的工作，才能享受工作的快意。

作业演绎语文真色彩*

杨文波

语文作业是课堂教学的有效延伸，是巩固和提高学生语文素养的重要途径和手段。在作业设置上，我结合已有经验以及自己的教学实践，做了一些有价值的尝试与探索。

一、问题清单，在探索中自主预习

我尝试为学生设计了一套“课文预习问题清单”，以模块化操作的方式，指明一篇课文学习的基本结构和基本要素，让学生的预习行为变成一个深化认识、提升自主学习能力的过程。以“五年级课文预习问题清单”为例：

读。通读课文，标上小节号，练习将课文读通顺。画出印象深刻的好词好句，写写感受。〔书声琅琅〕〔词句点评〕

查。画出生字新词。识记生字，注意结构偏旁；联系上下文和词典，把握词语意思，试着造几个句子。〔放大镜〕〔词语赏析〕〔精彩一句〕

赏。课文主要讲了什么内容？用了什么写作方法？找出你最感兴趣的部分，有声有色地多读几遍，有什么新的发现？〔内容简介〕〔写作一得〕〔我的感想〕

问。课后练习会做么？还有哪些疑问？需要了解哪些相关背景材料？有什么好的学习建议？想和作者、文中人物聊聊天吗？〔我读懂了〕〔小问号〕〔资料手册〕〔我的建议〕〔在线留言〕

教学中，大胆放权让学生自主选择问题清单中适合自己的作业内容、作业形式，自我设定作业完成的时间、进度、数量，让学生在自由选择中逐渐形成独立阅读、思考和尝试解决问题的习惯，真正成为语文学习的主人。

---

* 本文原载《山东教育（小学刊）》2017 年第 Z4 期。

二、多元体验，竞展自我风采

我尝试赋予单一的文本作业色彩丰富、充满情趣的形式与内容。鼓励和激发学生通过多方面的感官体验，在愉悦合理的情境中进行语言知识的欣赏、积累与运用。

动口：除了朗读这一语文学习的基本途径，还可以让学生在说、唱、演等多种实践中学习语言、感受语言，提高表达和运用能力。如教《厄运打不垮的信念》，伴随着歌曲“辛辛苦苦已度过半生，今夜重又走进风雨”“看成败人生豪迈，只不过是从头再来”的动情吟唱，学生更真切地领悟到谈迁“下决心重头撰写这部史书”的坚韧和执着。

动手：让学生用画画、手工制作等符合其年龄特点的手段，让文本情景再现，让学习兴趣盎然。如学完《莫高窟》，引导学生用橡皮泥等材料制作“形态各异”的彩塑，绘制“丰富多彩”的壁画，让他们既能够领会词语的内涵，又能够得到情感的熏陶。

动脑：发现和挖掘课文中读写结合的切入点、生成点，通过语境还原或创设，活化文字形象，深层次解读文本和强化语言素材的综合运用，激发想象和创新。如《番茄太阳》中写道：“她问我许多奇怪的问题，比如天上的云怎么飘的，雨什么形状……我耐心地回答着她。”我做了这样的作业设计：发挥想象，描述一下两个人现场对话的情景，注意体现“我”和盲童明明不同的身份与处境。这样既锻炼了学生对事物描写手法的运用，又加深了他们对人物性格的了解。

三、主题练笔，先期规划创作日程

我从学生五彩缤纷的学校生活、幸福美满的家庭记忆、眼花缭乱的社会现象等出发，设计了“教师群像”“同学百态”“节日礼物”“相册记忆”“家族人物”“社会观察”“我与名著”等多个习作主题。每个学期确定一个或几个主题，以此为中心和孩子一起商讨、拟定一些话题，指导学生编好创作目录。比如，先设计好从哪些方面写《我的妈妈》。如听妈妈讲童年、妈妈的学生年代、妈妈和爸爸的陈年往事、和妈妈在一起的开心时刻、和妈妈说悄悄话……再由学生围绕既定目录来构思习作。其间，教师提出阶段习作要求，提供方法指导，组织交流讨论，评改分享，修改调整目录，完善习作内容。最后，把这同一主题下的十几篇或几十篇习作汇总，系统选编成《和妈妈走过的日子》一书，再设计一个新颖精致的封面，让学生将其作为节日礼物送给妈妈。

这种以写书为载体构思写作的主题练笔，为学生带来了丰富有趣的语言实践，让学生有非常深刻的成就感，真正喜欢习作，轻松写作；同时，在情感体验和意趣养成上，给学生的童年留下了一笔宝贵的精神财富。

浅谈情境创设在初中地理教学中的应用*

郭传武

在多年的教学实践中，我深深感到情境创设教学比较适合初中学生的生理、心理特点和认知规律。初中阶段的地理学科是一门综合性很强的学科，它包罗万象，来源于生活，与日常生活、社会经济密不可分，这就为地理教学的情境创设提供了内在需求和外在可行性。教师可通过创设情境，让学生充分地参与到课堂教学中来，使学生的情感活动和认知活动有效结合，从而逐步达到知、情、行相统一的教学目标。

一、从地理学科与生活的结合点创设情境

社会生活中地理无处不在，无时不有。应从现实生活中的地理现象和地理事实入手来创设地理教学情境，引导他们去观察、发现、分析日常生活中的实际问题，使学生在问题的探索与解决过程中更好地掌握学科的知识与技能，并充分认识到生活离不开地理，进一步感受到地理的魅力，从而产生地理学习的更高一层次的需求。如在学习季风时，可让学生想一想：我们这里冬季和夏季盛行的风一样吗？分别是什么风？现在，我们学校操场上国旗飘向什么方向？在一年中的不同季节，国旗的飘向都一样吗？从而引导学生自己发现问题。又如在学习《中国地理》青藏地区时，为了让学生理解青藏地区的独特自然特征，可从藏族的服饰入手：我国藏族牧民往往穿一件胳膊可以露出来的“不对称”的大袍，原因是什么？（同时，出示图片）这样激发起学生的学习兴趣，最后得出结论：青藏高原平均海拔 4000 多米，一般日平均气温要比同纬度平原地区低 20℃左右，空气稀薄，日照强，气温日变化大，独特的高原气候形成了藏族牧民的穿着特色。再如在学习中国的冬季气温分布特点时，可出示黑龙江地区人们冬季

---

* 本文原载《山东教育（中学刊）》2014 年第 3 期。

的着装与海南省人们的着装图片入手学习，对比差异，分析气温分布图，得出结论。这些由平时随处可见的生活现象而产生的问题，会充分激起学生的热情，课堂讨论的气氛也会变得很热烈，学生的上课情绪也将高涨起来，对相关知识也能较好地掌握，从而收到较好的教学效果。

二、引入社会时事、热点，创设情境

现代社会离不开地理，地理与社会生活紧密相连，为此在教学中可以围绕中国或世界的区域热点问题，如能源匮乏与可持续利用、气象灾害及其防治、全球气候变化、环境污染与防治、人口膨胀、老龄化与社会保障、地区冲突与和平发展等，引入一系列社会时事、热点新闻报道，引导学生进行分析论证。如在学习《世界地理》板块运动这一内容时，可链接2008年5月12日四川汶川发生里氏8.0级地震的时事新闻报道，再联系四川雅安、芦山的地震记录，学生很容易从新闻热点中发现我国西南地区地震频繁，继而顺水推舟，引导学生去探索：为何本地区会频繁大规模地爆发地震？还有哪些地方也是经常性地爆发地震？这些地方有什么相似性吗？很多学生十分关注近年中国与俄罗斯联合举行反恐军事演习活动的事情，我们在教学中可适时引入，用以引发地理问题：俄罗斯在哪里？中国与俄罗斯是什么关系？中国面临的周边国际形势是怎样的？等等。这样产生的一些地理问题就自然而然地激发起学生探究的兴趣，通过探究，学生想要学习的一些地理问题（如我国有哪些邻国）也就自然好掌握了。再如在学习内蒙古高原的地形特点时，可借我国“神舟十号”的回收地点提问题：为何我国“神舟”系列飞船多选择在内蒙古高原回收？引导学生得出该地区地势平坦的特征。在学习中国的海洋资源时，可适时引入近年我国近海出现的浒苔灾害，探求浒苔发生的原因及危害。通过引导学生探究所关心的时事热点问题，不仅能培养学生关心社会、关心时事、关心生存环境的责任感，也能培养学生对地理知识的整体、综合把握程度，培养学生多角度分析问题、解决问题的思维能力，提高他们学习地理的积极性，使学生的地理学习由被动接受变为主动探究，促使他们进行深入思考。

三、利用认知冲突，创设情境

认知冲突的预设就是要促使学生的原有知识与必须掌握的新知识发生冲突，使学生意识中的矛盾激化，从而引发探究情境。这种以矛盾的冲突为基础的探究情境的产生和解决，可以引起学生的探究兴趣和学习愿望，形成积极的认知氛围和情感氛围。例如:在学习什么是自然资源时,在学生充分感知教材内容后提出问题:毒蛇是自然资源吗?学生在对于"毒蛇是否是一种自然资源"这个极具挑战性的问题产生了强烈的认知冲突感后,引发出思维的碰撞,从而驱动他们展开讨论,最终通过多种截然不同的思维碰撞,使认识趋于统一,得出"毒蛇也是一种自然资源"的结论。这种对毒蛇的"双面"印象构成了学生的一种认知冲突和情感反差,从而有效驱动学生带着问题进行探究,这是单靠讲授传递无法实现的。在学习中国的河流时,对于内流区河流的水源来自哪里,可提出问题:塔里木河流域的人很奇怪,为什么天气越干旱越盼望晴天?又如青藏高原有"世界屋脊"的称号,海拔高,距离太阳近,为什么在我国夏季气温最低呢?针对类似认知矛盾问题,通过创设情境,引导学生分析、解决认知矛盾,积极地进行思考、探究、讨论,不但可以使他们达到新的认知水平,而且可以促进他们在情感、行为方面的发展。

当然,创设情境只是一个铺垫,在教学中我们还应该将其与其他教学方法有机结合起来,从而引导学生在真实、轻松、愉快的学习氛围中,从无疑到质疑,从质疑到释疑,激励其不断地探索新知。

自制教具在美术课堂中的应用实例解析*

薛红芳

2016年暑假因为需要买房，我观看了几家房产公司的楼盘规划情况。逼真的造型、巧妙的设计、合理的配置，尽收眼底，勾起了我创作的欲望，使我联想到《描绘我们的校园》一课中的场景以及空间问题。何不借用"模型"……我陷入了沉思。

一、构思与创作

人教版初一美术教材中《描绘我们的校园》这节课，属于专业性很强的造型表现课，涉及的新知识点较多，内容也比较深，如场景的景物取舍与构图、空间透视的理解与探讨、线条应用的美感与表现等。而在教学中十分棘手的现实问题是校园建筑一般都高大、紧密，附近的场地又不够宽阔，学生不易进行整体观察，而采用相机拍摄照片的方法理解透视、表现空间又过于呆板和片面。鉴于种种原因，我决定借用教具模型的方法"将大改小"：结合自制教具的简易性、实用性、推广性等特点，选用常见的纸质扑克作原料，全面考虑、精心构思、紧抓知识脉络设计了针对本课知识、方便学生学习、符合课堂小组活动的六套扑克"建筑"小模型。其各部件名称及设计意图为：

①透视窗：借用扑克背面特有的图案，通过直观感知，让学生理解"近大远小"的透视现象。

②取景框：依据最美"黄金分割点"的知识原理，在框边绘制"蓝线"，作为主体景物定位的"调控线"，有效帮助学生对构图中景物的取舍、确立和形式进行选择。

③建筑群：利用扑克的规则图案进行简单镂空后，背衬上色卡，简单、明了

---

* 本文原载《山东教育（中学刊）》2017年第33期。

地实现对建筑物透视写生的目的。建筑群的各个部件又能灵活拆装或组合，体现了变化多样的建筑造型和空间关系。同时，利用“层层套装”的设计原理，让学生解决了美术材料多、不便携带的难题。

④简易植物：将平面色卡设计成可以方便互换角度的“十”字样立体造型，让简易植物起到点缀环境、拓宽视野的作用。为了方便练习与操控，将“写生静物”——建筑模型分为 6 个小组，而取景框和透视窗等“操控工具”要满足人手一对的需要，从而实现美术教学实践的全面性。

二、实践与应用

在设计制作方面，我力求科学、全面、严谨，而在应用方面则要做到实用、灵活、有效。

根据新教材的目标要求，结合农村学生的认知特点和表现能力，我大胆将教材进行了轻微的改动。实施的环节结合两个活动不变，只是有意将“活动二”的透视知识提到了“活动一”中去，目的是通过借用“活动一”观察教具、探讨透视现象，趁热打铁，紧接着分析两种透视的特点、规律。在学生理解透视知识的基础上，再进行“活动二”教具建筑群的写生表现。调整后的两大环节教学过程大致是：

导入部分：图片欣赏与感知，激发兴趣。

1.建筑图片：建筑的整齐美，不同角度的变化美。

2.场景图片：景物的前后与大小，空间的变化平、深、远等特点。

活动一：借框取景，“绘”空间

(1)趣味游戏：“开窗”

要求：每人手持透视窗一枚。

问题：开窗后观察扑克背面的图案变化。

结论：①同一平面时图案大小不变，呈现平行；②开窗后，顺窗口向“里”观察，图案变小，红标线明显不平行或变窄并向内收拢。

总结：生活实际中透视现象“近大远小”。如远去的飞机、汽车、楼下的同学、整齐的课桌等。

点拨：近大远小中的透视现象，体现了近与远是距离的不同。

讨论：距离与空间的关系？

结论：距离远、空间大，物体显小。距离近、空间小，物体就显大。(注：距离用远近，空间用大小)。

(2)利用实物演示讲解:粉笔盒(正方形)(略)

(3)取景构图(图略):

①观察手中的取景框,你发现了什么?

②探讨分析:上下左右两对“蓝标线”是什么?有什么作用?

点拨:每条线上的两点将线平均分成了三等份,上下左右连接各对应点,会发现……(4个交点——黄金分割点在画面中形成的4个视觉美点)

探讨:4个视觉美点有什么作用呢?联系取景框的作用和依据说一说。

延伸:①“主体物”的放置问题。

②总结整个构图的形成过程:主体物是画面的主体,一般体形较大,位置突出,能够第一时间吸引观者注意。因此,一般主体物的位置选择在4个视觉美点上,到底选择哪一个点,取决于整幅画面的构图的形式与平衡。

(4)试取景:每组选择2名学生用取景框取景并用简笔画出。(进行组内讨论,构图、修整并张贴)

(5)更换图片:全体学生使用取景框进行构图练习。(教师巡视指导)

指导重点:构图的平衡、美观;景物的空间、透视变化,线条的虚实、质感等。

活动二:巧用扑克“起”建筑

(1)对比观察:对比扑克建筑的组建实景和照片场景,发现有什么不同?

结论:①照片场景有明显的“近大远小”现象,教具实景却不明显。

②照片只提供了一个角度,实物教具可以从不同的角度、不同的高度进行观察。

使用解析:校园建筑群的由大变小,建筑美感、广阔空间尽收眼底,可方便学生从多方位观察,并根据个人审美特点和需要变换不同的建筑组合。建筑模型的重组性有利于组合的变化与更新,增加了学生的新鲜感,从而激发其表现欲。特别是俯视,一般人的视线总是低于景物的,而现实生活中又很难实现这种转换,但通过教具可以发现“横看成岭侧成峰,远近高低各不同”所蕴含的移步换形、千姿万态的变化美。

(2)观察图片:出示线描场景图片,讲解演示线描用笔用线的方法、特点、技巧等。

(3)课堂练习:依据教具扑克建筑群组建的场景进行写生练习。

(4)课堂延伸:略。

鉴于美术课的实践性特点,我们常会遇到携带烦琐的材料、工具的问题,因此特意展示教具“套装”装置。

自制教具不仅有利于激发学生的学习兴趣,突破教材中的重点和难点,而且还促进了师生实践和生生互动的开展，这也是任何科技都无法取代的“切身体验”，从而激发起学生对科学的实践创新意识与探索洞察潜能。

因此，我不断尝试创设、使用自制教具进行授课，也借此呼吁更多的教师或学生在使用现代科技媒体助学的同时，也不要忽略传统手工教具的优势。

浅谈地方文化情境下的美术教学*

张茂波

《美术课程标准》强调让学生在广泛的文化情境中认识美术。美术作为艺术形式是人类文化最早和最重要的载体之一，运用美术的形式传递情感和思想是整个人类历史中的一种重要的文化行为。美术活动具有承载文化、传递文化、创造文化的作用。

地方文化有着极强的感染力，一个地区存留下来的地方文化，都是在历史的长河中经过不断积淀和重重筛选出来的文化精品，能代表一个地区某个时代的典型的文化特征。我们要珍视这些文化遗产，要能透过历史、穿越时空看到它们所蕴含的文化价值。我们应该把这些当地的文化精品充分地发掘出来，作为我们的教学资源进行开发与利用，通过美术的形式教育学生，使他们认识、了解地方文化特征，传承地方文化传统，涵养他们的文化精神。

一、立足课堂教学，拓宽教学形式，开发利用地方文化资源

《美术课程标准》对义务教育阶段美术课程作出界定，即"美术课程具有人文性质"，"美术学习绝不仅仅是一种单纯的技能技巧的训练，而应视为一种文化学习"。这需要我们在教学的过程中积极创设有利于学生学习的文化情境，使学生在学习活动的过程中，通过丰富多彩的活动形式，了解美术的文化特征，学习表现技能，培养审美情趣，涵养人文修养，丰富学生的精神情感。地方文化资源有着丰富的文化内涵，资源丰富，切近学生的实际生活，是学生熟知的内容。

1. 走出课堂，调查研究

地方文化资源存在于课堂之外，不是教科书中现有的内容，对它们的利用

---

* 本文原载《山东教育》2017 年第 11 期。

与开发就需要我们引领学生走出课堂进行调查了解、搜集整理有关资料。地方课程资源的来源十分广泛，主要来自当地的自然、文化、地理、政治、经济、风俗等方面。这些内容丰富、广泛而繁杂。进行全面而专业的调查研究，需要大量的人力、物力的支持，也会受到教学时空的局限，与我们的教学是不相适宜的。首先我们要确立一个明确的目标：选择适宜于我们美术教学的内容进行调查。

美术教师要能够引导学生有针对性地开展调查活动。我们可以从以下几个方面进行：地方文化古迹、风景名胜、传统风俗、历史名人、生活习惯等。这些在历史的长河中经过当地人们不断创造的物质文明和精神产品，蕴涵着丰富的文化营养，能够反映出当地人们在不同的历史时期的生活特点和精神追求。

2.案例结合，突出特色

《保护文物》一课是人教版六年级上册的一节综合、探索课，也可以说是一节地方特色课程。上第一课时，我让同学们了解文物的概念和分类，以此为导线让学生了解文物就在身边。在最初的引导阶段，借助教材给出的文物资料，让学生初步感受我国各个时代的生活方式和审美特征，同时在出示课件前提问：聊城的文物古迹有哪些？我发现学生并没有说出几个。这不仅说明学生相关知识的缺乏，也说明“00”后对家乡的了解甚少。

当学生看到电子白板呈现的文物时，他们睁大了善于发现的眼睛，认真聆听讲解，还不时地提出疑问。他们的思绪似乎随着我的讲解来到了茹毛饮血的原始社会、等级森严的封建社会，他们唯恐错过每一个字眼，还不时地发出惊叹声。当我把某个文物结合当时的社会背景讲解时，他们似乎领悟了什么——唯美的佛教造像是盛唐时代的反映，冰冷刚毅的青铜器是春秋战国的缩影，蜿蜒的万里长城是先民们忠心卫国的体现……

走近水城，发现文物。此时本课教学的灵活性就体现了，也是本课情感目标落实的重要环节。了解了光岳楼的巧夺天工后，同学们惊呼古代工匠艺人们精湛的卯榫结构；听完了山陕会馆的来历，孩子们惊叹古代家乡的繁荣景象；听说了景阳冈的历史，同学们佩服武松的勇武；欣赏了东昌湖的美丽风景，他们感受到现代生活的美好……本课设计的内容多为工艺美术的范畴，这正是本人的专业学习领域。整堂课下来我也把在美院学习的专业知识梳理了一次，直到下课铃响起，我还有些意犹未尽。在小学阶段对于传统文化的学习不仅是语文老师的教学内容，也可以说是每个学科的教学任务。这对于学生来说既是知识的学习，也是情感的陶冶。

3.基于教材，拓展延伸

美术教材中有几节灵活性很强的课文，如人教版中的《会动的剪影》《爱护古建筑》《民间玩具》《家乡的桥和塔》《诗情画意》等。作者在编写的过程中就已经体现出了对地方文化资源进行利用开发的教学理念。这些课题中的内容反映的是教材编写者们所熟悉的、他们所处地区的地方文化资源。虽然教材中所呈现的内容不是我们当地的文化资源,也不是我们学生所熟悉的内容,但是通过它们可以给我们的美术教师以启示和引导。我们在教学的过程中可以突破教材的局限性,进行教学的拓展和延伸,根据教学的需要把我们当地的文化资源引入课堂。

新课标注重将美术课程与学生的生活经验紧密关联,而地方文化资源最大的优势就是它贴近学生的生活实际。用身边现实的东西、人物、事例进行教学,容易激发学生的兴趣,学生也乐于学、乐于接受,有现实的教育效益。在教学的过程中,我对这些课题进行认真的研究,大胆地对教材内容进行改编,积极地引入地方文化资源进行教学。如《家乡的桥与塔》一课,在处理教材的时候我并不是让学生只简单地画一画几座桥或塔,而是在课前要求学生进行参观调查:了解家乡聊城有哪些古代的桥和塔,有没有关于这些桥或塔的故事传说?有哪些现代的桥和塔?它们在建筑的艺术上有什么特点?通过课堂资料展示,师生对话交流,现场制作。学生既了解了当地的桥与塔的文化、艺术价值,也创作出了许多优秀的作品,达到了引入地方文化资源进行教学的目的。通过《诗情画意》教学,学生为当地古代文学作品中的诗词配画,了解了许多聊城古代文人(曹植、曹丕、孙膑、鲁仲连等)和古代文人描写聊城或聊城名人的有关诗篇,不仅习得了知识,锻炼了表现能力,而且增进了热爱故乡的思想情感。

二、地方文化资源对学生产生的积极影响

1. 增进学生对地方文化的全面认识与了解

学生在平时对地方文化的认识只处于一般性的了解,了解的内容也只是局部,并未全面认识地方文化的面貌。在美术课堂上,通过引入地方文化资源,给学生一个充分认识了解地方文化的机会,学生也有时间通过老师的引导进行系统而详细的调查了解,参与对地方文化的研究性学习。比如,在聊城有许多明清时期的建筑,虽然学生知道它们的名字,但对这些古代建筑所蕴含的考古价值、历史价值、文化价值和其中出土文物的艺术价值知之甚少,但通过《爱护古建筑》一课引入这些文化资源,学生就把自己对其细碎而不完整的了解整合起来,认清了它们的艺术价值。再如,光岳楼在聊城是妇孺皆知的名胜古迹,也是同学们十分熟悉的古代建筑精品。但是如果让学生说一说有关光岳楼的知识和艺术价值,就很少有学生能够说得具体、全面。学生们虽然用眼睛看到了光岳楼的外观,但对它所能够呈现出的艺术魅力却不能真正感受到。通过《爱护

古建筑》一课的学习，再结合我们自编的教材，学生真正地走进了光岳楼的艺术世界中，认识了光岳楼，知道了它的由来，了解了其斗拱、木雕的艺术价值，并为其精妙绝伦的艺术成就感到赞叹和自豪！

2.丰富学生的精神情感

地方文化资源的引入，在让学生认识、了解文化价值的同时，还突出了其对学生的文化精神、思想情感的培养作用，对涵养学生的人文精神有至关重要的积极意义。在学习的过程中，通过设置一些活动引导学生在对地方文化认识的基础上进行思想的碰撞，通过辩论的方式激起学生保护地方传统文化资源的思想火花。

3.培养学生对文化传承与创新的精神

历史在不断地进步与发展，人们在不断地为传统文化注入新的活力，创造着新的文化。历史需要发展，文化需要创新。地方文化是整个人类文化的组成部分，也需要创新与发展。在教学的过程中不仅要让学生去认识地方文化的价值，还要时时注重培养学生对地方文化进行传承与创新的思想。

总之，地方文化资源的引入丰富了我们的美术课堂，拓展了我们的教学空间，为我们的美术教学注入了新的活力。在我们的课堂上，地方文化的魅力正在滋润着孩子的心田，散发着历史陈酿的芬芳！

【参考文献】

[1]刘梅:《儿童发展心理学》，清华大学出版社2010年版。

[2]尹少淳:《小学美术教学策略》，北京师范大学出版社2010年版。

[3]周增炎、余琳玲:《中小学美术类课题研究与论文写作》，浙江大学出版社2007年版。

[4]徐金菊、于丽伟:《浅谈美术新课程改革与教学实际的结合》，《新课程(教育学术)》2010年第1期。

[5]万艳:《浅谈新课程理念下美术欣赏课教学》，《新课程》2010年第3期。

浅谈新课改背景下基础美育的趋势所向*

曹怀良

近年来,教育新课改出台后,在各级领导的重视和广大教师的积极参与下,基础教育教学发生了令人鼓舞的变化。

一、方法提升内容,基础美术教学更加"人性化"

正如济南市教学研究室美术教研员丁建国说:"课程的改革不仅是内容的改革,也是教学过程和教学方法的改革。"新课改后,首先,美术教材设计以最大限度地满足学生的需求为目标,贴近学生生活,摆脱了单纯以学科规律为导线的传统教材设计模式,开始注重学生个性的养成、潜能的开发、能力的培养、智力的发展,变"教材"为"学材",建立以造型艺术语言为基础的四大学习领域——造型表现、设计应用、欣赏评述、综合探索的单元式划分,还提供了丰富的与学生学习生活背景有关的素材,从已有的经验和兴趣出发,让学生进行实践性美术活动,亲自体验、探索、思考和研究,把所学知识应用于实践,有利于学生积极参与教学活动过程,充分体会社会的进步和发展,是一种突出现代意识和中国特色的新型美术教材。其次如何创造性地使用教材,需要教师融入自己的科学精神和智慧,对教材知识进行教学重组和整合,选取更好的内容对教材深加工,设计出活生生的、丰富多彩的课程。正如米海峰老师所说:"教学内容是一颗颗珍珠,教师的引领是串起珍珠的一根线。如何把漂亮的珍珠巧妙地串起来,需要莫大的教学智慧。"教学方法的巧妙使用是关键。由过去的灌输式到现在的启发式,再到探究性和生态式教学方式的改变等,都在很大程度上体现了关注学生、关注人性发展的宗旨。总之,内容让方法多样,方法使内容精彩。这让我不由得想起在一次省优质课评选活动时,青岛市实验小学刘建老师的一

* 本文原载《山东教育(中学刊)》2016 年第 Z3 期。

节课《夸张的脸》让我感触很深，如果不是后来的下课铃响，我都不认为是在课堂上。整节课没有太多的修饰与花样，却让人有入迷的感觉，轻松而自由，快乐又畅漾，像家长陪孩子在海边玩耍。“一锤二切三扭搓”，点出陶泥的基本制作方法，简洁、干练，教师用体验说方法，学生用想象说形状，就这样导入了新课。教学过程中学生更是活跃非凡，有很多奇思妙想。一会儿团搓个球做眼，一会儿切、搓成丝当发，一会儿又从泥中抽出了个“爆炸头”，学生手中的泥和泥中多变的形让我感到平凡中的奇妙与艺术中的真实。课堂中的作品自评与互评更体现了体验过程的喜悦和学生对自我的一种认可，更让学生知道了学会欣赏别人、接受别人的建议、吸收他人的优点也是一种很好的学习方法。欣赏作品时，如果在大师的作品面前，学生有可能表现得无动于衷、无从说起。但在同年龄段生活习惯、阅历差不多的同学的作品面前，学生们表现得很特别、很积极，也很有见解。如那大大的门牙是吃零食后换来的歪牙，那扭曲的脸、圆圆的鼻子是考试不好气出来的，那飞上额头的眼睛和整个脸上大大的嘴是吃惊的样子，那又细又长的舌头、一睁一闭的模样是装扮的鬼脸……

在师生的交流中渗透着故事和经历，展现着口才和思想，演绎着欣赏与分享，这是一种别样的沟通。这让我不由地想到陶行知的一句话：“让我们解放眼睛，要看事实，看未来；解放头脑，要想得通，想得远；解放嘴巴，享受言论自由，谈天谈地，谈出真理来；解放双手，甩去无形的手套，大胆操作，向前开辟。”在这样的课堂上，学生将自己的情感、意向和观念托付于材料，把现实的课堂办成演示的舞台、自我的空间。学生在和谐的课堂气氛中呼吸、在过程中丰富、在思绪里升华、在动手中体验，正如杨静之教授的一句话：“美术教学不能单纯看作是画画儿，而重要的是儿童在美术活动中自身需求得到满足，关注学生就要求关注学生的生活经验、学习方式，关注学生的处境与感受，关注学生的状态与反应……”总之，有效的引导、巧妙的方法就是关注学生的个性发展，最大可能地满足学生成长的不同需求，这也是实现教育可持续发展的前提。只有这样，才能让我们的美术教学保持永恒的活力。而教育的本质在于提升人的生存质量，任人都成其为人，天性得到保护，个性得以张扬。因此，21 世纪的“教书育人”更加人性化了。

二、课程特色资源的开发与利用使“生活化”的基础美术教育教学盛行

2011 版课程标准的前言部分就指出，进入 21 世纪后是视觉文化的时代，“美术课程应该在我国基础教育课程体系中发挥更积极的作用，为国家培养具

有人文精神、创新能力、审美品位和美术素养的现代公民”。这一观点的提出，不仅要求美术老师做一个时代的博学者，新理念的创设者、实施人，还要努力拓展教育的宽度和深度。教育的全面化涉及生活的方方面面。伟大的现代教育学家陶行知先生的“生活即教育”，让我认识到美术课不仅仅是过去所认为的单纯的技能技法的学习，而是一种文化的领悟和传授。

凸显美术课程本质的视觉性和实践性，在强调优秀的视觉图像的同时，更应该注重生成性的教学因素。不要把它全部变成预设好的，美术课应该更多地呈现生动的情感、生活。从这一点上来说，教师要充分地理解和拓展教材，灵活地运用教材，有效地利用身边的资源。我把农村现有和特有的材料分成四类：第一类是地方性民间艺术。在聊城地区，这类具有地域特色的民间艺术包括剪纸（如阳谷金凤杰）、面塑（如冠县郎庄）、泥塑（如聊城泥人张、马官屯泥娃娃）、版画（如阳谷张秋木版年画）、工艺葫芦（如东昌李玉成）、虎头鞋。第二类是自然资源，即现代农居所处的辽阔环境，如河流、小桥、家居、鸟禽、田地、树林等自然风光。第三类是农副产品。这类材料大都随着季节而改变，如玉米苞、高粱秸、稻谷种、棉壳、豆荚、干树枝、干花草等。第四类是常见农家日用品，既包括毛线、纽扣、碎布、火柴、铝条、铁丝等日常用品，也包括特殊地域的特色材料，如莘县燕店香瓜市场常见的网袋（版画材料）、透明的彩色纸（可做扎花）等，再将后两类分成块材、面材、线材和其他。这样就可以根据需要，随时随地搜集使用，也能够有效地把美术学习与实际应用结合起来。课程标准特有的导向性和适应性，让各个地方的特色资源有了用武之地，但在不同的地域和不同的文化背景下，地方资源有着不同的美术表现方式和生活方式。课程标准有着对全国不同地区的适应性，尤其是在经济、教育、文化存在一定差异的地区。充分增加教学的可能性、多样性及特色性，也体现了美术教育所追求、强调的人文性和愉悦性。因此，新课标下的基础美术教育更加贴近本地、本土式的“生活”了。

三、让动力变毅力，基础美术教育教学的“社会化”大发展势不可挡

教育的对象是人，教育的目的是“为学生的终身发展提供必备的基础知识、基本技能、良好的情感态度和人生价值观”，培养学生适应多变而复杂的社会发展环境。教育的社会化发展是形势所需，是社会发展的必需。

美术教育教学作为一种文化，在强调美术是人文学科的同时，更加注重对学生人文精神、人文素养的陶冶。陶行知先生说：“乡间的山清水秀，尽您游览，是美，烧饭、画画、写字，也是美……”“如能自慰慰人，也是美……”美无时无处

不在，美是生活的表达，美是精彩的再现。达宁也曾这样说：“大自然无法躲避艺术家的慧眼。”他同样道出了那些惊世名作都是取材于社会生活或启迪于现实实践的。只有你留意生活，生活才会器重你。大自然中的任何事物都具有一定的审美价值或是经过提炼而具有审美价值的“待艺术品”，这种“待艺术品”的再开发和利用，渗透着综合知识的使用。如：花的结构特点、生长环境要结合生物学科；构图、文章等要分主次，富有结构的形式美，在手法上也有对比、渲染、夸张等表现手段，并且还涉及数学中的黄金分割点和比例关系。美术课程在培养学生对人自身情感、思想、价值观的认识和了解中起到不可低估的作用。这种美术学科的渗透性、综合性和人文性特点，在学生的学习中起到重要的载体和沟通作用。作为一种动力和活力，基础美术教育需要重视，更需要发展。

教育部基础教育司副司长朱慕菊曾声明，教师作为课程改革能否顺利进行的重要因素，在今后的日子里，每一天都有可能会遇到新的问题和挑战。教师不仅要做到不断地反思并调整自己的教学行为，而且要逐步形成明确的教育新观念，自觉地把改革的目标和自己教育理想结合起来。因此，教师在课改中既不能急于求成，也不能脱离实际进行空中楼阁式的改革，要做到大胆探索，慎重稳妥地推行。只有这样，美术教育教学才会顺利进行，给社会带来新的生命与活力，尽善尽美的基础美术教育教学才会有更广阔的“新天地”。

历史非选择题解题指导*

何书宝

一、解题技巧

1. 材料型问答题

（1）认真阅读所要回答的题目，注意提问中的提示语，如“根据材料”或“结合所学知识”；注意对所问问题的简化与转化，明确所要回答的内容。

（2）仔细阅读材料，特别要注意材料中的人物、地名、历史事件名称、时间、作者、材料出处（著作），尽量从材料中获取与材料相关的有效信息。

（3）将材料中的有效信息和教材相关知识点连接，并结合问题整理答案（腹稿）。

（4）组织简洁的学科语言回答。根据分值组织答案，一定要分点作答，列点明确，注意条理。材料解析题的回答要采用精练、概括的语言作答，言简意赅，切忌拖泥带水，一般情况不得摘抄原文（把材料的观点用自己的语言简洁归纳出来）。

2. 分析综合型问答题

（1）看清题目中的提示语、限定词、提问项，特别要注意题目中出现的历史时间、国家、人物等关键词。弄清问答题的类型，如叙述型、比较型、评述型（先作出评价，后结合史实进行论述）、开放型（任选一种观点进行评析）。

（2）对于比较型问答题来说，根据比较项作答；如果没有明确的比较项，一般从事件的背景（原因、条件）、进程、性质（实质）、结果、作用、影响等方面入手。

（3）对于大跨度、高概括的问答题来说，要尽量用章节、目录的标题作答，用重大历史事件的阶段特征、原因、影响进行概括性作答，切忌回答过于详细。

---

* 本文原载《育才报·教研周刊》2017 年第 49 期。

(4)对于小切口、深分析的问答题来说,要抓住历史事件的主要特征进行深入分析,从原因、性质、进程、结果、影响等方面一一分析。

(5)对于历史阶段特征题来说,从历史发展的阶段特征回答,如从政治、经济、民族、对外交往、军事、思想文化等方面作答。

(6)答题要求:①根据提问项一问一答,做到序号化;②看分答题,分多多答,分少少答;③用教材语言作答,忌口语化和自编语言。

(7)特别要注意题目中的问题,问什么,答什么,切忌离题万里,不着边际。

二、典型例题

中国形象在近代文学与传媒里有几个主要意象。阅读下列材料,回答问题。

材料一 “危船”与“陆沉”

刘鹗在1903年发表的《老残游记》首章中有一个寓意深刻的比喻:把大清帝国比作一艘行在“太平洋”上即将沉没的危船,船上有数不清的难民,有手足无措的水手,有糊涂的船长,有趁火打劫者、跳海逃命者,还有鼓动人们造反的演说家。自命不凡的老残认为只要给他们送去罗盘,调整航线,就可以化险为夷。然而,当老残等人冒险驾船给危船送去罗盘的时候,却被众人认作“洋鬼子差遣来的汉奸”而被砸翻船。

与“危船”隐喻相近的中国形象还有“陆沉”意象。同时代政治家与知识分子的诗文当中,都用“陆沉”表达自己对时局的看法。如秋瑾诗句:“祖国陆沉人有责,天涯漂泊我无家。”章太炎撰文署名“陆沉居士”。

材料二 “东方病夫”与“东亚病夫”

在英国侨民奚安门主办的《字林西报》1896年10月17日的一篇文章中,出现“东方病夫”一词,时任《时务报》主编的梁启超译为:“夫中国——东方病夫也,其麻木不仁久矣,然病根之深,自中日交战后,地球各国始悉其虚实也。”

1938年柏林奥运会,中国代表团回国途经新加坡时,当地报刊发表了一幅讽刺漫画:在奥运五环旗下,一群头留长辫、身穿马褂、面容枯瘦的中国人,用担架驮着一个巨大的鸭蛋,题为“东亚病夫”。从此,“东亚病夫”就成了外国人对中国人的贬称。

梁启超完成于1906年间的《新民说》中提道:“我以病夫闻于世界,手足以瘫痪,以尽失防护之机能,东西诸国,莫不磨刀霍霍,内向而鱼肉我矣。”

(1)“危船”和“陆沉”意象反映了当时中国怎样的状况?反映了进步知识分子怎样的心境?

(2)“病夫”在当时社会背景下主要是指什么?“东亚病夫”称谓的出现和流行反映了什么问题?

【解析】第(1)问中的第一小问要根据材料一中的信息逐层概括作答;第二小问从材料一中秋瑾诗句体现出的情感分析即可。第(2)问中的第一小问的答案可从材料二中“其麻木不仁久矣,然病根之深”“一群头留长辫、身穿马褂、面容枯瘦的中国人”等信息归纳得出;第二小问可从民族危机、中国国际地位、先进知识分子对中国命运的思考等角度分析。

【答案】(1)状况:中国社会落后,政治腐败,社会矛盾尖锐;排斥外来先进文明;外敌入侵,民族危机加深。心境:中国文化已经不能应对西方世界所提出的挑战,具有亡国灭种的心理忧惧;对清政府的幻想不复存在,应承担起救亡图存的自身责任。

(2)病夫:男人吸烟片、梳辫子,女人裹小脚等丑陋病态。问题:甲午战败后,民族危机加深;中国为西方所轻视,殖民者对中国形象的歧视性描绘;近代知识分子的民族忧患意识增强。

如何在语文教学中渗透生命教育*

刘修方

生命教育是一个有着明确的价值追求而又涵括多重主题的教育实践领域，通过生命教育，可以使学校变得更有吸引力；通过生命教育，可以使课堂焕发出生命活力；通过生命教育，可以使个性变得丰富；通过生命教育，可以使人格变得正直。

生命教育并非只是一种观念，它可以很自然地融入课程、活动当中，让学生对生命有自发性的反省，让学生在学习与生活中有机会体验生命神圣、民主、平等、自由、理性、个人独特性和文化多元化等价值。

生命教育对于培养孩子的自信心是有正面帮助的。让学生在对语文材料的阅读与学习中去感受人类广阔的文明成就，去学习文本的解读和自由表达，在文字中感受人性的美好，感受生命的灿烂与辉煌，领略世界的丰富与神奇，在学生的心灵深处打下一个亮丽的精神底色，这应该是语文教育中生命教育的目标之一。

一、创设丰富的、高品质的语言环境

对母语的语言学习负载着更多的责任，它不只是一种交际的工具，更是一种文化的传达、价值观的引导。在语文教育中渗透生命教育无疑是对语言所暗含的文化与价值观的一种丰富。

如何创设丰富的、高品质的语言环境呢？语文老师往往是"说得最多"的老师，学生们也常常因为信息量的压力而减弱了对语言文字本身的感受力，要创设丰富的、高品质的语言环境就需要老师和学生都增强对语言文字的感受力和敏感性。

---

* 本文原载《平安校园》2014 年第 3 期。

首先，教师的语言要有逻辑性和概括力。富有概括力的表述会大大限制语言的"量"，使老师从过多、过细的分析讲解中走出来。其次，教师的语言要优美而准确。使用大量描述性的语言是语文老师的长项，但他们却往往忽略了语言的优美与准确，优美而准确的语言会给学生创设更多想象的空间。在语文教育中渗透生命教育其实是一种教育观的扭转，即尊重学生个体存在的价值与情感体验。这种观念同样体现在教师的语言中，尤其是教师的提问方式与表达方式中，不武断地否定学生对人物或文章的理解，而是在尊重学生个性理解的基础上发展他们的认知；减少答案单一的问题，多给学生一些选择，多一些机会使学生理解与感悟生活的多样与丰富；多一些有关文本主题的创意讨论，倾听学生的评判，发散学生的思维，给学生一些自由运用语言的权利，而不只是简单的程式化的提问与回答。

在语文教学中，教师要能够很好地利用教材提供的学习资源，为学生创设丰富的语言环境，让他们在丰富的语言环境中、在充满真情与智慧的氛围中健康成长。

二、重视学生的自主阅读

现代的阅读观认为，一般意义上的阅读是搜集处理信息、认识世界、发展思维、获得审美体验的重要途径，语文课程的阅读亦是如此。美国宾夕法尼亚州阅读能力评估咨询委员会给"阅读"下的定义是："阅读是一个读者与文本相互作用、构建意义的动态过程。构建意义的实质是读者激活原有的知识，运用阅读策略适应阅读条件的能力。"英国的英语课程大纲关于阅读的表述是："应鼓励学生做充满热情的、独立的、反思的阅读"，"应指导学生具体深入地思考读物的质量和深度，鼓励他们运用自己的想象力对作品的情节、人物、思想、词汇和结构做出反应"。

在语文教育中倡导生命教育是通过学生"充满热情的、独立的、反思的阅读"而实现的，我们要重视学生在语文学习中的自主阅读，尊重他们阅读态度的主动性、阅读需要的多样性和阅读心理的独特性。

1."对话"作者

语文学习中的自主阅读是学生、教师、文本之间对话的过程，是一种生命与生命的精神对话。学生不再是被动的"容器"，教师不再是单纯的传授者，让学生在文本的引领下，通过阅读与作者相遇，与作者(可以是打破时空界限的友人与大师)进行精神的自由交流和心灵的对话，在对话中丰富对生命的理解。

2.回归"个性解读"

不过分依赖分析,不强求准确理解,不追求标准答案,鼓励学生的个性感悟和解读,尊重学生从个性出发的自由选择,尊重学生的学习和生活实际,充分调动学生的已有经验,真正引领学生进入文章情境,让文章进入学生的生活世界、内心世界,产生属于学生个体生命独特体验的情怀。带有个人经验色彩和想象的理解往往是充满灵性的,闪耀着创造的光芒和智慧的火花。

3.重视学生的独特感受和体验

每个学生的生活经验和个性气质都不一样,教师应鼓励学生对阅读内容做出独特的反应,将自己的阅读感受与作者的意图进行比较。

4.营造"创造性阅读"的氛围

教师破除对选文与标准化诠释的迷信,强调理解的多种可能性,提倡独立思考,鼓励学生提出自己的看法和疑问。萨特说:"阅读是一种被引导的创造。"学生在阅读中并不是消极地接受、索取意义,而是积极主动地发现、构建意义甚至创造意义。

三、引导学生进行发现学习

在语文教学中,鼓励学生发现、提出和解决问题,是使学生自觉地参与教学过程的重要策略。我们在以往的语文教育中过多地强调知识的传授,忽视了学生的个体价值与情感体验以及蕴含在语文知识中的情感与智慧,引导学生在语文学习中进行"发现学习"正是对学生渗透生命教育的重要途径。

我们要把传统课堂教学沉闷的"呈现—接受"模式变为生动的"引导—发现"模式,即"在引导下发现"和"在发现中引导"。语文学习的特殊性在于学习的文本一般都是对生活的提炼,所以,学生对文本的接收都是发现式的接收,他们同时发现了熟悉的和陌生的内容,并在个体经验之上有了个性的理解。教师在此时要做的是"在发现中引导",使学生不仅仅局限于个性的理解,而是在个性理解之上对自我有所提升和超越。但学生的提升和超越绝不是简单的"集体认同和拔高",而是建立在个性之上的提升和超越,不同的个体会有不同的提升,因此教师还要进一步做到"在引导下发现"。

以我们所熟悉的以"亲情"为主题的文章为例,学生从文本中体验到的爱首先是基于自己生活的一种发现,这种发现只是部分的认同,往往不如作者所传达的情感深刻,这时教师就要"在发现中引导",使学生在个体的经验之上去领会作者的思想,感受高于自己的经验或与自己的经验不同的爱;学生在领会作者的思想之后，对自我的个体体验就会有更深刻的体悟，教师要反过来“在引导下发现”学生的体悟。如父亲苦涩的背影虽然显示了一种沉默的父爱，但其中的细腻与关爱丝毫不比母爱逊色，那些曾经被忽略的父亲的“沉默”会在学生学习的过程中被“发现”。学生学习的过程显然也是对自己所经历的爱的一种发现、梳理和提升，一旦“发现”，爱才会有生命力。

四、倡导发展性评价

发展性评价就是旨在促进教师成长与学生发展的教育评价。教育评价有诊断、反馈、导向、激励、甄别等功能，而这些功能都可以服务于教师的成长和学生的发展。在语文教育中倡导生命教育正是对学生的成长与发展的尊重。

在语文教育中倡导发展性评价的目的在于让学生参与制定评价的内容和标准；共同设计评价工具；客观、全面地收集和分析事实、证据；充分真诚地肯定所取得的成绩，明确改进的方向并制定改进方案。通过发展性评价使学生感受到自己作为独立个体的成长与进步，从而树立积极乐观的生命态度。另外，发展性评价中评价标准的多元化，也会使不同风格和个性的学生都有被认可和赏识的可能，这对尊重不同个体是十分重要的。在具体的语文教学中，可通过进行发展性评价来推进生命教育的落实，包括：(1)努力营造一种平等、民主、和谐的课堂教学氛围，以利于学生主动、自由、充满信心和乐趣地进行学习实践活动。(2)在教学过程中，教师始终要尊重学生个体的学习，鼓励学生提问，并引导学生善于提问，培养好奇心和探究精神；尊重学生发表不同的见解。(3)在日常作业的评价中，允许学生选择适合的学习方式，鼓励学生自主选择作业形式。(4)帮助学生建立自己的评价袋，收集自己不同时期的作业，感受自己的成长，也使教师能够在纵向的基础上去公平地看待每一个学生的成长。

综上所述，在语文教育中渗透生命教育的价值追求，无论是对于学生个体的发展(特别是精神的成长)，还是对于整个社会建设高度的精神文明，都有着至关重要的意义。教育是基于生命的教育。生命的潜能是无限的，教育要创造条件，去激活生命的灵动与飞扬，促进每个生命创造性地、富有个性地发展。

【参考文献】

[1]张必隐:《阅读心理学》，北京师范大学出版社 1995 年版。

[2]冯建军:《生命与教育》，教育科学出版社 2004 年版。

[3]李家成:《生命成长与学校教育》,《人民教育》2004 年第 21 期。
[4]联合国教科文组织国际教育发展委员会:《学会生存》,教育科学出版社 1996 年版。
[5]姚全兴:《生命美育》,上海教育出版社 2001 年版。
[6]叶澜:《把个体精神发展的主动权还给学生》,广东教育出版社 1999 年版。

提高高中美术课堂教学的四个策略来源*

秦媛媛

语言学家倪海曙说："对于孩子来说，学习的最大动力，第一是兴趣，第二是兴趣，第三还是兴趣。"要让学生喜欢美术课，激发兴趣是前提。因此，教师必须想方设法激发学生的美术学习兴趣，让课堂气氛变得轻松和谐，让学生积极主动地参与教学活动，才会取得良好的教学效果。

一、激发学生的探究兴趣

"兴趣是最好的老师"，如果学生没有兴趣，只是被动地学习，则会直接影响教学效果。搞好教学"开场白"，才能大面积地提高学生学习美术知识的愿望。学生的内因才是获取知识的关键，所以教师首先要激发学生的兴趣，学生有了兴趣就不会感到学习是一种额外的负担，就会主动去学。作为教学的引导者，我们应当充分发挥美术教学特有的魅力，使课程内容与不同年龄阶段的学生的情境和认知特征相适应，以活泼多样的课程内容呈现形式和教学手段，激发学生的学习兴趣，并使这种兴趣和主动意识转化成持久的情感态度，使学生做到乐学、主动学，学有所得，越学越爱学。

首先，发掘教材内容的呈现形式，寻找刺激的新异与变化。在教学中，教师要创造性地处理好教材中某些看上去似乎是"枯燥乏味""简单易懂"的内容，采用学生喜闻乐见的、灵活开放的呈现方式，给学生以出乎意料的新颖感受；或设置思维荒漠，诱发学生的好奇心和求知欲。巧妙处理好这些内容，往往是教学中防止学生松弛、疲沓、厌学，引发学生兴趣的关键。教师要充分利用情感体验，激活学生的主体意识。如在讲授《最后的晚餐》这幅举世名作时，可以通过充满激情的声调和富有情感的语言，以一组学生排演的 13 个人物动态揭示犹

---

* 本文原载《课程·教材·教法》2017 年第 8 期。

大的卑劣、丑陋，表达画家对善与恶、美与丑、崇高与卑鄙的鲜明爱憎，让学生深刻体会此画的意境，体会达·芬奇作画的技巧，以达到学习主体的情感和审美的和谐统一。

其次，发挥美术教学活动的独特魅力，满足学生的审美需要。学习兴趣是个体力求探究事物并带有强烈情绪色彩的认识倾向。我们在美术教学中，要做到以下两点：一是积极采取各种生动有趣的教学手段，如影视、录像、多媒体、范画、参观、访问、旅游，甚至故事、游戏、音乐等方式再现形象，让学生更多地接触实际事物和具体环境，增强对形象的感受能力和想象力，不断给学生以高尚的审美体验，激发学生自主探究美术的兴趣。二是注意调动积极的情感因素作用，从满足学生的一些重要需要入手，引发学生的快乐情绪，使学生在发展求知需要的过程中，尽可能充溢着积极的情绪体验，满足对美的需要。

二、培养问题意识

在美术课堂中，一般都是教师提出问题，学生讨论研究或根据问题进行想象，对这样大同小异的美术课堂学生慢慢就会失去兴趣。美术学习，需要学生将所有的感知、情感和智慧投入到学习活动中，所以在美术教学中培养学生的问题意识就显得尤为重要。在美术教学实践中我们应该怎样培养学生的问题意识呢？

1.创设问题情境

在美术教学中，由于受教师、学生和教学设施条件等因素的制约，让学生在认知活动中主动发现、提出问题有一定的难度。这就需要美术教师对学生从产生问题意识到逐步学会发现问题、提出问题给予必要的引导、帮助。首先，完全可以由教师直接提出探究学习的问题，学生根据所提供的问题进行有高度探究性的学习活动。而且，只要学生真正地进入探究美术知识、技能的过程，就会提出这样那样的问题。其次，集中筛选和引导优化学生从问题情境中生发的问题，由此明确后续探究的目标和内容。通过这样的教学过程，可培养学生提出问题的意识和能力。

2.消除学生的依赖心理

在教学中，不仅要教给学生知识，更重要的是要教给学生终身受益的学习方法、学习思维、学习品质，以此来培养学生主动、独立获取知识、处理问题的能力。在教学中，教师应教给学生学会提问的技能，引导学生学会从相关事物中找差异性、从不相关事物中找相关性。比如，在教学内容的关键处设问、在饱含丰富智力因素与思想教育因素的知识处设问、在同伴认识矛盾的焦点处设问、在美术技巧的运用上设问等。

3.多给学生成功的体验

在教学中,教师只有对学生提问或回答持有正确的态度,让学生尝到探究的成果,尽可能地给予学生成功的体验和愉悦,才能激起学生学习美术的兴趣,才能引发学生求知、探究、创作的欲望,并能引出另一些问题。实际上,整个学生探究活动都是由问题引导的,培养学生的问题意识和提出问题的能力应贯穿探究活动的始终。

三、关注学习过程

关注学生的学习过程,是引导学生学习探究的关键。探究性学习实际上是一种精心设计的教学活动,在有效的活动设计中,作为组织、参考、指导和伙伴关系的美术教师,应从以下两个方面关注学生美术学习的探究过程:

1.突出学生在学习中的地位。经过教师精心设计,把教学过程转化为学生自主学习、自主探究、掌握方法、培养能力的过程,把学生推向探究知识的前台。在美术课堂上,从探究问题的提出、学习伙伴的选择,到学习过程的安排、学习方法的确定,乃至学习成果的呈现,学生都有大的自主性,也有更多实践的机会和更大的创造空间。学生在学习和探究中始终处于主体地位。

2.提供交互式的学习平台。在课堂上,创造氛围、空间,提供学习、实践的机会,使美术教学有一个民主、宽松、和谐、愉悦、包容的氛围。在整个学习探究过程中,时时、人人有提问、发表、展示的机会,让学生更多地介入信息交流。教师应尽可能地创造活动环境,让学生自由奔放地想象,在无拘无束的氛围中引发学生的创作灵感,让学生在富有情趣、表现活动自由的美术教学过程中,逐步体会美术学习的特征和技术方法,形成基本的美术素养和学习能力,培养个性和创新精神。

四、把握发展性评价

美术探究性学习并非要求学生像艺术家那样,必须解决某些具体的问题。在学习探究过程中,学生是否真的探究出了什么并不重要,关键是让学生了解研究问题的方法,培养研究问题的意识。在课堂上,教师与学生讨论得最多的是设计的思路、获取材料的途径和解决问题的具体方法。所以,美术探究学习的评价应该是一种形成性的评价,能够反映学生的成长发展历程。它突破了长期以来在美术教学中重结果、轻过程的不良现象,促使美术教师全面、多层次地看待学生，积极采用多维、多级的评价方式，适应不同个性和能力的学生的美术学习状况，并以鼓励、表扬等积极的评价手段，从正面加以引导，使每个学生在自己原有的基础上都有所发展。

【参考文献】

[1]王文博：《教学中培养学生观察能力的有效策略》，《学周刊》2011 年第 16 期。

[2]蒋煜平：《课堂教学——预设与生成的融合》，《新课程(教育学术)》2011 年第 6 期。

[3]徐蕾：《如何提术课堂教学的有效性》，《新课程研究(上旬刊)》2011 年第 7 期。

[4]杨怀烈：《浅谈新课改下课堂教学的有效性》，《成长之路》2011 年第 21 期。

有效对话：向阅读教学更深处漫溯*

杨文波

对话教学作为一种富有时代精神的教学理念，为语文课堂教学改革与探索带来了一股清流，课堂上出现了更多的书声琅琅和各抒己见。但纵观当前语文对话教学现状，仍存在着诸多“为对话而对话”的教学现象，如课堂冷场、形式化问答、目标游离、学生“失语”等，使得对话教学有形无实，教学效益大打折扣。有效对话以教学质量为核心价值诉求，更加关注对话能力的培养。因而，如何在阅读教学中真正实现有效对话尤为紧要。

一、情境创设，激活对话

情境是教师引领学生进入对话状态的前奏，创设理想的对话情境，教学对话也就成功了一半。所以，教师首先应该考虑如何创设富有生命活力的对话情境，把学生巧妙带入“情境场”——情感情境、矛盾情境、问题情景。运用教学智慧，让学生在自由开放的教学情境中能动地把既有经验与要探究的问题关联起来，把学生的才智个性与表达需求结合起来，学生由此开启探索欲望，思考文本无限丰富的意蕴，真正到课文中走个来回，触发实质意义上的有效对话。如《蚁国英雄》叙述了一群蚂蚁在大火围攻下，利用集体的力量扭成一团，在外层蚂蚁舍身保护下逃出火海的感人故事。一位教师在教学伊始设计了这样的问题情境，引入对话教学：

师：面对突如其来的大火，蚂蚁做出了怎样的反应？

生：扭成一团，向着河岸的方向突围。

师：那越外层的蚂蚁失去生命的可能性岂不是越大？如何看待这一行为？

---

* 本文原载《课程教材教学研究（小教研究）》2017年第Z4期。

生：为了整个蚁群，必须有一部分蚂蚁勇于献身。

师：那当时还有更好的办法吗？

生：……（交流讨论）

师：看来时间紧迫，容不得太多思考，很多办法也未必可行，我们还是抓紧看看这群蚂蚁的命运吧！（播放蚂蚁火中逃生的动画）

生：啊，太震撼了！……

课堂上，教师首先设置悬念：蚁群是以怎样出人意料的方式逃离火海的？用此问题把学生惊叹、好奇的情绪调动起来，同时激发他们强烈的探索欲望。紧接着以第二个问题“那越外层的蚂蚁失去生命的可能性岂不是越大？如何看待这一行为？”引起学生的认知冲突。之后运用现代信息技术动感呈现“扭团逃生”“火势肆虐”等场景，将文本内容清晰地描述出来。由此，学生不但深切领悟了“英雄”二字的厚重含义，而且通过具体的细节描写去感受“蚁国英雄们至死也不松动分毫，肝胆俱裂也不放弃自己的岗位”的自我牺牲精神。

二、主题生成，智慧对话

对话主题的生成是对话教学的核心问题，课堂教学是一个动态生成的变化过程，不可能也不应该完全按教师既定的课前预设进行，往往会有出人意料、见仁见智的情况发生。教师要凭借教学经验机智灵活地应对，敏锐抓住教学中学生提出的新疑点或新观点，及时生成有价值的研究主题，通过交流互动，碰撞思维火花，体验新的感悟和认识，从而更好地达成教学目标，把文本解读引向深入和突破，真正实现对话的意义与价值。如《林冲棒打洪教头》中人物刻画细腻，形象塑造鲜明，是学生学习人物描写类文本的典范之作。下面是教师与学生展开的精彩对话片段：

师：同学们，刚才通过揣摩人物的语言、动作、外貌和神态，你对这两个人物形象有哪些初步认识？

生：林冲武艺高强，洪教头不自量力。

生：林冲谦和忍让，洪教头骄傲自大。

师：阅读当中你们还有哪些直观的感受和想法，说出来和大家交流。

生：林冲既然这么厉害，为什么一再退让呢？我总感觉他是不是有点太窝囊了？

生：洪教头为什么一见林冲就气势汹汹？有点奇怪。

师：看来很多同学都有这样的第一印象。其实，人物性格的形成与所处的环境密不可分。大家不妨找出描写人物所处环境的词句，仔细品味。

（学生边找边思考）生：林冲当时是个被发配的犯人，而洪教头是柴进的师父。

生：林冲曾是八十万禁军教头，柴进对他这么看中，洪教头心里可能“羡慕嫉妒恨”，生怕林冲抢了他的风头，所以故意刁难对方，处处表现自己。

教学中，教师引导学生初步感受人物形象后，面对学生提出的质疑，顺势把学习目标由揣摩语言、动作描写等巧妙过渡为联系环境准确把握人物，理解冲突。通过词句圈画、感悟、朗读、品味，学生对人物的认识不再孤立、肤浅，而是立体的、联系的和人文的。

三、意义分享，个性对话

对话教学的根本在于个体意义的生成。阅读是学生的个性化行为，教师要引领学生在课堂的相互交流、碰撞中不断完善，形成自我独属的意义理解，教师应激励学生用喜欢的方式阐述自己的思考和见解，并且说明理由。同时，教师还要特别关注学生倾听习惯的养成，如在他人表达时要高度专注倾听，学会抓住发言重点，理解话语内容，尊重独特感受，分享对话意义。如《爱如茉莉》讲述了妈妈生病住院、爸爸去医院照顾妈妈的生活小事，文中运用大量细节描写，让我们体会到爱的真谛。课堂上，教师应在带领学生鉴赏语言、体验情感后，对课文主题进行相应的拓展延伸。教学片段如下：

师：在文中女儿的心里，父母之间平凡、琐碎的爱就像平淡无奇的茉莉花一样简单、真切。老师想借用文中的话问一下，你想把这种爱比作什么？

生：爱如一条小溪，清澈透明，缓缓流淌。

生：爱如一朵菊花，毫不张扬，淡雅芬芳。

师：其实，这只是父母间情爱的一种。有的一如文中的朴实无华，也有的如火焰般浓烈。人世间的爱原本就有千万种，如朋友之间的友爱、师生间的关爱等，把这个“爱”字放大，你觉得爱还可以比作什么？

生：爱如影子，形影不离。

生：爱如阳光，一路跟随。

师：是什么让你们有这样美妙而神奇的联想呢？请同学们再去观察、思考、总结，以自己最擅长、最喜欢的方式深入表达你的感受。

教学中，教师首先根植文本，以问题激活学生已有的生活经验，拉近学生与文本的心理距离，鼓励学生用自己的话语表达对文本内容的理解；然后，逐步深入，将原文的“爱情”主旨解构，升华为一种大爱，开拓、解放学生的视野和思维；

最后，教师及时整理交流成果，鼓励学生自主选择表达方式，如朗读、写作、绘画、故事等，让知、情、意、行全面驱动，在探索中习得知识、提高认识，主动追寻自我意义的倾诉。

总之，教师只有致力于不断提高自身语文素养，深入探析对话教学的本质和建构策略，才能在课堂中以有效对话为媒介，实现师生语言和精神的共生，使阅读课堂教学更有实效，引领语文阅读教学向更深处漫溯。

提高学生核心素养，语文教师该怎么做*

孙义泉

“立德树人”是民族大计，“教书育人”是教育之本。“树人”“育人”都着眼于人，着眼于人的全面发展。教育部《关于全面深化课程改革，落实立德树人根本任务的意见》中指出，要充分发挥人文学科独特的育人优势，发挥综合育人功能，不断提高学生综合运用知识解决实际问题的能力。这种运用知识解决实际问题的能力就是核心素养。时代的发展，给教育者提出了新的要求。提高学生的核心素养成为深化教育改革、落实立德育人目标的重要任务。新课程标准也将培养、提高学生的核心素养置于首要地位。培养和提高高中学生的核心素养，已经成为高中教师的重要课题。

语文学科的核心素养包含四个维度：语言建构与运用、思维发展与提升、审美鉴赏与创造、文化理解与传承。它们是学生学好其他课程的基础，也是学生全面发展和终身发展的基础。提高学生核心素养的任务，语文教师应做到以下几点：

一是积极转变育人态度。语文教师的育人眼光，应该更长远；语文教师的育人目标，应该更科学。素养是人的能力与品质的综合体现，素养的培养与提高应立足于学生。以往教师可能更多关注针对文本的教学内容，而以考试为主的评价又引导教师侧重对学生应试能力的培养。课程标准对提高学生核心素养的要求是严肃而科学的，核心素养是一切能力的基础，语文学科的核心素养又是学生核心素养之基础。所以，语文教师必须转变观念，切实实施提高学生核心素养的语文教学。其实，核心素养与应试能力并不是水火不容的，素养高的学生是“考不倒”的。

二是尝试改变教学设计思路。这里所说的教学设计是指对教材的教学内容设计和对学生能力达标的检测设计。在语文学科核心素养的四个维度中，理解、运用、思维、创造是核心。教学内容的选择和设计是顺利实施核心素养培养

---

* 本文原载《学科教学研究》2017 年第 24 期。

提高的关键之一，教什么永远比怎么教更重要。语文教师在设计教学内容时，必须抓住“理解、运用、思维、创造”这几个关键词，努力贯彻实施，并以此为目标，立足文本，科学设计，稳步实施。学生达标也应该立足于能力，不纠缠于小问题和细枝末节，而应着眼于学生在“理解、运用、思维、创造”方面是否有所收获和提高。如果还是如以往那样止步于注重教学内容实施的完整性，那就有悖于提高和培养核心素养的目标要求。

三是在课堂上应切实做到以学生为主体。语文教学要培养学生的“听说读写”能力，就应该为促进语言和精神同构共生而教，提升学生的语文素养。语文素养是生命的成长、境界的提高、精神的丰满，语文课堂首先应该是人文课堂，是静心读书思考的课堂，学生能欣赏到文字之美，提升精神境界。教师要引导学生多读名著，让阅读成为学生与作者的直接的心灵交流。

四是要唤醒学生的内心，让课堂充满思考。语文素养不是简单的传授知识就能够实现的，要使学生积极主动地参与。语文课堂，不能是教学设计的翻版，而是在预设的前提下合理生成的，不是为完成教学任务而追求课堂的进度，而是教师动态地引领学生进行思考、交流、表达，把思考的权利交给学生，让学生的智慧成长。阅读、思考、交流、讨论、表达，学生受激而学，而非受教而学。不要给学生的思维设置过多的限制，鼓励学生思接千载，心游万仞。孔子就非常重视培养学生的主动性，鼓励学生思考发问，发问、答问的过程就是主动探索的过程，是思维能力逐步提高的过程。教师的任务不是引导学生向标准答案靠拢，而是引领学生学会多角度思考，促进学生成长。学生的学习应是带有个性化特点的“自由”成长，语文素养的提升在于学习的过程。这恰恰是我们忽略的，我们有时为了实现教学目标，会按照设计、利用技巧使学生一问一答或直接引领到得出答案，而剥夺了学生思考的权利和过程。雅斯贝尔斯说：“真正的教育意味着：一棵树摇动另一棵树，一朵云推动另一朵云，一个灵魂唤醒另一个灵魂。”教师不应止步于知识的传授，而更应着眼于灵魂的唤醒。

五是要给学生“悟”的时间与机会。语文素养不是靠灌输形成的，学生应有冷静的头脑、热烈的态度、积极的活动和灵活的思想。学生学习语文时面对的是先贤哲思、精美时文、自然科技，是人类智慧的结晶，因而阅读文本就是与作者对话，感知思考，吸收精华。古人皓首穷经，所追求的就是一个“悟”字，用心去和作者交流，思想和思想碰撞出火花，产生新的有生命的思想，这本身就是一种快乐、一种智慧。

核心素养的培养提高，不是一蹴而就的，也不是一朝一夕就能完成的，而是长期而艰巨的任务。我们要用心去做教育，用心灵去唤醒心灵，用我们的成长去激发学生的成长，只有这样才能无愧于国家，无愧于民族。

以“荷”明志[*]

——浅谈朱自清《荷塘月色》

段文迎

朱自清先生的《荷塘月色》是散文中的精品，向来作为高中语文教材中的精讲篇目存在。文中的月下荷塘与荷塘月色两处景致在朱自清先生的笔下熠熠生辉。荷塘上的田田荷叶、朵朵荷花、缕缕清香，夜幕下的溶溶月色，那朦胧的意境、缥渺的歌声无不把人带向美妙深邃的梦幻之地。作者在美景中抒怀，融情于景，情景交融，流露出诗情画意的浓郁，铭刻着作者此时的苦心孤诣。然而，大多数人看见了作者的“这几天颇不宁静”，看见了作者的犹豫彷徨，却往往忘记了这荷塘月色的精神与文化内涵。本文旨在从“荷文化”“月文化”两个方面来解读朱自清先生在本篇文章中所展现的情感与人格追求。

一、因境生情，缘情写景

《荷塘月色》乃朱自清先生写于 1927 年 7 月，此时中国一系列的政治变革，使得众多知识分子又一次陷入了彷徨与苦闷中。在 20 世纪 20 年代末，我们不难发现中国文坛上充斥着理想与现实矛盾而带来的“苦闷与彷徨”的情绪。

朱自清更是在这种低潮环境中彷徨着，早在 20 世纪 20 年代中期，他就曾多次和俞平伯道出自己想要脱离教育界的想法。季镇淮的《朱自清先生年谱》中记载：“我颇想脱离教育界，在商务觅一事，不知如何？也想到北京去，因为从前在北京实在太苦了，真是白白住了那些年，很想再去仔细领略一回。”“弟顷颇思入商务，圣陶兄于五六月间试为之，但弟亦未决。弟实觉教育事业，徒受气而不能收实益，故颇倦之。”可想而知，朱自清先生在文学领域上的灰心与丧气。当然，对一个文人而言，最能展现自己情怀的还是文学作品。这一时期的作品

---

* 本文原载《新丝路(下旬刊)》2017 年第 6 期。

中无不渗透着他的低落:“我的南方,我的南方,那儿是山乡水乡!那儿是醉乡梦乡!五年来的彷徨,羽毛般地飞扬!”后来的大沽口事件、“三一八”事件,也曾不间断地刺激着朱自清这样一个文人敏感的神经。《执政府大屠杀记》《哀韦杰三君》《一封信》《哪里走》,无不充斥着先生的人生理想与现实的矛盾:

在旧时代正在崩坏,新局面尚未到来的时候,衰颓与骚动使得大家惶惶然……只有参加革命或反革命,才能解决这惶惶然。不能或不愿参加这种行动时,便只有暂时逃避的一法。这是要了平和的假装,遮掩住那惶惶然,使自己麻醉着忘记了去。享乐是最有效的麻醉剂;学术、文学、艺术,也是足以消磨精力的场所。

在这三条路里,我将选择那一条呢?我既不能参加革命或反革命,总得找一个根据,才可以故作安心地过日子。

钱理群先生在其《朱自清为何“不平静”》中记述:“朱自清前述对属于自己的,自由的世界的向往本身,即已说明了他在现代中国的自由主义知识分子的立场与历史位置。而像他这样的自由主义知识分子在1927年国(民党)、共(产党)分裂后两大政治力量尖锐对立的形势下,就不能不陷于进退失据的困境之中——《一封信》与《哪里走》所表露的正是这选择的困惑。”在以上的种种记载里,我们可以洞见此时的朱自清先生在自己的世界里是多么的苦闷与彷徨。

二、借景抒情,以“荷”明志

然而,我们若是单纯地从“这几天颇不宁静”、苦闷、彷徨等方面来解读《荷塘月色》这篇散文所传达的情感,那便有些以偏概全了。

在这篇散文中,朱自清先生一方面在诗情画意的月夜美景下沉醉,另一方面又于此展露着似浓犹淡的忧伤与哀愁。从表面上来看,作者笔下的美妙夜景似乎与作者此时的心情并不是十分契合,并没有将情融于景、情景相生,似乎也并不符合朱自清先生自己所强调的“散文虽然也叙事、写景、发议论,却以抒情为主”。其实,中国传统文化向来与自然密不可分,中国传统文化的精深之处也正是在此,人与自然不是泛泛的依存关系,而是心灵相通的天人合一。因此,我们在考察《荷塘月色》时,也要考虑到作者选取“荷”“月”的良苦用心。作者正是借用这富于中国传统文化底蕴的意象借以表达自身的人生理想与追求。

事实上,朱自清也早就接受了传统文化与传统人文思想的熏陶。早在少年时期,私塾教育就为朱自清提供了浓厚的古典文化氛围。进入清华大学后,他也一直从事中国古典文学的教学与研究工作。在此期间,朱自清曾著有《经典常谈》《诗言志辨》《十四家诗钞》《宋五家诗钞》《陶渊明年谱中之问题》《李贺年谱》等，还拟写了不少古诗。传统文化的儒雅之风、“天人合一”的思想潜移默化地融入了朱自清的思想与创作之中，形成了文人所特有的气节与情操，成就了自我人格上的自洁和自尊。

在《荷塘月色》中，朱自清先生首先诉说的是自己的“颇不宁静”，但描绘的却是一个与现实不相符的唯美意境——月色荷塘。作者用诗一样的语言“描摹着塘中的荷叶、莲花、微风、碧浪，描摹着微云满月在花和叶上投下的光色和树木的倩影，描摹着塘畔杨柳的月下风姿以及蝉声、蛙声，诗情闪烁，妙喻如珠”。在这里，作者与大自然已融为一体；在这里，作者与美景已合二为一。读者读之便沉浸在这宁静而优雅的世界之中，却往往忽略了作者在此间所暗含的人生追求与精神品格。通过“出淤泥而不染”、富于传统文化底蕴的荷与孤洁高寒的月，朱自清借景抒情，以景言情，表达了自己对美好人生的向往及对高洁人格的不断追求。

由此观之，朱自清先生在20世纪20年代末特定的时代背景之下苦闷着、彷徨着，写下这篇《荷塘月色》，绝不仅仅是因为“文学是我的娱乐”，也不仅仅是为了传达心中淡淡的忧愁与哀伤，更重要的是通过“出淤泥而不染，濯清涟而不妖”的“荷”，通过“明舒照兮殊皎洁”的“月”来表现自己的精神追求。在这里，月与荷，早已不是简单的景，而是朱自清所追求的精神与人格，是他作为中国文人所拥有的高尚气节与情操。

【参考文献】

[1]郭良友：《完美的人格——朱自清的治学和为人》，三联出版社1987年版。

[2]朱自清：《朱自清全集》(四)，江苏教育出版社1996年版。

[3]钱理群：《朱自清为什么“不平静”》，《全日制普通高级中学(试验修订本·必修)语文教师教学用书》第十册，人民教育出版社2000年版。

[4]李宁：《小品文艺书谈》，中央广播电视出版社1990年版。

[5]杨义主笔、张中良、中井政喜合著：《中国新文学图志》，人民文学出版社1997年版。

高中英语教育中的优生培养分析*

任永辉

学校的教育对象应该是全体学生，但由于在学校教学中，每个学生的性格特点和学习能力、水平都不一样，教师为了教学工作的全面发展和学生培养的均衡，总是会更多地关注资质较差、成绩较弱的学生，因为很多家长和老师普遍认为优秀学生自己足够自觉而不需要过度关注。但事实上，优生的德育和思想教育也是教学工作中的重点，以高中英语学科教学为例，优生的培养应该是具有针对性和代表性的。

一、高中英语的学科定位

社会的进步促进了经济的发展，在经济全球化的推动下，英语语言应用越来越广泛，关于英语学科的教育受到了更多关注，高中英语教育更是学生英语学习的重要阶段。我国英语教学普及范围广，但应用程度低，并且这种发展态势呈现长久稳定的局面。学生在学习英语的过程中，一味死记硬背课本上的语法、单词、词组等知识，缺少创新思维和独立思考能力，不利于掌握英语语言应用的核心技能。

我国高中英语教学的主要目的是巩固、扩大学生的基础知识，发展听、说、读、写的基本技能，培养在口头上和书面上初步运用英语进行交际的能力。要促进学生对一门国际通用语言的掌握，则必须强化其态度、心智和人文素养、道德价值观方面的培养，这就需要在实际的课堂教学中，运用科学、文化和技术等手段为学生创造良好的学习环境。提高学生英语语言应用能力和综合英语素养才是高中英语教学的基本课程定位。

---

* 本文原载《中国校外教育》2017 年第 40 期。

二、英语优生的培养内容

优生的概念来自学生学习能力强弱的相对性界定，主要是指具有学习天赋、学习勤奋、成绩优秀的学生，这类学生学习的情商和智商都比一般学生要高。高中英语教学中的优生特点和主要培养内容如下：

（一）知识的掌握

优生逻辑分析能力强，能够更加迅速、深刻地掌握课本知识和课堂上老师讲解的内容，也能够全面把握问题。高中英语学科的优生对于英语学习具有充分的学习兴趣和学习激情，对于新知识能够随时保有好奇心和求知欲，并且能够主动寻找不同的学习方法，提出问题、解决问题，能够批判性地看待既有的答案，具备独立思考的能力，且善于总结。从某些层面上来说，优生的学习已不再局限于对分数和名次的追求，更多的是对一个学科的爱好和投入，是一种研究性学习。优生对于知识的把握能够实行多向联想、全面把控，善于对知识进行系统化的构建和评价。

（二）情商、情绪的调节

由于优生本身的学习能力较强，又能够严格要求自己，老师和家长都对他们寄予厚望，因而他们的社会压力较大。他们要保持优异的成绩，就需要不断自我施压，提高学习难度和学习强度，制订详细的学习计划。在高中英语学习中，优生要始终保持优秀的学习成绩，就需要不断增加自己的知识储备。在高三学习高压的状态下，优生也容易因压力过大而出现焦虑、紧张等情绪，由此产生的情绪上的调节问题需要引起老师的关注。

（三）意志力、行为的控制

事实上，优生是一个顽强与脆弱的矛盾体。一方面，他们的学习意识比其他人要强，能够坚定地朝着自己的学习目标努力，但是在心理上，由于自己对自己，老师、家长对自己的期望很高，容易患得患失，情绪波动较大，往往难以接受学习失败、考试失利。另一方面，由于优生将全部的时间和精力都用在了学习上，对于其他课外活动就会多有忽视。高中是人一生成长的关键时期，要德、智、体、美、劳全面发展，要树立道德责任意识和正确的价值观，做到学、动结合，关心国家大事，关注身边的人和事。学习是优生发展的优势，但也容易成为其发展的障碍。对于优生学习的意志力，老师需要鼓励和提倡，但是对于他们社会实践参与不足、行动力欠缺的地方，也要能够及时引导、纠正，促使他们全面发展。

三、高中英语教育优生的培养方法

(一)激发学习兴趣

学习兴趣是学生学习的原动力，在进入高中阶段的学习之后，学生的学习压力增大，而且英语学习中有大量的单词、词组和语法知识需要记忆，长期的机械性记忆容易导致学生产生厌烦情绪。在英语教学课堂中，教师要借用先进的多媒体设备，创新教学手法，以生动灵活的教学方式帮助学生学好英语、用好英语。比如，学习人教版高中英语必修一中的课文 Earthquakes 时，老师可以借助一些地理学科知识，让学生阐述地震产生的原因和现象，这样能够帮助学生更加深刻地了解课文描述的内容。学科与学科之间的知识是可以连接和共享的，发散性思维的运用能够更好地激发学生的学习兴趣。如学习英语课本中散文、诗歌时，老师可采用音乐编曲的形式，增加课文的生动性。

(二)情境式教学

高中英语课程内容一般是短片课文，除了少量科普文，大多具有故事性和画面性，知识点多包含在人物对话中。针对课文内容特点，教师可采用情境式模拟教学。例如，人教版高二英语课文 Festivals around the world，主要考察的是情态动词的使用。根据课文内容特点，老师可以通过情境设计、安排学生表演等教学形式模拟不同国家节日的特点和内容，让学生以不同国家人员的身份对节日进行描述，帮助学生进一步了解文章内容，提高他们的英语口头表达能力。

(三)加强情感教育

高中生是大学的预备人员，是国家和社会发展的预备人才，在高中教学中要着重培养学生的社会情感和社会责任意识，强调素质教育。英语学科的教学不只是为了让学生掌握一门语言技巧，而是启发他们运用这种语言识别能力进一步学习和关注国外先进文化和经验，能够以全局化的眼光和思想看待问题、处理问题。如人教版高中英语必修六中的课文 Global Warming，主要通过讲述全球变暖、温室效应这一环境现象呼吁人们关注全球性的环境问题。在学习这篇课文时，教师要注重培养学生的社会意识，引导他们关注人类环境问题。“两耳不闻窗外事"已经不适应当代教学要求,教师要鼓励学生观察生活、关心生活,加强情感教育才是培养优生的有效举措。

在高中英语教育中培养优生时,对于学习成绩优秀的学生应着重培养他们的社会情感和社会责任意识,帮助他们建立正确的人生观、价值观和世界观,提高他们的英语学科素养;对于具有优生潜质的其他学生,要积极创新英语教育教学的手法,把握好课堂节奏和课堂形式,激发他们的学习兴趣和动力,增强他们的学习能力和水平。

【参考文献】

[1]史联新:《情感教育在高中英语教育中的应用分析》,《中国校外教育》2015年第31期。

[2]李静:《我国高中英语课程功能的定位研究》,《课程·教材·教法》2016年第6期。

[3]李曼丽、康叶钦:《资优生教育理念与实践的国际比较:特色、问题与趋势》,《河北师范大学学报(教育科学版)》2014年第5期。

[4]张虹:《专门用途英语视域下的高中英语教学改革》,《中国教育学刊》2015年第2期。

漂洋过海英伦行　学无止境名师梦*

董洪霞

2016 年 5 月初，学校发放了一则关于“全国中小学优秀外语教师出国留学奖学金项目”的通知，这对于一直寻找进修机会、渴望成为专家型老师的我来说不啻为天外福音。我立刻报了名。幸运的是，市局和学校领导在经过商议后一致同意由我代表聊城市参加该项目的选拔考试。

确定参加选拔考试后，我开始在网上查询关于这个项目的详细信息。这个由国家留学基金会和国家基础教育实验中心外语研究中心联合设立的项目其实已经存在将近 20 年了！而这个项目的主要负责人竟然是声名赫赫的《英语辅导报》的主编包天仁教授！一直对包教授的传奇人生和他的“四位一体”教学法非常敬仰，现在有机会近距离接触包教授亲手打造的进修项目实属幸运。带着深深的景仰之情，我下定决心，争取在短时间内快速提高自己的业务素质，确保顺利通过该项目的选拔考试。

我在网上找到了往年的考试试题，做完之后发现需要扩充词汇量，还要提高听说能力。于是，我在手机上安装了便于随时随地学习的“百词斩”“英语趣配音”“英语听力口语通”等软件，利用一切可以利用的碎片时间，在工作之余见缝插针地学习。我把备考当成了自我提升的一种形式，给自己找到了充电学习的动力。

经过一个月的精心准备，我踏上了北京选拔之旅。选拔考试分为面试和笔试，考试形式科学规范，整个过程有条不紊，组织严密认真。主办方这种专业、用心的工作态度更加激起我强烈的参与欲望，能和这样的团队在一起合作学习该是多么难能可贵的机会啊！

经过一个半月的焦急等待，我终于接到了录取通知书！回想这段准备报名、参加考试的历程，我感慨良多。我经常听到周围的同事抱怨说：“工作繁忙，

* 本文原载《基础教育外语教学研究》2017 年第 7 期。

生活紧张，哪有时间充电学习啊？”是啊，我们很多人每天好像高速旋转的陀螺，忙工作、忙应酬、忙孩子……就像李健唱的那样：“在欲望里转，在挣扎里转，在任由天命的麻木里转。”奋斗的动力和学习的热情就这样在每天团团转的忙乱中消耗殆尽了。奥斯特洛夫斯基曾说过：“人的一生可能燃烧，也可能腐朽。”燃烧，抑或腐朽？我经常在深夜里拷问自己。综观自己的职业现状，虽然教学经验已经足够丰富，教学技能也逐渐成熟，但是在教学中我总感觉缺乏科学的理论支撑，而且经常有种陷入瓶颈期的压抑感，想突破却不知出路在何方，想深造却苦于没有机会。而出国留学奖学金项目的出现就像一阵及时雨，恰到好处地滴落在我心间，默默滋润了求知若渴的我。

在兴奋之余，我也曾犹豫彷徨过。对于已到不惑之年的一个女教师来说，抛却家庭的拖累，学习能力及身体状况都大不如前，背井离乡的国外生活会不会不习惯？繁重的学习任务是不是能够应付？自己不在家时老人、孩子怎么办？这些问题反反复复不知想了多少遍，当时的心情用一个词来形容，那就是“喜忧参半”。

带着这种忐忑不安，更带着美好的憧憬，2017 年 1 月 15 日，我们第 40 批学员一行 40 人漂洋过海，顺利抵达英国布莱顿大学，在这里我们度过了三个月的留学时光。

初到布莱顿大学的第一堂课让我印象深刻。导师杰瑞给我们上了一节瑞典语课，45 分钟的课堂上不能讲中文也不能讲英文，只能说瑞典语。这种教学法被称作“浸入法”，是欧美国家比较推崇的外语教学模式。这堂课让我深切体会到语言教学中情景设计以及反复操练的重要性。45 分钟的课堂，老师没有任何讲解，学生却能通过操练和语境猜到并归纳出学习要点，可见语境创设和操练对于语言学习有多么的重要。这种浸入式教学法对于小班教学非常实用，学生可以有充足的时间得到有效训练。在出国前，包教授反复叮嘱我们：洋为中用必须取其精华，去其糟粕，适合自己的才是最好的，凡事不能照搬。所以，对于浸入式教学法我们必须加以改良，可以取其要义，创设合适的语境，多给学生反复操练的机会，但是必要时还需要借助母语教学，这样才更加符合中国大班额教学的国情。

在布莱顿大学第二个让我感触较深的就是他们的小组合作学习教学法。英国的课堂，无论是中小学还是大学，几乎都是采用小组合作学习。以前我们学校也尝试过小组合作教学模式，但坚持没几年就渐渐放弃了。说实话，我之前非常抵触小组合作学习，觉得学生聚在一起乱哄哄的浪费时间，课堂不仅很难驾驭，而且容量小、效能低。培训期间再以学生的身份去体会小组合作学习，我的感受截然不同。记得特丽莎老师给我们介绍英国住房及生活用品时，发给大家一张关于这个话题的练习，让小组成员互教互学。因为每个学生的词汇量基础不太一样，很多词语组员之间互通有无即可解决；大家都不认识时，就分头去查，查完后再讲解给同学听。我们在培训期间的课堂活动几乎都是小组合作完成的。大家一起设计课堂，一起制作海报，一起复习备考。尤其是在小组试讲中，以小组为单位，集体备课，分工完成，既有合作又有竞争，不但提高了学员的团队意识，还让我们从别人身上学到了很多东西。小组合作学习时，学员参与度很高，充分调动了学员的学习主动性和积极性；同时，在小组讨论时学员之间不停碰撞出灵感的火花，每个人的大脑却处于积极思考的状态；学员之间的交流还有效地锻炼了自己的表达能力以及逻辑思维能力。

我们国内英语教学比较落后的地区，一些教师仍在搞“一言堂”的填鸭式教学，台上老师讲得眉飞色舞，台下学生听得昏昏欲睡。老师抱怨学生消极被动，不动脑子；学生埋怨老师自说自话，枯燥无趣。要想改变这种尴尬局面，应该让学生在课堂上多唱主角，充分调动学生的积极性和创造性，让他们的思维活跃起来。小组合作活动在把课堂还给学生的同时，老师通过观察学生的表现，能够及时了解学生的真实学情，师生能够进行良好互动，实现教学相长，提高课堂效率。当然，小组合作学习并非放羊式教学，合作活动需要精心安排，对备课也有很高的要求，设计的小组活动以及合作模式必须科学合理。在小组活动时，教师还要做好监督、指导、总结等，相当耗费教师的精力，更加考验教师驾驭课堂、管理课堂的功力。

还有一堂让我印象深刻的课是艾奥萨老师的“如何让学生张嘴说英语”。在培训之前我一直错误地认为在应试教育的大环境下很难实现让学生张嘴说英语或者用英语思考，因为我们的宗旨是“考什么就教什么”，培训时才知道这种现象叫作考试的“反拨效应”。“反拨效应”有积极的一面，各种形式的测试可以客观反映学习者在学习过程中的学习情况，使得教学内容更具有针对性，便于下一步的教学安排；“反拨效应”消极的一面就是使师生过度重视考试结果，以在考试中获得高分为唯一目的，导致教学重心偏离，教学方法单一。目前高考不考察口语，所以，课堂上老师很少给学生说英语的机会，理由是教学任务重、时间紧，完不成学校规定的教学任务，考试结果可能会不理想。但是，经过培训我终于明白，口语练习并不是张张嘴而已，它可以实现很多教学目标，比如语音、语调教学，还有语法、句型的练习；更重要的是，它可以提高学生的课堂参与度，实现教学相长。

回国后，我开始改变以前的教学模式，在注重“双基”的前提下，开创了一些便于操作、高效易行的口语活动，如“课前一分钟小对话”“课后总结小讨论”等；在课堂教学中，课堂指令全部用英语表达，遇到实际问题尽量用英语和学生交流，创造尽可能多的语境让学生张嘴说英语。通过几个月的有效训练，学生从最初的羞赧忸怩、消极抵触到现在的落落大方、侃侃而谈，这其中的转变让我看在眼里、乐在心中。而这一切都受益于英国三个月的培训，培训学习改变了我以往的教育理念，提升了我的专业素养，导师们提供的各种课堂口语活动，只要稍微加工即可拿来使用，原来力不从心的口语教学现在可以轻松驾驭了。

外语教师除了要向学生传授语言知识，提高他们的听说读写各项语言技能外，还要承担跨文化职责。对于外语教师而言，接触和了解异国文化有助于在教学中帮助学生更好地理解语言现象。此次英国之行，不仅让我们在课堂上学到了先进的教学理论和多样的教学方法，还让我们深入了解了英国的风土人情，体验了原汁原味的英国文化。

布莱顿是英国著名的海滨旅游城市，来自世界各地的人聚集到这座小城学习英语、体验英国文化。学习者大多像我们这样寄宿在当地家庭中。我所在的这个寄宿家庭就经常接待不同国家的交换生，这些交换生有意大利的、西班牙的、奥地利的，甚至还有日本的。这种独特的生活环境不但给我们提供了提升口语及听力的好机会，还让我们全方位地体验了英国以及其他国家的不同文化。房东先生的英语地方口音很浓，初到他家和他交流时，我经常云里雾里，搞不懂他说的话。经过一段时间的接触，我的口语和听力有了很大提升，已经可以和他讨论环境污染、恐怖袭击等深刻的社会话题了。房东一家人不但照顾我们的饮食起居，还经常教给我们很多地方俚语，帮我解答语言方面的一些困惑。从房东先生那里，我知道了英语地名的来历，还了解了他们的中小学教育体制，并且学会了几道代表性的英国菜，尤其是听力提升很快。我在北京参加考试时，听力在听说读写四项中得分最低，在英国学习生活了三个月后，我在最后的结业考试中，听力这一项竟然拿到了满分！这充分验证了原汁原味的语言环境对于语言学习是多么的重要。

在布莱顿的这三个月，我们每天坐公交车上下学，对于英国的公交文化感触颇深。英国的公交系统很发达，公交线路几乎覆盖社区的所有街道，交通比较便利。公交车就像英国社会的一个小小缩影，在这里我们体验到了真真切切的英国市井文化。我对于英国人在乘坐公交时“从最后一排坐起”的绅士风度很是折服。腿脚灵便的乘客一般都会很自觉地坐到顶层或者最后一排，把上下车较为方便的前排座椅留给其他人。乘客与司机都不厌其烦地把“谢谢”“劳驾”挂在嘴边，这种文明礼貌的乘车礼仪确实值得国人学习。英国的老龄化相当严重，有时候公交车上满满一车都是老年人，他们虽然步履蹒跚、老态龙钟，但大部分举止文雅、衣着整齐。很多老太太化着精致的妆容，穿着考究的衣裙，虽已暮年，却依旧气质高雅。她们让我明白了什么才是优雅地老去，我也从这些老人身上学到了热爱生活、乐观向上的生活态度，而这些东西都是在课本上学不到的。

所谓“读万卷书，不如行万里路”，这三个月的留学时光不仅让我在自己的专业领域收获满满，更让我开阔了眼界，增长了见识，加深了对世界的了解，对于很多语言现象有了达观的认识，对于英语教学也有了更深一层的感悟。纵观中国英语教学现状，虽然整体水平有很大提高，但由于地域发展不均衡，教学水平依旧参差不齐。尤其是农村中学的一线教师，他们因为缺乏理论指导，也没有机会接触英语文化，对于很多语言现象以及文化背景认识不到位，甚至存在偏差，而且因为教学资源极其有限，大部分教师的教学方法比较单一。我曾经和我们当地乡村中学的英语教师交流过，他们从来不敢也没有能力给学生开设听力课、写作课以及阅读课，对于语言所承载的文化意义更是很少涉猎。这种现象在农村中学相当普遍。所以，国家基础教育中心外语研究中心开设的这个留学项目对于落后地区的英语教学无疑是雪中送炭。它让越来越多的农村教师走出国门，接受正规培训，亲身实地地感受英语环境。虽然能够出国留学的老师人数有限，但是星星之火，可以燎原。以我自己为例，回国后学校成立了名师工作室，让我把在英国学到的教学理论和教学方法薪火相传，辐射传递出去。还有很多老师留学回国后著书立说，开办名师讲座，将自己的学习经验毫无保留地传授给其他老师，通过各种有效途径，带动了本校甚至本地市的英语教学。这种互荣共赢的传、帮、带，将在一定程度上推动落后地区的英语教学。

总之，此次英国求学使我们每个学员都有很大提升。专业知识和教学理论趋于系统化，教学方法更加多样化，对于跨文化交际也有了更深、更全面的了解。我们在学习中成长，在实践中完善。这次难能可贵的学习机会无疑是我职业生涯的一个重要里程碑。所以，我一直心存感激——感谢包天仁教授的高瞻远瞩，感谢这个项目的所有工作人员，是他们的辛苦付出才让我们有了这份幸运。

这次培训还让我感受到“学无止境”的真正含义。当你学的越多，会感觉未知的越多，你的学习欲望就会越强烈。这种体会是培训学习对我们潜移默化的影响，比其他收获都重要。因为只要有一颗渴望学习、渴望提高的上进之心，我们都会在自己的岗位上有所作为，逐渐成长为名师。《山海经》中曾记载，盘古开天时，一日九变，“神于天，圣于地”。愿我们每一个教师都有一个追求卓越的名师梦，永远不要丢掉飞翔的翅膀，有一片更高的天空，让自己“神于天”；同时，还要脚踏实地，以身践道，为中国的教育事业尽职尽责，努力做到“圣于地”。“路漫漫其修远兮，吾将上下而求索”，这次培训让我终生难忘，怀着感恩的心，我会不断提升自己的教学水平，踏踏实实地做好每一份工作，将自己奉献给神圣的教育事业！

开启英语快乐学习之门*

马　平

在我国，英语学习是一种非母语学习，对学生来说，激发学习兴趣并促使其开展自主学习显得尤为重要。让学生轻松快乐地学习语言，是我一贯秉持的教学信念。每个孩子都是一个小宇宙，那么我们怎样点燃他们的智慧和热情呢？孩子们爱玩又喜欢竞争，于是我决定举行“群星闪烁，我最棒”的活动，为学生开启快乐学习英语之门。

首先，调动学生参与活动的热情。我高调向学生们宣布：“这学期我们要举行一个活动——‘群星闪烁，我最棒’，看谁是咱们班最耀眼的小明星。根据同学们的表现，我们将评定出各种小明星。比如‘英语口语小达人’‘英语进步之星’‘记单词小能手’‘English Star’‘英语书写之星’‘纪律之星’‘刻苦学习小明星’。小明星们将会获得英文版小奖状。奖状尽管小，但非常精美，很有纪念意义。”

这些称号囊括了学生学习生活的各个方面，即使学困生也有机会获得。所以，听到这个消息，孩子们都摩拳擦掌，跃跃欲试。

接着，我宣布活动规则：“小明星称号是靠平时的表现换来的，老师不注重结果，只注重过程。老师会用不同的小印章来记录你们平时的表现。如每读熟1篇课文，得1枚背诵印章；每背熟1篇课文，得2枚背诵印章；学期末，得到背诵印章最多的同学将被评为‘英语口语小达人’；每听写正确1模块单词，得1枚单词印章；每听写正确2模块单词，得2枚单词印章；学期末，得到单词印章最多的同学将被评为‘记单词小能手’；对于英语学习有进步的，可获得进步印章，最后将会评为‘英语进步之星’；英语成绩优异的学生，将会被评为‘English Star’”。

为了鼓励学困生，只要他们能认真完成写作业，就会得到1枚作业印章；如

* 本文原载《英语周报》2016年第26期。

果当天没有按时写完，但能及时补交作业，也可获得印章。学期末得到作业印章最多的同学，将被评为“刻苦学习小明星”。另外，书写认真漂亮的同学会获得书写印章，学期末获得书写印章最多的同学，将被评为“英语书写之星”。

还有一些学困生，只要上课遵守纪律，也可得到印章，最后将被评为“纪律之星”。而另一方面，如果在课堂或者作业中表现得不理想，就相应地扣掉挣得的印章。不过教师要注意以鼓励为主，不能让孩子产生挫败和消极的情绪。

同时，教师还要多与家长沟通：如果孩子得到一定数量带有老师肯定和表扬性质的印章，家长就可以满足孩子一个情理之内的小愿望，这样能够让孩子们在获得奖励和失去奖励中学会珍惜自己的学习成果。实践证明，“群星闪烁，我最棒”的争星活动，使每个层次的学生学习英语的兴趣都大大提升，活动中孩子们成为课堂的主宰者，而教师就是鼓励他们成长的朋友。

浅谈小学英语导入技巧*

马　平

导入是教师引导学生做好学习新课知识的心理准备、认知准备，并让学生明确教学内容、学习目的、学习方式以及产生学习期待、参与需要的一种教学行为。导入是上课的前奏，是“序幕”，是课堂教学的一个有机组成部分。

“A good beginning is half done.”精心设计的导入，或鼓动情绪，或引起注意，或渗透主题，能扣住学生的心弦，有助于学生获得良好的学习效果。

一、温故知新，复习导入

有的课知识内容衔接紧密，教师可采用复习旧知、导入新知的方法。如第九模块第一单元“Did he live in NewYork?”讲述的是用一般疑问句询问过去的行为。因在第七、八模块中学生已学会用一般过去式谈论过去的行为，所以本模块内容与第七、八模块联系紧密。我采用复习旧知的方式导入本课，询问学生：“What did you do yesterday?”学生开始描述自己昨天做的事情。接着，我又询问了一个女学生“Did you play football?”这样很轻松地导入了新授课。

二、创设情境，体验导入

语言总是在一定的情境中使用的。如果学生能在相对完整的、真实的情境中体验、接触、理解和学习语言，那么他们就能够更好地理解语言的意义和用法，也能更好地掌握语言的形式。如果教师能在导入环节巧妙创设情境，让学生在真实的情境中体验、接触、学习语言，本节课的导入就会水到渠成。如 Are you going to run on sports day? 本课是用 be going to…结构制订计划。我采

* 本文原载《小学英语教学设计》2016 年第 1 期。

用情景教学法，高兴地告诉学生一个好消息："We're going to have a Sports Day. What are you going to do?"在教学中，设计这样一个虚拟的教学情境，使学生们一个个摩拳擦掌、跃跃欲试。

三、巧设问题，悬疑导入

问题式导入就是教师根据小学生的认知规律以及他们的理解能力和认知水平，充分调动其学习的主动性，激发其内在的学习动力，实现教师主导作用与学生学习积极性的结合，引导学生独立思考，培养创新思维。巧设问题，悬疑导入，能使新课很快切题。当然，教师在设计问题时，要注意以旧带新、由浅入深、先易后难的原则。如课文"Where are you?"是用 be going to…结构制订、谈论计划和旅行经历。

上课开始，我就和学生谈论大明的旅行计划，Where is Daming going? What is Daming going to take? Who is going to go with him? When is Daming going to the airport? 通过一个个问题，引导学生学习课文。然后通过提问问题，由大明的旅行计划过渡到学生自己的旅行计划。

四、激发兴趣，故事导入

学生对故事情有独钟。在上课之前，教师精心而巧妙地设计一个故事，可以激发学生的学习兴趣，营造教学气氛。故事作为新旧知识的衔接点，可为教学的顺利进行打下良好的基础。如"She couldn't see or hear"是通过介绍海伦·凯勒的生平，让学生学习介绍人物的生平事迹。上课前，我从有关凯勒学习"水"的动画视频开始导入新课，一下就激发起了学生学习的热情。他们敬佩故事中的凯勒，急于了解凯勒更多的事情，接下来新课的学习可谓水到渠成。

美术教学中“两年三步”策略的有益尝试*

薛红芳

依据课程标准新理念，针对地域、学科、年级、学生特点，经过十多年的教学摸索，总结出了以每次循环初一、初二两年教学时间为路径，运用柔性管理方案、原则对不同年级、不同学段的学生对美术学科所产生的多变认知观和态度观采取三步调整的策略。

一步：知内心、激兴趣——使美术“如水得鱼”

面对“大杂烩”般的初一新生，教师要注意体察学生的心绪、稳定学生的情志和了解学生的认知基础，才能准确、有针对性地调整教学计划。这一学段的大部分学生对美术知识的积累微乎其微，有的甚至从来没接触过，借用杜威的话说“一切希望和欲望都含有缺乏”，“渴了想喝，困了想睡”。这种自然需求，像存在于体内的一种潜在的力量，只要教师轻轻一拨，就会激发起学生学习的好奇与冲动，只有喜欢才能谈得上接受。因此，我从兴趣出发，把课本五单元内容设计为一个相互关联的整体，从总到分、从近到远，动静结合，图文并茂，贴近实际，让美术这塘池水既亮丽又多样、既清雅又有营养，这样才能诱得住这群鲜活的“鱼儿”。万事开头难，我把开学第一课设计成两部分：上半部分的重点是在师生互动的初识上，细腻地体察学生的心理需求，激发学生的学习兴趣；下半部分，我设计了“什么是美”的主题，利用“美”是挑逗所有人好奇与兴趣的话题，把美与美术做一衔接，为下节课的学习奠定基础。在诱发学生兴致的前提下，教师要循循诱导，时刻关注学生的态度、心理变化和知识需求，这样才能做到及时有效地调整教学方式与教学内容，才会让学生对学习保持长久的学习热情。

---

* 本文原载《山东体卫艺教育》2015 年第 136 期。

二步：敏发现、巧处理——解课堂“两极分化”

细心的美术老师大都会发现，初二学生相比初一学生更难调控，大部分学生呈现兴趣转移或不愿听、听不懂的现象。其实确切地说，在初一学年末，就已经有部分学生“蠢蠢欲动”，他们上课兴趣不高，注意力不够，坏习惯、小毛病等浮出水面。可能是这部分学生对周围环境的好奇心和新鲜感逐渐消失，自控能力较差；也可能是他们熟知任科老师的习性或钻学校、班级制度的“空隙”；也有可能是他们到了学习上的厌烦期和疲惫期。我把上述这种现象称为“两极分化”。针对这一现象，我采取以少带多、诱其兴致、让“动”有所“依”的方式展开各种活动，并结合初二美术课标要求，做了以下应对性调整：

教材内容：以了解美术表现手段与方法为基点，针对中国画的实践，引导学生探索、创办自己的画展，最后延伸有关设计作品的拓展欣赏。对大部分农村住校生来说，工具材料的搜集和准备成了一大难题；而这种操作性较强的实践课，在书籍琳琅的课桌面前也是较难施展的，所以专业老师大多应付了事，甚至是放弃。我校在校长及其他领导的大力支持下，建有专职美术教室，场地开阔，设备齐全，书画氛围浓厚，学生面前没有了如山的课本，好像一下子放下了所有的学习担子和思想包袱，变得轻松、快乐起来。其实，我的本意并不是要每个学生像专业生一样去锻炼和提高，只想让学生对本阶段的美术有所体验和感悟，而这也是素质教育的真正目的。在教学过程中，我以画展为引线，给每个学生机会，或观或画，可说可议，扫除了部分学生的思想杂念，大大激发了学生的学习热情，甚至连部分学生的小动作、坏习惯也不见了。教师要懂得运用艺术“润物细无声”的“魔力”，让学生从丰富的视觉感知到潜移默化的领悟理解，最后内化为自己的能力、智慧财富。

学生方面：初二学段的学生对知识有一种较为理性的需求，他们比较明确地知道自己想要什么，对不想要的、不感兴趣的会表现出肆无忌惮的置之不理；在口才表达和逻辑思维方面也有了明显的进步。我采用柔性管理中“柔、微”两大特点，抓住初二学生争强好胜的表现欲心理特点和现有认知能力，从实际状况出发，有针对性地解决问题。只有走进，方可发现；只有熟知，才能选择；只有正确抉择，才能针对实施。

三步：善鼓动、稳前行——展学生“风采各异”

本策略是初二下学期的一个重点。学生的性格趋向稳重、成熟，少见大面积的打闹和说笑，他们的逻辑分析、解决问题的能力也较以往有了明显进步。新教材内容更侧重“生活化”，如从为生活增兴趣、四样手工制作和创设周围的居住环境单元，到领略和欣赏中国古典园林，无不渗透着以“服务生活，为生活所用”为宗旨的教育理念。我依据初二学生的特点，将教材定位为：易施展、显风采的“生活·设计·应用”主题，促使学生从身边出发，重视实际生活，再现生活美好。此时，教师要做到引导学生以创设身边环境为实例，既让学生见到立竿见影的成效，又能根据农村现有材料，激发灵感，大胆应用，加强对美的寻求，让学生真切感受到“美就在身边，梦就在眼前”。

“两年三步”美育方案，既符合新课标的教育理念，又符合素质教育的特点；既遵循教材的标准要求，又从学生实际出发；既实现了学生从厌学到乐学的转变，又在寓教于乐的氛围中建立了良好的师生关系。

关心学生，就像关心自己*

刘修方

很喜欢这样一句歌词："请让我来帮助你，就像帮助我自己；请让我去关心你，就像关心我们自己。"如今，我最想把这句歌词送给我们班的全体学生，虽然我的班级只有4名学生——4名聋哑学生，但是这是我内心最想对他们说的话。

当老师，关爱学生，好像是天经地义的。这也是师德最核心的内容，但也不是轻易就能做到的。现实中，有的学生特别可爱，让你忍不住去爱。也有的学生并不招人喜欢，存在这样那样的坏习惯，甚至让人讨厌，这样的学生是需要我们努力去爱的。说实话，当初接这个班时，班里有几个学生，就是需要我努力去爱的学生。我知道，作为老师，特别是作为班主任，如果不爱自己的学生，就不会享受到工作的乐趣，工作就会变成一种折磨。

为了爱自己的学生，我从他们的名字中分别抽出一个字，给每人起了一个昵称：由由、姚姚、宝宝、东东……生活中，我经常用这些昵称谈论他们的点滴进步和一些趣事。渐渐地，我从心里把这几个学生当成了自己的亲人。他们的缺点和错误，在我的眼里不再是讨厌的东西，而成了一种淘气和可爱。

孩子的成长要从学会负责开始。经过一个多月的思索，我决定打破传统的班级管理模式，根据他们的兴趣，给每个学生安排一项工作，让他们在工作中享受乐趣，学会坚持，学会负责。比如，宝宝的父母都是聋哑人，他从小跟着爷爷长大，娇生惯养，嘴馋手懒，任性娇气，十几岁的男孩子说哭就哭。我安排他做我们班的"动物园长"，买了两条金鱼养在班里，交给他一袋鱼食，告诉他每天要想着给鱼喂食。宝宝接过鱼食，像接受了一项神圣庄严的使命。随后的几天，他每天想着喂食，每天护着他的金鱼，每天陶醉地看着这些金鱼游来游去。在别人羡慕的目光中，他感觉自己受到了重用，同时也收获了自尊和尊重。虽然金鱼在不长的时间里先后死去，但宝宝已经得到了锻炼。随后，我先后给他捉

---

* 本文原载《西部特殊教育》2015年第2～3期。

来蟋蟀、蜘蛛、瓢虫、小虾让他养。这样，我们的“动物园长”才不会“下岗失业”。在养小动物的过程中，我给每种动物都制作了卡片。这样，孩子们既增长了知识，又学会了观察，我们的“动物园长”也收敛了一些娇气。

东东的父母也是聋哑人，听说从小跟爷爷在敬老院里长大。他很少笑，眼睛里好像有一层永远融化不了的冰。东东好像对什么也无动于衷，自己只是这个世界的观众。课堂上，他虽然目不转睛，但却神游万里之外；劳动时，他拖着扫帚，东扫一下西扫一下，漫不经心；就连平时走路，他也是东踢一脚西挪一步，很少挺直腰板。有好几次，老师们下班后，他以拿东西为借口，跑到没有锁门的办公室里玩电脑。有一次值夜班，我眼睁睁看着他在别人的橱子里翻来翻去，等我进去想批评他时，东东却一头钻进被窝，蒙头大睡。这样的孩子怎么办？我绞尽脑汁想出了一个办法。我给东东封了一个大官——“图书馆长”。我从家里拿来一些低幼读物和杂志，在班级里设置了一个图书角，放了些报刊架。每次我都将书刊拿来交给“图书馆长”，“图书馆长”则会精心地把图书、杂志排列起来。我告诉全班同学，这些图书归“图书馆长”管理，“图书馆长”负责整理图书、维护图书，如果有其他班的同学来借阅，都要向“图书馆长”申请。此后，东东如天降大任，非常敬业，每天都会把图书整理好几遍。有损坏的图书，他都及时拿出来，我和他一起修补好，他再放回原处。对学生来说，如果有一项任务可以增加与老师的互动，这本身就是一种荣耀。渐渐地，东东的笑容多了。现在，东东养成了一个新习惯，喜欢斜倚在书架边上翻书。通过担任“图书馆长”，东东不但喜欢上了阅读，还增强了班级责任感。前几天，班里的课程表快掉了，他也关心地来告诉我，我和他一起涂上了胶水，让他重新粘好。

此外，我还任命姚姚为“植物园长”，让他管理班里的花花草草；任命懂事的由由为“班长”，负责帮助全班同学……通过这些不起眼的工作，孩子们逐渐养成了良好的习惯。

爱学生，就要给学生真正需要的东西。作为一名语文老师，我认为要真正学好语文，不在于做多少道练习题，而是要着眼于阅读能力和表达能力的提高。通过教学，我发现这些孩子的知识面特别狭窄，很多我们以为的基本常识，他们却从没有听说过。知识的匮乏限制了理解能力，理解能力又进一步制约了阅读能力和表达能力。班里学生的阅读水平差别较大，由由已经能够阅读长篇小说，而宝宝、东东和姚姚却还停留在幼儿园的水平。我根据他们的不同能力，安排他们读不同的书。对阅读能力较差的几个同学，我拿来一些图大字少的绘本给他们看。多读书，少做题，我认为才是学好语文的关键。多年来，我一直是这样做的，不管对自己的学生还是自己的孩子。目前来看，效果还是不错的。我的学生冰冰刚学完八年级的课程就考上了济南的高中，由由的阅读理解能力也比较突出。我自己的女儿，在家几乎没做过一道课外习题，她的语文水平在班里一直是上游。为什么会这样呢？其实语文这门课，本身需要的是整体的感悟。作家们所表达的思想感情，本身就是一些模糊的不确定的东西，很多课本练习册中所设计的练习题都经不起推敲。让孩子们习惯于背诵所谓的权威答案，实际上是扼杀了孩子的思考和感悟能力。正是基于以上思考，我的语文教学就抛开了传统教学中认为是重点的内容，而把重点放在补偿孩子们的知识缺陷上。课堂上，我尽量在课文内容的基础上发散拓展，比如讲《东方明珠》，一个"东方"我讲了大半节课，我拿来地球仪，从中国讲到了美国，从亚洲讲到了七大洲、四大洋。我还把《上下五千年》作为补充教材，引入语文课堂。知识面的扩展，有效提升了学生的阅读理解能力，促进了学生语文整体素质的提高。

得天下英才而教之，是当老师的一种幸福。但现实中英才毕竟太少。其实，只要能把资质平常甚至有缺陷的学生教得越来越好，也是一种幸福。只要老师心中有爱，只要你所爱的学生不断进步，幸福就会汇流成河，在你的心中源源不断。这条河，既润泽了学生的心灵，也美丽了自己的人生。从这种意义上来说，爱学生，就是爱自己；爱自己，就要爱学生。为了让这个世界更加美丽，我们真的应该像歌中所唱的："请让我来帮助你，就像帮助我自己；请让我去关心你，就像关心我们自己……"

特殊学校中学前聋儿的康复补偿研究实验报告*

刘修方

一、课题的提出

研究表明，0～6 岁是儿童发展的关键期，他们在这段时间内获得的发展将是后期成长的基础，决定了他们终身发展的成功与否。对大部分听力损伤儿童来说，错过了这个黄金年龄段——语言与其他方面发展的关键期，再想学习从听觉途径感知、接收信息，学习用语言作为基本交际手段与人进行交往，几乎是不可能的。因此，对聋儿的特殊教育，不仅要强调“特”，而且要立足于“早”，要尽可能地早发现、早干预、早教育、早康复。从这个意义上来说，学前教育对听力损伤儿童显得尤为重要。第二次全国残疾人抽样调查显示：我国有听力残疾人 2780 万，其中 0～6 岁听力障碍儿童有 13.7 万人，重度以上听力障碍者占 84%。如此繁重的任务，仅靠为数很少的各级康复中心是远远不够的。目前，全国各级特殊教育学校已初具规模，充分利用特殊教育学校的资源，在特殊教育学校中探索普及聋儿的学前教育，是比较可行的一种途径。我们对在特殊教育学校中实施聋儿学前教育的原则、过程、方法进行了初步探索。

二、研究的对象和方法

聋儿早期康复教育的研究对象是学龄前的听力损伤儿童，一般年龄为 2～6 岁，从早期康复教育的可能性与有效性来看，我们认为主要对象应为有一定听力损伤程度、但未达到全聋水平的学龄前儿童。在聋儿的分类中，我们了解到“聋儿”是一个具有各种听力损伤程度的概念，对已达到深度以上听力损伤水平

---

* 本文原载《湖南特殊教育》2016 年第 2 期。

的聋儿来说，即使通过听力语言训练，康复的可能性也很小。因此，早期康复教育对象主要是聋儿中听力损伤程度在重度(90 分贝)以下的学龄前儿童，通过对他们的特别干预和教育，帮助他们克服听觉障碍，力争从听觉途径感知、接受外界信息的技能和用语言进行交往的能力。自 2013 年 1 月起，我们对高唐特殊教育学校部的 16 名学前聋儿(以下简称“聋儿”)进行了为期两年的康复补偿教育实验。

本研究主要采用观察法、比较法、经验总结法和调查研究法。

三、研究结果与分析

经过两年的跟踪研究，我们得出了如下结果(见表 1、表 2、表 3)：

表 1　　聋儿听觉能力提高情况($\overline{x}$)

项　目	正确率		提高
	实验前	实验后	
自然声辨听	10%	80%	70%
声母辨听	15%	90%	75%
韵母辨听	12%	85%	73%
词语辨听	8%	70%	62%
短句辨听	5%	63%	58%

表 2　　聋儿言语水平提高情况($\overline{x}$)

项　目	正确率		提高
	实验前	实验后	
词汇量	100	1100	1000%
声母发音正确率	20%	87.5%	67.5%
韵母发音正确率	12%	90%	78%
音节拼读正确率	5%	85%	80%
声调正确率	15%	75%	60%
短句正确率	8%	75%	67%

表 3　　　　聋儿交往能力前后比较(n=16 名聋儿)(%)

	聋儿乐意来校参加活动	能主动与同伴或教师讲话	能积极参加集体劳动	班级中有好朋友
个别训练前	25	12.5	18.8	4.8
个别训练后	100	62.5	75	75

从上表中可以看出,聋儿的听觉和语言水平有了显著进步。经过教育和训练,聋儿的智力也得到了较大提高。现实中也是如此,经过训练,我校聋儿的听力、语言水平得到明显提高。总结其原因,这与我们教学中的成功探索是分不开的。

(一)制订科学合理的教育目标和计划

1.聋儿早期康复教育目标的制定

(1)早期康复教育目标的层次性

聋儿早期康复教育目标要落实到每个聋儿身上,有几个关键问题是我们必须要注意的:①如何将高层次目标准确转化为低层次的目标;②实践中,教师怎样把握各个层次目标的内涵及相互关系;③教师如何根据目标来选择相应的教育内容、方法,从而确保目标的实现。

(2)早期康复教育目标的内容

根据布鲁姆的教育分类学理论,结合实际,我们认为德、智、体、美每一方面的目标,都应包含三方面的内容,即认知、情感与态度、能力与技能。我们从这三个维度出发,制定了教育目标的具体内容。

2.聋儿早期康复教育计划的制订

(1)一日活动计划

一日活动计划是教师对教育对象一天活动作出的安排。一日活动计划作为早期康复教育工作的直接依据,必须针对聋儿当日的实际情况,灵活地、有针对性地根据天气、物质条件等具体运用,不能死板地执行计划而不顾及变化的环境和条件。

(2)个别教学计划

个别教学计划是针对每个聋儿的实际情况制定的教学方案,它根据每个聋儿身心发展的特点和需要,提出教育过程中教师应注意的重点和引导的方向。在聋儿早期康复教育工作中,个别教学计划的制订有着特别的意义。

(二)精心设计教学活动

1.确定活动的主导线索

根据聋儿的特殊需要,每一次教学活动的主导线索往往是听力语言方面的任务,由每一个具体的听力语言学习的任务来带动其他方面的学习。在进行教学活动设计时,我们要按照本班聋儿的听力语言教育目标来确定教学活动的主导线索。

2.组织相关的学习内容

如以“汽车”为主题的教学,当我们确定三项具体任务要求后,可以考虑围绕汽车来组织教学内容:帮助聋儿认识汽车,区分不同的汽车,如小轿车、公共汽车、救护车、消防车、冷藏车、大卡车等。

3.用活动的形式构建学习内容

以“汽车”为例说明活动结构,在确定主导线索、组织相关教学内容之后,我们能开展的活动有:

①识汽车。通过图片或幻灯片来帮助认识汽车与汽车的分类,让聋儿听懂汽车的词,学习“汽车”的发音。

②观察汽车。带聋儿到室外观察道路上的汽车,区分各类汽车,学说“汽车”。

③听声音选汽车。让聋儿听不同的汽车声,选择相应汽车,并建立不同汽车的概念,试说几种汽车的名称。

④音乐游戏“开汽车”。让聋儿跟随音乐节奏与律动做开车动作,并在游戏中设停车、上车、让座、买票等情节,创设聋儿交往的机会。

(三)聋儿听力和语言训练的基本方法

1.早期听力训练的方法

(1)训练的程序

①感知声音,认识声音。本阶段可以从日常生活中简单、熟悉和直观性强的声音开始,鼓励聋儿同时用视觉、触觉进行感知,使听、触、视三者之间产生联系,可用噪音刺激、乐音刺激的方式,引导聋儿对声音产生注意力。

②分析声音,理解声音。本阶段的目的是向辨别声音、记忆声音、理解声音过渡,是对声音综合分析的过程。它要通过多次反复才能完成。它既担负着培养聋儿听觉能力的任务,又担负着聋儿声音信息积累的任务。

③强化刺激,形成表象。在上面两个阶段的基础上,通过强化刺激,形成听觉表象,从而形成聋儿思维语言的基础。这是听力发展的最高阶段,也是听力

训练的核心环节。

(2)训练的方法

①单一听力训练法

单一听力训练法强调单独利用听觉途径去发展聋儿的听力。人们常用以下几种方法：

一是音响刺激。音响刺激适用于听力训练的初始阶段。条件好的地方可采用事先已测定出声强和主频不同的打击乐器。如果条件尚不具备，亦可用哨子、喇叭、锣鼓、收录机等高频、低频音交替进行刺激。一般可坚持每天让孩子受到音响刺激。不管孩子对声音有反应还是无反应，都可以天天用大的响声(如锣鼓)刺激他们的听力，每次10～20分钟，每天8～10次，可视孩子的表情调整响度，如此持续2～3个月，随时记录听力变化。对于听力损伤较轻、对声音信号有注意力的聋儿不必采用这种方法。而且，为了培养聋儿的兴趣，音响以不引起聋儿痛苦为度。

二是音响训练。主要包括：第一，敲鼓拨珠。这是目前普遍采用的一种办法，近似于游戏。主要是为了训练聋儿的听力、记忆能力以及理解数的概念。老师在聋儿身后敲鼓，让聋儿注意鼓声。老师敲几下，聋儿听到后就在算盘上拨几颗珠子。用这种方法时应注意聋儿的认知水平，应在其认知水平许可的范围内，速度不宜太快，应有节奏。第二，辨别声源定位。该方法利用空气传播声音的物理特性，让聋儿学会判定声源的位置，以期进一步提高聋儿对声音的注意能力，为今后掌握方位概念打下基础。训练时由教师示范，聋儿听到前面的声音就往前跳，听见后面的声音就往后跳，左右亦然。此法亦可结合具有律动特点的体育活动进行。第三，创造音乐环境，让聋儿置身于音乐世界，使他们感受到音乐优美的音色、旋律、节奏等。一般可放儿童爱听的音乐、歌曲等。此时并不要求他们全部听懂。活动时，可以让聋儿随着音乐做游戏或做动作。第四，听力游戏。老师根据聋儿的具体情况，可以组织安排一些听力游戏，目的是让聋儿在玩中学，提高兴趣。训练时可让有关聋儿进行角色扮演，让他们积极参与。

②多种感觉训练法

多种感觉训练法是指充分利用听觉、视觉、触觉等感觉渠道进行听力训练，其中尤其重视视觉的辅助作用。

一是视觉利用法。训练时可先放一种动物叫声的录音，然后由教师举出相应的动物玩具或图片。教师可以设计一些简单的表演项目，让聋儿在理解基础上自由表演。教师也可用此法播放音乐旋律，如欢快或悲怆都可以用表情让聋儿分辨。通过视觉的配合，有助于聋儿对不同声音的分辨。

二是触觉利用法。对声音的一些物理属性如音长、音强等，可以用振动引起声音的道理让聋儿通过触觉来体会。例如打击鼓、锣时的振动及人发声时喉部、鼻部的振动，可以让聋儿去摸有关部位，然后体会音的长短、断续、强弱等。再如，可以让聋儿用手体会气流的强弱去分辨语音中的送气音和不送气音。

2. 早期言语的训练方法

就训练内容而言，言语训练一般可分为语音、词语、句子和语用四项。在这四项中，语音和句子无疑是训练的重点。为了叙述的方便，下面把言语训练分为基础训练和交际训练两部分来讨论。

(1)基础训练

①呼吸训练。呼吸训练一般先训练吸气。训练吸气的方法很多，其中一个简单的方法是在手绢上洒上香水，让聋儿闻，当聋儿自然地吸闻香气时，就是在进行吸气练习。经过一段时间，可把聋儿的一只手放在老师的鼻子前，另一只手放在老师的胸前，老师先深深吸一口气，再用口慢慢呼气，这样通过触觉，让聋儿感受胸部的扩展，学会有控制地吸气。

在学会吸气的基础上，再训练呼气(严格地说是吹气)。常用气球、蜡烛、喇叭、口哨、纸青蛙等来代替振动器，其中以吹气球、吹纸青蛙最为方便。

②做发音训练操。语音训练操一般分为三个部分：第一部分是呼吸发声训练操，主要是训练聋儿各种吸气、呼气和快速换气的方法，控制声带的能力以及口腔和鼻腔的运用；第二部分是口腔唇齿训练操，主要训练聋儿口腔开合、嘴唇圆展包裹以及唇齿配合能力；第三部分是舌操，主要训练聋儿舌部的主要运动。

③发音训练。

在上述两项训练的基础上可转入发音训练。按照某种标准(如学习的难易程度、发音部位等)把汉语的400多个音节分成若干组，在确定训练的某个音节中选用最能引起聋儿兴趣的概念。如音节ba就有很多概念可供选择，像“爸”“坝”“八”“拔”等

④词语训练。

词语训练要以常用词的常用义、具体义为主，以日常口语词为主，常用的方法有以下几种：

一是在聋儿经常接触日常事物的过程中、活动中学习生活方面的名词和动词。如学习名词“杯子”“碗”“被子”“玩具”“人”等，学习动词“喝”“吃”“睡”“跑”等。当他们的词语积累到一定数量后，帮助他们分类，组成生活方面系统的言语。二是通过聋儿的亲身体验来学习表达感知方面的词语，培养他们分析与认识的能力。例如，在视觉方面教聋儿学会分辨“远、近”“大、小”“粗、细”“宽、窄”“胖、瘦”“方、圆”“快、慢”等词与物的关系；分辨基本色，如“红”“黄”“蓝”“绿”

“青”“黑”“白”等；在质地方面分辨“软”“硬”等；在听觉方面分辨“强”“弱”等；在味觉方面分辨“甜”“苦”“酸”等；在心理感受方面，明白“哭”“笑”“怒”等。三是教授基本词。例如让聋儿了解“人”以后，再教他们个别的“人”，如“大人”“男人”“工人”等。

不管上述哪一方面，直观形象教学都是必要的。例如，学“苹果”这个词时，教师或家长可以把苹果放到聋儿的跟前，同时教发“苹果”的音。又如，学“快慢”可以让他们看乌龟和兔子赛跑的图画或电视片等。完全孤立地教词是词语训练的大忌，正确的做法是把词语训练同发音训练、句子训练结合起来，又叫作“音不离词，词不离句”。

⑤句子训练。句子是能够表达相对完整意思的有一定语调的语言表达单位。它是由词语实现而来的，没有词语就没有句子。句子教学要在词语教学的基础上进行。另一方面，只有在句子里，词语才能实现其价值。尤其是虚词，离开句子就无从理解。

句子训练可按照句型由简单到复杂，一般先教陈述句、祈使句，再教疑问句，最后教感叹句。在陈述句里，先教简单陈述句，然后不断扩展，并能使聋儿进行替换练习。

教师应了解汉语句子的结构，这有助于扩句训练。例如，先教会“爸爸吃苹果”，然后可以代换为“妈妈吃苹果”“爸爸吃西瓜”等。在此基础上再教“爸爸吃大苹果”“宝宝吃小苹果”等，直到各种句法成分都在句子里出现。

简单陈述句、祈使句的训练取得一定进展以后，即可教疑问句。例如教是非问句时，可以先说“爸爸是工人”，然后再加上“吗”和语调，并要求孩子用“是”或“不是”给予回答。在学会这种问句后，可以改换成反复问句，如“爸爸是不是工人?”

学会一般的句子并达到一定水平后，可以训练句式变换，如“把”字句和“被”字句等。

复句的教学相对来说应该放在后一阶段。复句表达的内容比单句复杂，在教复句时，必须设计一定的情景，让聋儿在情景中反复观察和体验。教师可先引导聋儿说出与复句有关的单句，然后用特定的关联词语把它们串起来。

上述五项基础训练中，句子训练最为复杂。因为句子中的句法规则是一种抽象的模式，而抽象又是聋儿学习的一大难点。此外，句子又是言语表达的单位，人们是通过句子进行交际活动的。因此教师要根据句型，灵活地多造句子，让聋儿从众多的句子中领悟出语法规则，逐步学会造句。

小　结

学前的聋儿康复补偿教育意义重大，特殊学校在这方面大有可为，应自觉承担起普及聋儿学前教育的重任。实践证明，对学前聋儿进行康复补偿教育是可行的、有效的。要正确认识学前聋儿康复补偿教育中的困难，既不要太理想化，也不应轻言放弃。只有坚持不懈，持之以恒，才能取得满意的效果。爱在学前聋儿的康复补偿教育中具有极其重要的意义，没有爱，就没有学前聋儿康复补偿的成功。

【参考文献】

[1]王晓柳、邱学青：《特殊教育研究方法》，南京师范大学出版社 1998 年版。

[2]叶立言：《聋校语言教学》，光明日报出版社 1990 年版。

[3]中国聋儿康复研究中心：《聋儿家庭康复教材》，华夏出版社 1993 年版。

[4][日]山口薰、[日]金子健合著，刘富庚等译：《特殊教育的展望——面向 21 世纪》，辽宁师范大学出版社 1996 年版。

[5]全国特殊教育研究会：《聋校教学文萃》，人民教育出版社 1997 年版。

[6]余敦清：《听力障碍与早期康复》，华夏出版社 1994 年版。

[7]黄昭鸣、周红省：《聋儿康复教育的原理与方法》，华东师范大学出版社 2006 年版。

[8]牟志伟：《言语治疗学》，复旦大学出版社 2009 年版。

[9]卢红云、黄昭鸣：《口部运动治疗学》，华东师范大学出版社 2010 年版。

[10]中国聋儿康复研究中心：《听力言语语言康复词汇》，华夏出版社 2013 年版。

报纸类

“321”工作思路的要义与行动*

——掀开新的改革篇章的聊城教育（上）

哈宝泉

前些年，杜郎口“三三六”自主学习的高效课堂模式，成为九州大地上教育关注、学习的榜样。全国各地前来参观、取经、听课的达到126万人。聊城教育这一改革的星星之火，现已成为燎原之势。如何让聊城市教育改革的“火势”越燃越旺，则成了我们思考的一个大问题。而“321”工作思路，无疑为整个聊城教育插上了腾飞的翅膀。

一、提出“321”，推动教育发展

2013年下半年，我刚到教育局工作不久，就提出了抓三项重点工作：教学质量、师德建设、立德树人。经过不断实践，这个思路逐步完善，最终形成了指导全市教育工作的“321”工作思路。

为什么我们要提出这样一个思路，也是源于聊城教育的实际。我是这样考虑的：我们现有58070名教职工，有828151名学生，还有24.6万名幼儿园儿童，这些“学生”加起来有100多万。这么大的一个系统、这么大的一支队伍要向前走，走得好、走得平稳、走得健康，总要有个纲领，总要有个指引，总要有个号召，总要有个旗帜，总要有个前进的方向。这就是我确定“321”工作思路的初衷和考虑。

“3”即大力推进“教学质量、师德建设、立德树人”三项重点工作：大力提高教学质量，积极推进教学改革；牢固树立“以学生为主体，以教师为主导，以教学为中心，以质量为生命”的教学理念；遵循人的身心成长规律，确定不同学段的

* 本文原载2015年11月21日《中国教育报》。

教学目标,全面提高教学质量。我在这里所说的教学质量不是唯升学率的教学质量,更不是唯分数的教学质量,而是德智体美全面发展、让孩子们快乐成长的教学质量。提升教育教学质量,既是教育工作的生命线,更是办好人民满意教育的核心要求。大力加强师德建设,我们通过宣传培训、系列活动、典型引领、表彰奖励、督导考核等多项措施,营造全市上下尊师重教的浓厚氛围,努力打造一支忠诚党的教育事业,有理想信念、道德情操、扎实学识、仁爱之心的教育工作者队伍。大力搞好立德树人,即加强社会主义核心价值观教育,扎实推进素质教育,促使学生德智体美全面发展,培养中国特色社会主义事业的合格建设者和接班人。

"2"即实现两大目标:事业目标和文化目标。事业目标就是聊城教育整体工作要居全省中上水平,单项工作要居全省、全国一流(县乡教育部门以此类推)。文化目标就是厚德重教、大气兼容、担当奉献、创新奋进。

我们为什么要定这个文化目标?这是我根据来到教育系统工作之后的观察思考提出的。因为教育系统不同于其他系统,教育系统的同志应该比别的系统的同志更有知识,"谈笑有鸿儒,往来无白丁"。所以,文化目标的第一个层面就是"厚德重教",这是教育文化的"本"。第二个层面是"大气兼容",这也是根据广大人民教师、广大教育工作者、广大知识分子的特点来确定的,倘若没有包容、宽广的胸怀和眼界是干不成大事的,所以我提出要"大气兼容"。第三个层面是"担当奉献",这是由我们教育的性质决定的,没有担当的气概,没有奉献的精神,想干好教育工作是不可能的。第四个层面是"创新奋进",这是与时俱进的要求。通过大力培树教育文化,汇聚起发展的正能量,认真办好人民满意的教育。

"1"即打造一个品牌:聊城教育品牌——"以三项工作为支柱、两大目标为追求的亮点突出、特色鲜明的聊城教育"。

二、深化课程改革,提高教学质量

提高教学质量是推动经济社会发展的重要力量。经济社会的发展离不开人才,而人才培养要依靠高质量的教育,教育兴则百业兴。教育质量是教学质量的上位概念,教育质量的高低最终要体现在教学质量上。

提高教学质量是推进我市教育改革的重要环节。在充分调研的基础上,我市确立了教育系统"321"工作思路。在落实"321"工作思路的过程中,我们把提高教学质量放在首要位置,并以此为目标,深化课程改革,加强现代化学校建设,加强教师队伍建设,将教育综合改革引向深入。

(一)深化课程改革,提升教师素养

一是加强课程计划的实施。全面落实课程计划,是实施素质教育的基本保障。我们严格执行国家课程计划,全面实施国家课程标准,开齐课程,开全课时。加大对课程研究和课程落实的检查力度,特别是在音乐、体育、美术、综合实践活动、科学以及物理、化学、生物实验教学等方面加大了检查力度。积极开展“校本研究”,完善国家、地方和校本三级课程的管理体系,确保素质教育的有效实施。

二是加强教学常规落实。教学常规的扎实落实,是教学质量提高的基础和保障。我们组织人员认真研究教学常规各环节对提高教学质量的作用,确保教学常规各环节实施的科学性和实效性。我们还利用教研指导的作用,使备课全面完整,上课紧凑高效,作业科学合理,检测反馈及时。

三是加强对教师的培训。我们关注教师的道德修养,提升教师的人格品质,打造“爱心型”教师;关注教师的专业发展,提高教师的专业理念、专业知识、专业能力,打造“智慧型”教师;树立“教育家办教育”的理念,引导教师更新教学观念,加强学习先进教学理论,打造“科研型”教师;树立“人以校名,校以人名”的思想,加强“名师培养工程”建设。我们建立起一支高素质教师队伍,培养了一批省内外有一定影响力的教育教学专家,为教学质量的提升提供了有力保障。

四是加强教学资源的开发与利用。教学资源是课堂教学活动的重要媒介,是激发学生兴趣、启迪学生思维、培养学生能力、构建高效课堂的要素。我们认真研究教材特点和编排结构,对教材的显性和隐性资源进行有效开发与利用。利用好学生资源,激发学生的学习兴趣;利用好社区和家庭资源,增强学生的心理体验。在信息技术教学资源的开发与利用上,我们用多种形式开阔师生视野,促进思想转变,催生出新的教学方法和手段;加强校本课程研发,促进学生“个性”发展,体现了学校的办学特色。

五是加强课堂教学改革,构建高效课堂。改进课堂教学策略和方法,提高课堂效率,是提高教学质量的重要手段。我们“以学生为主体”,赋予学生更多参与课堂活动的权利,构建民主课堂;建立良好的师生关系,构建和谐课堂;开放教学资源和学习时间,构建开放课堂;激发学生的学习情感,构建活力课堂。我们“以教师为主导”,转变教师的角色,促使教师成为课堂教学资源的提供者、活动的组织者、问题的设计者、评价的促进者和知识的解惑者。

六是加强教研方式的创新,提高教研质量。有效开展教学研究活动,有助

于更新教学观念，凝聚教学智慧，助推教学改革，提高教学质量。我们积极创新教研方式和教研内容，提升教研质量。在教研中渗透科研意识，用科研的思维指导教研活动，使教研活动具有更强的问题性与科学性；加强“校本研究”，积极推进“课堂观察”的“专业听评课”方式，提高听评课质量；我们积极探索“网络教研”形式，形成有效的“学习共同体”，提升教师的业务素质；开展区域教研活动，达到相互学习、相互借鉴、相互提高的目的。

（二）做到两个“四个”，提高教学质量

1. 做到“四个引领”

一是理论引领。有计划地组织教师学习先进的教育教学理论，更新教学观念，提高开展教育科研和教学改革的自觉性。二是专家引领。坚持“走出去，请进来”，聆听专家的报告，接受专家的指导；做好“名师培养”工程，培养一大批“专家型”教师；充分发挥“齐鲁名师”“齐鲁名校长”“水城名师”“水城名校长”的作用，坚持“名师送教下乡”活动，传播先进教育思想，点燃课堂教学改革之火。三是典型引领。组织学习和借鉴全国、全省以及我市的教改先进典型经验，学习他们的教改精神，借鉴他们的教改经验，整合我们的教学资源，加强教学改革；打造一批具有办学特色的先进典型，发挥典型的辐射作用，营造“创新奋进”的教学文化氛围。四是课题引领。坚持“问题即是课题”的观念，用课题引领理论的学习，用课题引领教改的实践，用课题催生成果的生成；形成“校校有课题，人人参与研究”的局面。此外，我们还开展了“草根课题”的研究，统领本学段、本专业的科研课题，引领教师的专业发展，引领课堂教学改革。

2. 做到“四个推进”

一是指导推进。遵循“没有调查就没有发言权”的原则，深入课堂，走近学生，了解教情，具体指导。在调研中找到影响教学质量的症结，在视导中解决影响教学质量的问题，在交流中创新提高教学质量的措施。二是活动推进。组织开展“主题活动”是提高教学质量的有效载体。我们有计划地开展了研讨会、观摩会、培训会、现场会等一系列活动，促进课程计划落实，促进教学研究和教育科研有效开展，促进办学水平提高，促进教师专业成长，促进课堂教学改革，促进教学质量提高。三是评价推进。我们对学生学习的诊断性评价、过程性评价和终结性评价都很重视，及时掌握学情，调控教学计划、教学方法和教学策略；重视对教师教学成绩多元性评价指标的改革，关注教师的专业发展，调动教师的教学热情；组织开展课堂大赛、教学能手评选、科研成果评选等一系列评选活动，发现、培植一大批优秀、骨干教师，促进教师对课堂教学的研究，提高教师队

伍的整体素质。四是督导推进。制定教学质量提高的详细评估细则,推动教学质量各项措施的有效实施;建立专门督导机构,完善督导评估机制,有效管控教学质量各项指标的落实。

三、坚持“四有”标准,加强师德建设

习近平总书记在同北京师范大学师生代表座谈时发表重要讲话,把“好老师”的标准概括为“四有”教师。“四有”标准,体现了党中央对广大教师成长的殷切希望,为新时期加强教师队伍建设,尤其是加强师德建设指明了方向。对照“四有”标准,我们大力加强师德建设,打造了一支“有理想信念、有道德情操、有扎实学识、有仁爱之心”,爱岗敬业、无私奉献、师德高尚、业务精湛、勇于创新的“好老师”队伍。

(一)“四有”标准是师德建设的指南

教师是立教之本、兴教之源。学生的成长成才离不开教师的辛勤培养,教育事业的发展进步离不开教师的无私奉献。打造一支师德高尚、业务精湛的高素质专业化教师队伍,是办好人民满意教育的关键。

有理想信念,就是要坚持思想育人。理想信念是人的精神向导、动力和支柱。有了坚定正确的理想信念,人生就会有明确的前进方向,就会有强大的意志去面对和战胜前进道路上的重重困难,最终实现自己的人生价值。对于教师而言,树立坚定正确的理想信念更为重要。作为一名“好老师”,就要在思想上始终保持先进性和纯洁性,自觉做中国特色社会主义的坚定信仰者和忠实实践者,真正做到“内化于心,外化于行”,引领学生健康成长。

有道德情操,就是要坚持道德育人。习近平总书记说:“一个人遇到好老师是人生的幸运,一个学校拥有好老师是学校的光荣,一个民族源源不断涌现出一批又一批好老师则是民族的希望。”教师的道德品质、高尚情操对学生的成长成才有很大影响。做一名“好老师”,就要努力做“以德施教,以德立身”的典范,坚持“教书育人,德育为先”,“先成人、后成才,既重才、更重人”,用自己高尚的道德情操和人格魅力为学生树立人生标杆,引导学生明辨真善美和是非曲直,为走好人生路打下坚实的道德基础。

有扎实学识,就是要坚持知识育人。教师是知识的传授者,扎实的知识功底和科学的教学方法是老师的基本素质,其中知识是根本基础。过去我们常说“要给学生一碗水,教师要有一桶水”,现在来看,要想给学生一碗水,教师不能

仅仅只有一桶水，而应该是一条流动的河，并且是取之不尽的长流水。每次和老师们座谈时我都强调：作为一名“好老师”，就要努力成为终身学习的典范，要处处学、时时学，不断提高自身的学习能力，不断扩充知识储备，为学生提供源源不断的知识清泉。

有仁爱之心，就是要坚持情感育人。亲其师，方可信其道。高尔基说：“谁爱孩子，孩子才爱谁。只有爱孩子的人，他才可以教育孩子。”作为一名“好老师”，就要像习近平总书记强调的，“用爱培育爱、激发爱、传播爱，通过真情、真心、真诚拉近同学生的距离，滋润学生的心田，使自己成为学生的好朋友和贴心人”。

（二）道德情操是师德建设的灵魂

在深刻理解“四有”内涵的同时，我们还发现，“四有”标准涵盖了价值观、道德、专业和情感等各个层面，这几个层面互为关联，形成了有机整体。而在这一有机整体中，道德层面的标准发挥着核心和关键作用。

德乃人之本，教师要“以德为先”。坚持以德为先，自觉担当起人民教师的职责，不断攀登知识高峰，不断提升各方面素质和修养，努力成为一名称职的好老师。如聊城市冠县东古城镇中学的轩云湘老师，从踏上讲台那一刻起，就暗暗立下誓言：忠诚党的教育事业，尽心尽力做好工作，一辈子教书育人！为了挚爱的教育事业，为了心爱的学生，甘愿奉献自己的一片赤诚丹心，问心无愧，人生无悔！他从教34年如一日，像钉子一样“钉”在了学校；以爱育人，用心呵护每一个学生成长；坚持学习，成为“教坛常青树”。2013年，轩云湘老师入围中央电视台、《光明日报》“寻找最美乡村教师”人选；2014年，又当选为“全国模范教师”，被教育部邀请参加全国教师节表彰大会（山东省仅有2名教师参加），同时被教育部指定为2014年重要宣传典型，在全国进行推广；2015年，又被评为“全国师德建设标兵”。像轩云湘这样的优秀老师还有很多，如身患重病仍然坚持上课的阳谷二中教师付清春、用爱呵护聋哑儿童成长的冠县特校教师赵会娜等，都用自己的行动诠释了道德的力量。近些年来，聊城市课程改革不断深化，素质教育全面推进，教学质量大幅提升，人民群众对教育的满意度明显提高，这些教育成绩的取得，与广大教育工作者甘为红烛、无私奉献、辛勤耕耘是分不开的。

（三）机制举措是师德建设的保障

聊城市教育局在师德建设方面打出了一套“组合拳”：召开全市师德建设座谈会，举行全市师德演讲比赛，开展中小学师德建设专项督导评估，评选出教育系统“十个十佳”校长、教师，面向社会聘请100名师德师风监督员，在广大教师中形成了“学先进，敢担当，比奉献，讲爱心”的良好氛围。

一是构建师德教育机制。加强师德教育培训，通过专题学习会、主题研讨会、专场报告会等形式，加强对教师的师德教育培训。我们将师德教育纳入寒、暑假教师大培训活动中，同时丰富培训内容，除《中小学教师职业道德规范》外，还包括教师的职业理想教育、职业道德教育、学术规范教育、法制教育和心理健康教育等。

我们将师德教育作为教师培训的首要任务纳入教师继续教育课程体系，记入教师培训学时。其中，教师全员暑期师德专题培训、新教师岗前师德培训、班主任上岗培训等学时分别不少于10学时、20学时和30学时。

二是构建师德宣传机制。将师德宣传作为教育行政部门和学校的重点工作。坚持正确舆论导向，大力宣传教师的地位和作用，让全社会广泛了解教师工作的重要性和特殊性。培树和宣传优秀教师先进典型，通过组织举办形式多样、务实有效的活动，深入宣传优秀教师的先进事迹，充分展现当代教师的精神风貌，弘扬高尚师德，弘扬主旋律，增强正能量。针对师德建设中出现的热点、难点问题，我们及时应对并加以引导。同时，利用教师节等重大节庆日、纪念日的契机，通过电视、广播、报纸、网络、宣传板报等多种形式集中宣传优秀教师的先进事迹，营造尊师重教的浓厚社会氛围。

三是构建师德考核机制。我们将师德考核作为教师考核的核心内容，摆在首要位置。制定师德考核办法和实施细则，采取教师个人自评、家长和学生参与测评、考核工作小组综合评定等多种方式进行。师德考核不合格者年度考核应评定为不合格，并在教师资格定期注册、职务（职称）评审、岗位聘用、评优奖励和特级教师评选等环节实行一票否决。

四是构建师德激励机制。我们将师德表彰奖励纳入教师和教育工作者奖励范围。把师德表现作为评选教育系统先进工作者、优秀教师、优秀教育工作者、中小学优秀班主任、中小学德育先进工作者等表彰奖励的必要条件。在同等条件下，师德表现突出的，优先评选特级教师和晋升教师职务（职称）、选培学科带头人和骨干教师。

五是构建师德监督机制。我们将师德建设纳入教育督导评估体系。建立健全师德年度评议制度、师德问题报告制度、师德状况定期调查分析制度和师德舆情快速反应制度。及时研究加强和改进师德建设的政策和措施，构建一套由学校、教师、学生、家长和社会广泛参与的师德监督体系。

六是构建师德保障机制。建立师德建设领导责任制度，加强对师德建设工作的指导和监管,主要负责人是师德建设工作第一责任人,将有关职责落实到具体的职能机构和人员。结合实际,制订本地师德建设规划和实施方案。充分发挥教育工会等教师行业组织在师德建设中的积极作用。中小学校把师德建设摆在教师工作首位,贯穿于管理工作的全过程。中小学校长亲自抓师德建设,学校基层党组织、广大党员教师充分发挥政治核心和先锋模范作用。学校教代会和群团组织紧密配合,形成加强和推进师德建设的强大合力。

“321”工作思路的要义与行动*

——掀开新的改革篇章的聊城教育(下)

哈宝泉

一、立德树人,培养新时代的接班人

立德树人是我国历代教育共同遵循的理念。孔子“为政以德”的思想、毛泽东“又红又专”的人才标准、邓小平“四有新人”的人才观以及习近平总书记在北京大学师生座谈会上的讲话“国无德不兴,人无德不立……做人做事第一位的是崇德修身。这就是我们的用人标准为什么是德才兼备、以德为先,因为德是首要、是方向,一个人只有明大德、守公德、严私德,其才方能用得其所”,这些都充分说明思想道德在人才培养过程中起着至关重要甚至决定性的作用。

(一)目标明确,立德树人

我们分别确立了学前、小学、初中、高中、中职等不同学段的育人目标,明确了不同年级德育培养的具体要求。

1.增强爱国情感,弘扬和培育以爱国主义为核心的民族精神

我们对学生进行中华民族优良传统教育和中国革命传统教育、中国历史特别是近现代史教育,引导广大学生认识中华民族的历史和传统,了解近代以来中华民族的深重灾难和中国人民进行的英勇斗争,让学生从小树立民族自尊心、自信心和自豪感。

2.确立远大志向,树立和培育正确的理想信念

我们对学生进行中国革命、建设和改革开放的历史教育与国情教育,引导学生正确认识社会发展规律,正确认识国家的前途和命运,把个人的成长进步同中国特色社会主义伟大事业、同祖国的繁荣富强紧密联系在一起,为担负起

---

* 本文原载2015年11月22日《中国教育报》。

建设祖国、振兴中华的光荣使命做好准备。

3.规范行为习惯，培养良好的道德品质和文明行为

普及“爱国守法，明礼诚信，团结友善，勤俭自强，敬业奉献”的基本道德规范，倡导集体主义精神和社会主义人道主义精神，引导学生牢固树立心中有祖国、心中有集体、心中有他人的意识；懂得为人做事的基本道理，具备文明生活的基本素养，学会处理人与人、人与社会、人与自然等基本关系。

4.提高基本素质，促进学生全面发展

我们时刻注重培育学生的劳动意识、创造意识、效率意识、环境意识和进取精神、科学精神以及民主法制观念；教育学生增强动手能力、自主能力和自我保护能力；引导未成年人保持蓬勃朝气、旺盛活力和昂扬向上的精神状态。

(二)以德为先，全面发展

教育部在《关于全面深化课程改革落实立德树人根本任务的意见》中提出，加强“五个统筹”，落实立德树人的根本任务。这“五个统筹”涵盖育人的各个方面，充分体现了全科育人、全程育人、全员育人，从多个维度系统构建全方位、立体化的育人体系。这也为我们做好立德树人工作提出了具体要求。

1.坚持德育为先

“德者，本也。”做人做事第一位的是崇德修身，把理想信念教育作为教育核心价值观的重中之重。我们把弘扬以爱国主义为核心的民族精神和以改革创新为核心的时代精神作为重要内容，引导和教育学生自觉践行社会主义核心价值体系。

2.促进学生全面发展

教育作为实现人的全面发展的重要途径，我们以学生为本，关注学生的全面发展、和谐发展、持续发展、终身发展和健康发展。在坚持德育为先的同时，全面加强和改进智育、体育、美育。全面实施素质教育，坚持文化知识学习与思想品德修养的统一、理论学习与社会实践的统一、全面发展与个性发展的统一，着力培养学生的社会责任感、创新精神和实践能力，提高其综合素质，使之成为德智体美全面发展的社会主义建设者和接班人。

3.坚持培育学生健全的人格

教育是塑造人的灵魂的伟大事业，是“心灵与心灵的沟通，灵魂与灵魂的交融，人格与人格的对话”。我们特别重视加强学生心理辅导，注重对学习困难学生、贫困家庭学生、单亲家庭学生、留守儿童、流动人口子女等特殊学生群体的关怀和帮助；发掘学科中所蕴含的健全人格教育资源，将显性教育与隐性教育结合起来，使学生在获取知识的同时，得到人格的滋养与涵育。

4.“让每个孩子都能成为有用之才”的教育理想

十八大报告提出“让每个孩子都能成为有用之才”,是对教育战线提出的重大命题,是对教育人才观、质量关的科学阐释。我们坚持“一切为了学生,为了学生一切,为了一切学生”的教育理念,尊重教育规律和学生身心发展规律,为每个学生提供适合的、公平的受教育机会,满足每个学生的学习需要,引导学生主动、生动活泼地发展。

(三)立德树人,任重道远

在大力推进教学质量、师德建设、立德树人三项重点工作后,我们随即下发了《聊城市教育局立德树人工作方案》,对立德树人工作进行安排部署。为进一步推进局党组“321”工作思路的贯彻和落实,市教育局又拟定了《关于进一步加强立德树人工作的意见》,明确立德树人工作的主要任务。

1.充分发挥课程管理在立德树人工作中的统领作用

课程是教育思想、教育目标和教育内容的主要载体,集中体现国家意志和社会主义核心价值观,是学校教育教学活动的基本依据。我们围绕社会主义核心价值观进教材、进课堂、进头脑的方式方法、有效途径、实施成效等开展专题研究。

2.充分发挥课堂教学在立德树人工作中的阵地作用

我们改进了中小学课堂教学方法和形式,采用学生喜闻乐见、生动活泼的方式进行教学,把传授知识同陶冶情操、养成良好的行为习惯结合起来;探索实践教学和学生参加社会实践、社区服务的有效机制,建立科学的学生思想道德行为综合考评制度。

3.充分发挥团队建设在立德树人工作中的指导作用

我们把对少先队、团队工作的指导、检查、考核纳入教育行政部门的督导、评估范畴;加强对中学学生会工作的指导,发挥了他们的作用;积极支持少先队开展活动,并选派优秀青年教师担任少先队辅导员,把少先队辅导员培训纳入师资培训体系。

4.充分发挥任课教师在立德树人工作中的示范作用

我们把社会主义核心价值观纳入教师职前培养和准入、职后培训和管理的全过程,严格执行《中小学教师职业道德规范》,正师德、铸师魂;加强班主任队伍建设,严格班主任选聘,提高班主任的工作艺术、管理水平、管理理念和工作能力,加强班主任管理与考核,并完善激励机制。

5.充分发挥教育科研在立德树人工作中的引领作用

充分整合优秀教师、教科研人员等力量,开展德育课题实践研究活动。开展德育工作课题研究，建立德育课题研究档案，用课题引领理论学习和德育工作的实践，为做好人才培养各环节的衔接提供理论支撑和实践指导。

6.充分发挥家庭教育在立德树人工作中的补充作用

我们担负起指导和推进家庭教育的责任；办好家长学校，并积极运用新闻媒体和互联网，面向社会广泛开展家庭教育宣传，帮助和引导家长树立正确的家庭教育观念，掌握科学的方法，提高教育子女的能力；发挥各类家庭教育学术团体的作用，针对家庭教育中存在的突出问题，积极开展科学研究，为指导家庭教育工作提供理论支持和决策依据。

7.充分发挥社会实践在立德树人工作中的促进作用

开展社会实践活动，将社会主义核心价值观细化为贴近学生的具体要求，转化为实实在在的行动。组织学生在每个学段至少参加1次学工、学农生产体验劳动，教育学生主动承担家务劳动。我们利用博物馆、美术馆、科技馆等社会资源，发挥各类社会实践基地、青少年活动中心等校外活动场所的作用，逐步完善中小学生开展社会实践的体制机制。

8.充分发挥活动载体在立德树人工作中的深化作用

开展“孝心少年”“优秀共青团员”“十佳少先队员”“十佳少先队辅导员”“十佳少先队志愿辅导员”等评选活动，发挥先进典型的引领作用。加强图书馆建设，提升藏书质量，开展经常性的读书活动。以升国旗、入党入团入队等仪式和重大纪念日、民族传统节日等为契机，开展主题教育活动。加强校风、班风、学风建设，组织开展丰富多彩、生动活泼的文艺活动、体育活动、科技活动。利用板报、橱窗、走廊、校史陈列室、广播电视网络等设施，营造体现主流意识、时代特征、学校特色的校园文化氛围。

二、培树教育文化，铸造精神品质

文化是“根”，文化是“魂”。我们在全市教育系统大力培树教育文化，汇聚发展正能量，用积极先进的文化，提升教育工作者的精神气质和价值观念，塑造教育工作者的美好心灵，丰富教育工作者的健康情感，提高教育工作者的智力水平，激发教育工作者的创造活力，为教育事业健康发展奠定坚实基础。

（一）教育文化是推动教育事业繁荣进步的精神动力

1.文化的重要性

文化是一种状态，一种精神，培树一种文化就是塑造一种精神。始终保持良好的精神状态是非常重要的，因为精神状态决定事业的成败。始终保持良好的精神状态，就能不断激发自身的智慧和潜能，产生巨大的内生动力，成为攻坚克难、成就事业不可缺少的精神因子；始终保持良好的精神状态，可以弥补物质条件的不足，并转化为强大的动力；始终保持良好的精神状态，可以置之死地而后生，绝地反击，后来居上；始终保持良好的精神状态，可以战胜艰难险阻，取得最后胜利；始终保持良好的精神状态，可以把平平常常的事情干得轰轰烈烈，有声有色，原来能干好的事情可以干得更好，甚至让原来没有希望的事情也可以奇迹般地干成功！

2.教育文化的目标是教育发展的动力

习近平总书记强调："文以载道，文以化人。"显然，当代中国教育，理应是中国传统教育的延续和发展，当代中国教育文化也理应是中国传统教育文化的传承和升华。所以，结合我市教育工作实际，我们在"321"工作思路中明确提出了在全市教育系统大力培树"厚德重教，大气兼容，担当奉献，创新奋进"的教育文化目标。

(二)教育文化为聊城教育品牌注入源头活水

科学的规划、明确的目标是教育文化发展的先导和依据。

1.厚德重教

"厚德重教"是教育文化的"本"。德，国之基也，人之本也。国无德不兴，人无德不立，德是中华传统文化的基本内涵，教育工作者承担着传播知识、传播思想、传播真理的历史使命，肩负着塑造灵魂、塑造生命、塑造人的时代重任，是教育发展的第一资源，是国家富强、民族振兴、人民幸福的重要基石。要创新师德教育，完善师德规范，引导广大教师以德立学、以德施教、以德育德，坚持教书与育人相统一、言传与身教相统一、潜心问道与关注社会相统一。引导教师树立正确的历史观、民族观、国家观、文化观，争做"四有"好老师，全心全意做学生锤炼品格、学习知识、创新思维、奉献祖国的引路人，落实立德树人的根本任务，培养德、智、体、美全面发展的社会主义建设者和接班人。

2.大气兼容

"大气兼容"是对教育工作者做人、处世的要求。这是教育文化目标的"真"。

"大气"指有气派、肚量大。做人要大气就是做人要有肚量，不斤斤计较。孔子的"君子坦荡荡""君子不忧不惧""君子矜而不争"说的就是做人要有胸怀。做人要大气，要有全局意识、大局观念。做人要大气，一定要有眼界。一个胸襟狭窄、谨小慎微、小肚鸡肠、锱铢必较，没有眼光、眼界的人，是绝不会成就事业的。相反，那些在事业上建功立业、取得成就的，都是胸怀坦荡、宽宏大量、大度豁达、眼光高远者。

“兼容”就是要有包容之心，求同存异，“和而不同”。“兼容”扩大了“容”的范畴，内容更深，层面更广。做人要有一颗宽容的心，这颗心的容量要大。心的容量有多大，人生的成就就有多大。“兼容”体现的是一种尊重，是一种处世之道，是一种大智慧，更是一种做人的肚量和人格的伟大。

3.担当奉献

“担当奉献”是由教育工作者的职业特点决定的。这是教育文化目标的“善”。

教育工作者要切实做到勇于担当、敢于担当、善于担当。一要树“正气”。具有敢为天下先的豪气，才能推动教育事业快速发展。实践证明，任何成绩的取得，没有敢于冒险的精神、勇于担当的豪气，推动工作就是一句空话。二要有“勇气”。当前，教育领域面临综合改革的新形势，弘扬担当、奉献精神，有勇气担当起应该承担的任务，“干好聊城教育事，何计任中任后名，不惧白发生!”三要有“底气”。打铁还需自身硬，铁肩才能担道义。底气需要成熟的心态涵养，更需要过硬的本领支撑。只有“台上一分钟，台下十年功”的积累锤炼，才能铸就敢于担当、勇于担当、善于担当的“底气”。

“奉献”就是“恭敬的交付，呈献”。奉献，就是爱，是对事业的不求回报的爱和全身心的付出。奉献者付出的是青春，是汗水，是热情，是一种无私的爱心，甚至是无价的生命。奉献者收获的是一种幸福，一种崇高的情感，是他人的尊敬与爱戴，是自己生命的延长。对教育工作者而言，就是要在爱的召唤之下，把本职工作当成一项事业来热爱和完成，从点点滴滴中寻找乐趣，做好每一件事、认真善待每一个人，全心全意为教育事业贡献力量。

4.创新奋进

“创新奋进”是对教育工作者奋力拼搏、与时俱进的要求。这是教育文化目标的“美”。

无论是一个人还是一个团队、一个组织，都应该把争得“万木春”的“一树”、“千帆过”中的“一帆”作为理所当然的理想和追求，这是一个人的思想境界和精气神的自然体现。我们教育工作取得的成绩没有一项不是源于创新的。没有创新，就没有发展，就没有提高，就没有进步，就不能立于不败之地。聊城一中的低重心教学和体育、艺术“自助餐”选课模式，杜郎口中学的“三三六”课堂教学改革，聊城二中以学生为本位的“生本教育”，莘县实验小学做好“七件小事”，聊城东方双语小学的“一草一木总关情，全天生活皆教育”，聊城高新区顾官屯联校的书信教育文化等都是创新，都说明老师们的拼搏奋进。

古语有云：“行百里者半九十。”坚持常抓不懈，我们在深入人心上下工夫，在结合实际上下工夫，使教育文化目标真正入耳、入脑、入心，增强目标的吸引力和感染力。结合教育工作者的实际，我们把目标的内涵和精神实质转化到行为方式上来，渗透到日常工作和学习、生活中去；把教育文化目标的学习宣传融入教育、教学的各项工作中，踏石留印、抓铁有痕，持之以恒、常抓不懈，真正培树起“崇教尚学，大气兼容，担当奉献，创新奋进”的教育文化，汇聚发展正能量，引领教育各项工作健康发展。

三、追求事业目标，打造特色品牌

2014 年，我们以办好人民群众满意的教育为宗旨，改进作风，提高效能，遵循规律，开拓创新，教育工作得到进一步提升。聊城市教育局荣获全国青少年爱国主义读书教育活动组织特等奖、省级文明单位、山东省空军招飞工作改革25 周年先进单位、山东省信息网络安全管理先进单位、全市依法行政示范窗口、聊城市十佳群众满意文明行业、全市党委（党组）中心组先进单位等荣誉称号，在 10 个部门接受市人大评议工作中获“满意”等次。

（一）义务教育办学条件进一步改善

教育信息化建设步伐进一步加快，教育网络架构合理，运行稳定。“绿色班班通”配备总数达到 9600 多套，占应配总数的 92%，市直学校、阳谷、临清、东阿、高唐、茌平、开发区、高新区已全部实现“绿色班班通”。信息技术与学科深度融合，聊城三中开展“翻转课堂”，教师利用信息技术制作“微课”（课堂教学视频），探索新型教学模式。借助教育部信息中心推行的“蜂窝行动”在全市范围内推行教师、学生学习网络“空间”建设，推动教师教学资源的积累、共享、交流和提升，营造了学生自主学习的氛围。目前已经建设教师空间 6410 个，学生空间 80000 个。

全国中学生示范性综合实践基地正在稳步建设。其中，学生公寓楼改造及接建工程项目、职业体验室、心理健康咨询中心、生命科学馆、学生文化广场、课程设计已完工；学生体验主体楼装修设计、未来工程师项目、室外拓展训练项目、地方文化馆、影音工作室正在建设中。

（二）教师队伍的素质水平进一步提升

2014 年，聊城市共有 3 名教师被评为“全国模范教师”、6 名教师被评为“全国优秀教师”，1 所学校被评为“全国教育工作先进集体”，25 名教师被评为“全省优秀教师”，3 名校长被评为“全省优秀教育工作者”，7 所学校被评为“全省教育工作先进集体”。聊城市教育系统首届“十个十佳”评选活动顺利开展,在庆祝第30个教师节暨“十个十佳”表彰大会上,市教育局对模范教师、优秀教育工作者、“十佳”校长、“十佳”教师等进行了表彰。在全市范围内开展了向冠县东古城镇中学教师轩云湘同志学习的活动,并成立了轩云湘事迹巡回报告团。轩云湘老师于2014年当选为“全国模范教师”,赴京参加庆祝第30个教师节暨全国教育系统先进集体和先进个人表彰大会,受到了习近平、李克强等中央领导的亲切接见,并合影留念,成为中华人民共和国建国以来聊城市受到党和国家领导人接见的第一位人民教师。

科学组织教师培训活动。与聊城大学合作建立的聊城市中小学教师校长培训基地和聊城市教育系统法制教育培训基地,成为全市教师培训和法制教育的龙头基地。2015年以来,459名教师参加了教育部“国培”计划,3名校长和1名英语教师参加了省教育厅组织的海外研修,560名教师参加了省教育厅“万名骨干教师培训计划”,60名校长参加了省教育厅校长提高培训,160名中小学法制副校长参加了市级专题培训班,108名中小学生参加了全市中小学生法制教育“夏令营”,29517名教师参加了全省中小学(幼儿园)教师远程研修。

(三)素质教育进一步推进

一是办学行为得到规范。全市中小学按规定开足、开齐课程,并及时进行督察。根据《山东省教育厅关于开展中小学“减负齐鲁行”系列活动的通知》精神,多次组织全市各中小学开展违规办学行为自查自纠。我们制定了《教师有偿家教评估方案》,定期开展评估检查活动,在全市开展法治学校创建活动,评选出40所依法治校示范学校。

二是学生德育和思想政治教育得到加强。如建立了覆盖市区学校“道德讲堂”网络,开展了“走复兴路,圆中国梦”爱国主义读书教育活动、聊城市第五届“新华书店杯”中小学生读书系列活动,成功举办了全市“十佳孝心少年”评选活动;实施了“文明交通行动计划”和“平安行·你我他”行动。德育教育取得丰硕成果。在第21届全国青少年爱国主义读书教育活动中,茌平县博平镇中学王成博获得全国演讲比赛一等奖(第一名),文轩中学韩娅菲获得全国征文比赛中学组一等奖。在全省中小学生电脑机器人大赛中,荣获省一等奖1个、二等奖6个、三等奖2个。在全省中小学生电脑制作评选活动中,荣获省一等奖2个、二等奖6个、三等奖4个。

三是“4312”艺体普及活动深入推进。开展全市中小学生篮球联赛、中学生排球联赛和中小学生游泳联赛,其中篮球联赛首次把小学生比赛纳入联赛范围。2014年成功举办了聊城市第六届中小学生运动会,除原有竞技项目外,将跳绳、踢毽子、健身操等首次纳入比赛项目，参赛人数达1700多人。

四是教育教学改革成果显著。2014年4个“国字头”教育工作会议在聊城市召开：全国中学语文交流活动暨全国中学语文说课大赛、全国小学英语教育教学改革高峰论坛、全国普通高中多样化发展和招生考试制度改革研讨会、第十届全国名校长高峰会议。全国各地上千名教育专家、学者、校长、教师聚集在聊城，探讨教育改革大计，标志着聊城市教学改革在全省乃至全国产生重要影响。在国家、省基础教育教学成果评选活动中，茌平杜郎口中学荣获省一等奖、国家二等奖；莘县实验中学、莘县实验小学荣获省二等奖；聊城一中等7所学校荣获省三等奖。

百年大计，教育为本。教育是关乎国家和民族长久发展的千秋大计。我们坚持育人为本、德育为先的理念，大力推进“教学质量，师德建设，立德树人”工作深入开展，正在向着“事业目标和文化目标，打造出亮点突出、特色鲜明的聊城教育品牌”的方向前进。一个个朝气蓬勃的孩子正在德智体美全面发展中成为社会主义建设者和接班人！

高考:不同时代,不同的民生*

哈宝泉

1977 年的冬天,让 570 万中国年轻人永生难忘。在这个被诸多评论家称为“一个国家和时代的拐点”的冬天,数以万计曾经以为生活就是农田和工厂的年轻人,重新找回了自己的梦想,同时也看到了过去从来不敢想象的未来。在那时,刻苦复习两个月改变的是一生,这些年轻人“衣带渐宽终不悔,为伊消得人憔悴”,他们都在重拾梦想,用拼搏改变着自己的人生。

我参加的是 1979 年的高考,那时国家刚实行改革开放,百废待兴,相当困难。当时大学招生人数很少。那时的中学环境和现在相比,简直是天壤之别。

我当时报考的是文科,考语文、政治、历史、地理、数学 5 门课程,只有语文和数学这两门课比较正常,政治、历史、地理的复习资料基本没有。在这样的情况下,想考大学,何其难也!所以老师和校领导认为我考不上大学,不同意我报考,而让我报考中专。

我最后以超过本科线 18 分的成绩考入了山东师范学院聊城分院中文系,即现在的聊城大学文学院。我是恢复高考以后全村第一个大学生,在当时可以说是整个家族以至全村的骄傲。

教育是最大的民生,高考又是重中之重。在我 2013 年 7 月担任聊城市教育局局长以来,把提高教学质量、办好人民满意的教育作为重中之重来抓,全面提高学生素质,为国家输送优秀人才。在每一年的高考之前,我都会给参加高考的“童鞋们”写一封信,为他们鼓鼓劲、加加油。2014 年高考前我以《安知有我否?坚决得胜利》为题给全市的同学们写了第一封信,鼓励他们以“安知有我否,坚决得胜利”的气概夺取胜利。2015 年的第二封信是《青春需要梦想 人生需要拼搏》,我送给即将走进考场的学子们四句话:青春需要梦想,人生需要拼搏,眼界决定境界,自信创造奇迹。2016 年,我写了第三封信。因为是猴年,我

---

* 本文原载 2017 年 4 月 26 日《中国教育报》。

用《苦练七十二变，坚决打赢高考攻坚战》为题，引用六小龄童的一句名言："只有苦练七十二变，才能笑对八十一难。"我希望他们像"灵猴"一样，发挥聪明才智，努力拼搏进取，打赢高考这场攻坚战。回顾历史，聊城曾因京杭大运河而名重一时，经济的兴盛带来了文化教育的繁荣。据北京国子监进士题名碑载：明清两代录取的聊城籍进士有290人、状元有3人，名列山东前茅。聊城被视为"科目鼎盛，贤士辈出"之地。自1977年恢复高考起，聊城的高考随着运河前行了40个春秋：由20世纪70年代末80年代初的几百人考上大学到上千人，再到现在的近两万人；由1994年至2001年的"3＋2"到2002年至2006年的"3＋X"，再到从2007年开始的除小语种外全部学科都实现山东省自主命题，并且增加基本能力测试，高考模式变成"3＋X＋1"；2014年改为"3＋综合"，高考英语取消听力；2015年改为"3＋综合"，英语采用全国卷并恢复听力。高考模式的改革，让无数与大学擦肩而过的考生赢得了机会，他们的人生更加精彩纷呈。

百川汇流运河，润泽教育文化。我喜欢教育工作，在工作中我感受到了快乐，体味到了担当，在漫漫人生中与教育结缘是一件幸福的事。聊城的运河是一条文化的河、流动的河、美丽的河、繁荣的河，也一定会成为一条响着琅琅读书声和捷报频传的教育长河。

一位教育局局长的17场报告*

记者　魏海政　通讯员　高　洁

“各位老师、同学，亲，有没有看到我写给大家的那封信啊？有谁还记得里面那首励志诗？”高考前夕，山东省聊城市教育局局长哈宝泉来到冠县一中大礼堂，给800多名高三师生作报告减压鼓劲，幽默的开场白，一下子拉近了大家的心理距离。不少同学应声而出：“全国三万余，全省两千七，全区共百多，全县寥无几。安知有我否？坚决得胜利！”

论担当，讲理想，谈胸怀、气概、责任和人生，在40天的时间里，聊城市教育局局长哈宝泉，先后走访28所高中，与12000多名师生见面谈心，作了17场巡回报告，每场报告都在3个小时以上。在报告中，他从自己的亲身经历谈起，将自己35年前参加高考前夕写的一首励志诗送给师生，用一个个生动的故事、一句句质朴的话语向师生传递了敢于担当、勇于负责，为实现人生目标奋然前进的正能量，引导同学们树立远大理想。同学们纷纷改称这位诙谐幽默、和蔼可亲的局长为“大大”“伯伯”。

“第一次听市里的教育局局长作报告，感觉他就像自己的叔叔伯伯一样，很亲切，每句话都给我很大的鼓舞。”冠县一中高三学生王明瑞听完报告后激动地说。“他不仅教给我们如何摆正心态迎接高考，而且教给我们如何做人，要有博大的胸怀、坚强的意志、良好的品质。”聊城三中高三学生赵兰秀说。冠县武训高中年级主任于建勇听完报告后感慨道：“报告不仅让学生收获满满，也让我们教师得到很多启发，必须踏踏实实、不急不躁、安安静静地做教育。”

教育局局长的17场巡回报告是聊城市教育局贯彻落实党的群众路线教育实践活动的一个缩影。带着对广大师生的牵挂与关怀，聊城市教育局党员领导干部带头深入基层，明确以一个学校作为联系点，走进学校、走进课堂、走近师

---

* 本文原载2014年7月8日《中国教育报》。

生，实实在在地进行换位体验。“只有听师生说话，说师生的话，把师生当亲人，把自己融进去，我们的工作才能接地气、有实效，办好人民满意的教育才能真正落实。”哈宝泉说。

探索多元育人路径　促进学生成人成才*

——莘县第二中学构建“课程化多元育人体系”的思考与实践

周西政

《国家中长期教育改革和发展规划纲要(2010～2020年)》提出,要“坚持德育为先……把德育渗透于教育教学的各个环节,贯穿于学校教育、家庭教育和社会教育的各个方面”。德育是学校教育的首要任务。从“坚持育人为本,德育为先”到“立德树人”,国家对于德育的重视程度和要求不断提高。如何创新德育形式,丰富德育内容,提高德育工作的吸引力和感染力,增强德育工作的针对性和实效性,这是我们必须深入思考和实践的教育命题。为切实将“立德树人”落到实处,莘县第二中学积极推进教育教学改革创新,逐步形成了由“全人员育人”“全过程育人”“全领域育人”构成的“课程化多元育人体系”,切实为学生的健康成长保驾护航。

一、全人员育人:全员参与,人人有责

学校探索实施了“全员育人导师制”,使德育成为每个人的“分内事”。上至校领导,下至普通教职员工,都担任学生“导师”,都参与育人。每个教学班由班主任担任“主任导师”,其他任课教师担任导师。“主任导师”和导师均负责所执教班级的一个或几个学生小组,对学生从学习、生活到德育等各个育人环节进行全方位的指导与帮扶。

各导师在履行育人职责时采用“三导”策略,即导心、导学、导行。这也是导师的基本职责。“导心”包括对学生进行“思想引导”与“心理疏导”,引导他们形成良好的道德品质,及时为学生疏解心理问题,使其健康阳光地生活与成长。

* 本文原载2015年5月6日《中国教育报》。

“导学”包括指导学生“学会做人”与“学会学习”，培养学生的使命感、责任感，指导学生高效学习，不断突破自我。“导行”指导师在教育教学活动中，引导学生把优良品质落实到学习、生活中去，从小事做起，践行美德雅行。如导师通过组织小组活动培养学生团结友爱、互帮互助的品质；通过组织学生给父母洗脚、到敬老院献爱心活动，培养学生感恩父母、尊老敬老的优秀品质等。

二、全过程育人：无缝管理，关注细节

关注细节才能成就大事。学校力争做到全程育人，导师将育人工作开展至学生在高中阶段成长的全过程，不放过每一个细节，对学生进行尽可能全面的呵护与帮扶。

1.进行活动指导

每天上午预备铃后，导师要指导学生阅读“清晨励语”(学校精心选编的适合高中生阅读、促进学生健全人格养成的美文)，做到高声朗读、全情投入。学校将阳光大课间和学生社团活动结合起来，培养学生的个性特长，并利用寒暑假时间组织学生开展研究性学习活动和社会实践活动。这些活动，导师都要认真组织并进行指导。导师还要每周参与或主持主题班会课，做到主题明确、有计划、有方案、有秩序。

2.开展沟通交流

导师每周要对所带育人小组学生的成长册进行三次书面批阅；每周要与所带育人小组至少两名“典型生”进行交流，重点帮扶；每学期要与所带育人小组每个学生的家长进行两次以上的沟通交流，以形成教育合力。

3.凝聚集体智慧

每周日，各导师要参加由主任导师牵头组织的班教导会，进行育人集体备课。同时，主任导师要就整个班级运行过程中所取得的成绩和存在的问题进行总结，为班级主题班会课的召开做准备。

三、全领域育人：立体网络，多点出击

学校发挥教育、教学、管理各方面的育人功能，形成了立体的、全方位的育人网络。

1.夯实“课堂育人”

学校融入翻转课堂教学理念，形成了以尊重学生主体地位为前提的“一五三”课堂教学模式，全面提升学生的综合素质。课堂上，教师充分挖掘本学科的

德育功能，通过组织学生进行自主探究、合作学习、展示点评、质疑补充、课本剧表演、课外调研等活动，引导学生在掌握学科知识的同时，提升思想道德修养，树立社会主义核心价值观。

2.拓展“活动育人”

学校在每天下午第二节课后安排了40分钟的活动课，导师与本小组的学生一起活动。作为育人课程，活动课做到固定时间、固定地点、固定内容，有计划性、有教学策略、有教学环节、有效果测评，切实丰富学生的校园生活，增强学生体质，培养学生乐观自信、积极向上的品质，促进师生共同成长。

3.优化“评价育人”

学校不断完善评价机制，各班级教室内设置“课堂大比武”栏、小组晋级表，在教室外的“文化长廊”对班级近期涌现的“优秀小组”及“先进个人”进行及时表彰。学校和年级每学期都要举行两次以上的表彰大会，各班级每个月要召开隆重的表彰会，以培养学生合作、竞争的意识和团队精神，增强学生的自信心和上进心。对学生的评价，坚持形成性评价和终结性评价相结合、过程性评价和结果性评价相结合，使学生体验成功，树立自信。

4.强化“文化育人”

学校加强校园文化、教室文化、宿舍文化、社团文化等的建设，使学生时刻处于优秀的文化环境之中，在潜移默化中接受优秀文化的熏陶，不断提升道德修养。

通过课程化多元育人体系的构建，学校的立德树人工作取得了显著成效，培养了学生良好的道德品质和行为习惯，校园内处处洋溢着崇学向善、积极向上的浓厚氛围。基础不牢，地动山摇。美好的道德、良好的习惯，就是人生大厦最重要的基石。我们将本着“对每个学生负责，让每个学生成人”的原则，根据教育规律和生命成长规律，顺应时代要求和国家召唤，使多元育人体系更加丰富、更加完善，为每个学生的幸福人生助力、奠基！

信息技术染绿“戈壁”*

——莘县二中建有灵气的教育生态

记者　魏海政　通讯员　段章华　刘树静

“几年前，莘县二中就像是戈壁滩，曾一度因为办学困难而不得不从乡镇迁校至县城，招生存在很大困难。就是在这样的‘戈壁滩’上，我们借助教育教学改革和教育信息化的风口，把学校由‘戈壁滩’改造成为一块‘绿洲’。”当与记者谈及学校发展时，校长周西政这样说，“近几年，我校生源的数量上去了，质量显著提高，影响力逐渐扩大。周围的学生家长慕名而来，促使莘县县委、县政府决定为我校建设新的校区。”教育教学和管理手段的信息化，正是莘县二中完成“华丽蝶变”的秘诀所在。

如今，莘县二中已实现千兆校园网全覆盖，全校各教室、各办公场所均装有大功率无线 AP，师生人手一台 iPad。学校以此为硬件基础设施，将互联网与校内网相结合，搭建起了独具特色的“莘县二中教育管理服务综合平台”。信息化的触角已触及学校教育教学的方方面面，学校教育呈现出“生态化”的良好态势：受教育者尽享信息化所带来的便利的同时，实现了个性化成长，综合素养大大提升。

一、“一五三”翻转课堂，推动教学改革

记者在与莘县二中老师们的交流中了解到，随着环境的改变，学校力推课堂教学改革，努力构建并逐渐形成了适合自身实际的课堂教学模式——“一五三”翻转课堂。

“一”是指一个指导思想——让课堂“灵动”起来。利用互联网打破传统的“课上”“课下”概念，教师少讲或不讲，主要由学生进行自主学习、合作学习和探

---

* 本文原载 2016 年 9 月 23 日《中国教育报》。

究学习。“五”是指五个教学策略：任务导学、微课助学、合作互学、训练测学、评价促学。以学生为学习主体，教师制定“电子学习任务单”进行引领。此外，教师还可以通过组织学生线上“合作互学”和“训练测学”适时了解学生对知识的掌握情况，从而进行形式各样的“评价促学”。“三”，即实施课堂教学的三个教学环节：自主学习、探究研习、巩固练习。

在自主学习环节中，教师通过“数字化教与学平台”进行教学设计，编制自主学习任务单，并在线与学生进行互动答疑，帮助学生完成学习任务。探究研习是整个课堂的核心环节，教师和学生利用教学平台进行高效互动，学生通过平板来回答教师提出的问题，教师则使用教师端 iPad 开展问题评价，提高课堂效率。巩固练习环节，学生在“数字化教与学平台”上进行在线作答，完成“巩固训练案”，实现知识的内化和迁移。

在“一五三”翻转课堂下，教师的角色发生了转变，他们不再是高高在上的“传道”者，而是组织者、引领者、合作者与促进者。“现在我们的课堂，老师退到了幕后，把舞台交给了学生，由原来的‘主演’变成了‘导演’。在课上，让学生去展示、去讨论、去自主学习，看到他们收获越来越多，老师由衷地高兴。”语文教师张灵芝如是说。

高二学生郝海花说：“原来的学习很被动，老师讲什么，我们学什么，老师不教，我们就不会主动学。但如今老师在课堂上经常启发我们，我们的思维便会发散了。同学们想法不一致就会积极讨论，然后碰撞出思维的火花。有时候老师也不知道正确答案，师生就会共同学习。在这种新的模式下，我们对自己的成长更有信心了，我坚信自己一定能考上一所理想的大学。”

二、教研+信息化，让校园充满新气象

莘县二中是全省最早将翻转课堂付诸实施的高中学校之一。2014 年，莘县二中被山东省教育科学研究所批准为山东省“翻转课堂与微课程开发实验基地”和“教育规划重点攻关课题研究单位”。

在浓郁的教科研氛围中，教师的教科研活动也随课堂教学改革而风生水起。学校专门成立了“‘一五三’翻转课堂教学研究室”和“德育教研室”，聘请了校内 32 位优秀教师和 41 名学生做兼职研究员。如今，在学校 136 名教职工中，拥有国家、省市级科研课题研究成果者达 98 人。学校所承担的省重点课题“教育生态学理论视域下的普通高中育人体系构建的研究”正在开展中，且已取得阶段性成果。

教科研活动的开展，在推动学校教育教学的同时，使教师“常教常新”。目

前，莘县二中正致力于打造“信息化生态校园”——由学校环境系统、课程系统、管理系统等构成的一个系统化、立体化、相融性的综合体系。2016 年 6 月，学校代表山东省中小学参加了由联合国教科文组织等主办的“2016 年国际教育信息化创新产品与应用成果展”，校长周西政在“山东省中小学校长信息化领导力论坛”上作典型报告。

“不放弃每位学生，让所有学生成功”，“为每个学生提供适合的教育”。这些话语周西政每次外出讲座时都会提到。他说，教育信息化，人才要先行。只有不断提升自身的专业素养及信息技术能力，教师才能真正走出来，才能让学生获得真正的成长。

教育信息化是一个循序渐进、不断发展的过程。教育信息化建设的规划和组织离不开现代教育思想和现代教育理论的指导，其“应用”过程本身也并不是现代信息技术与教育二者的简单“相加”，而是现代信息技术与教育的融合。莘县二中基于这一理念，通过教育信息化缔造了从“戈壁”变“绿洲”的传奇。

以人"化"文　以文"化"人*

——聊城市东昌中学的管理之道

陶继新

"优秀的学校文化是形成学校核心竞争力独一无二的关键要素。在教育教学变革时期，建立、形成一种健康、奋进、有效的学校文化，建立一支具有良好精神风貌、工作作风和激情活力的优秀团队，是我们能够在教育教学改革中克服各种困难，实现快速发展的基础和保证。"赵磊校长如是说。

2015年10月，校长赵磊刚刚上任不到一个月的时间，就在聊城东昌中学开启了极具创新性的改革之旅。一年多的时间，他的先锋之举，从根本上展示了教育改革的真谛和生命的内核：由原来的家长不满意——"不能把我的孩子当试验品"，变成了"要把朋友的孩子介绍到东昌"的声音；老师由思想抵触、牢骚满腹变成了拥抱改革、体现价值；孩子更是由"要我学"变成了"我要学"，个性化施教带给孩子前所未有的积极发展。

为此，我专程前往学校，并在2017年3月18日与19日《中国教育报》第4版发表了《课堂教学的结构性变革——探秘山东聊城东昌中学"大三六"教学体系》一文。之后，我陆续收到全国一些学校校长等教育人士的来电来信。他们在学习与研究东昌中学教学改革经验的时候，也在叩问其教育管理的奥妙。为此，让我们再次走进这所充满魅力的学校，问"道"东昌，对其保证改革成功的全新管理机制进行探寻。

恰如上次对教学之道的"大反转""大迁徙"一样，我又发现了其管理上的"新大陆"。尤为赞叹的是，赵磊校长不但从选择战略、改善心智、优化机制与立足创新四个方面进行了学校管理的积极探索，而且还让这四种管理"摇身一变"，提升到了支柱性的文化境界，实现了管理上由"术"向"道"的转变，形成了独具特色的学校文化，担当起"转型"和发展的重任。学校文化的要义，既要以

---

* 本文原载2017年3月25、26日《中国教育报》。

人“化”文，也要以文“化”人，而东昌中学则有其属于“这一个”的“化”文与“化”人之道。

一、战略文化——仰望星空，脚踏实地

苏格兰有一句谚语说得好，即“对于一艘没有航向的船来说，任何方向的风都是逆风”。方向由谁掌握？由决策者，由战略！战略意味着唯一。每一个行业的第一只有一个，做不成第一，可以做成唯一。战略意味着机会，战略意味着选择。从竞争的角度讲，实施战略管理的最终目的是要想尽办法全力以赴地提升学校的核心竞争力，也就是要寻找和紧紧抓住你所需要的、最本质的东西，即立足于当下的“生存”，谋划未来的蓝图，以“险峻”的高度，打造自己更美好的未来。

赵磊校长说，掌握趋势比掌握资讯更重要。新形势下全方位教育教学改革的战略管理，要求我们应当把每一次教育变革看作是时代赋予我们的不可多得的机遇；要求我们要看准教育发展的趋势和主流，并及时抓住趋势和主流，超前投入，寻找到能够引领我们实现超常规发展的一条阳光之路、希望之路和占得先机之路。

上任不到一个月的时间，赵校长就在 4 个校区 8000 多名学生中全面铺开课堂教学结构的颠覆性改革。这是一般人无法想象的“胆识”。然而这对于赵磊校长来说，则是几十年对教育教学和管理总结研究、反复提炼的集大成之举，是对基础教育发展趋势研究成果的自信和定力使然。很显然，他的教育思想和理念走在了全国的前沿、时代的前沿。

他潜心研究世界基础教育发展趋势，提出了世界基础教育的三大发展趋势：科学规律、科技手段将会以前所未有的速度大量应用到基础教育当中，并由此改变传统的教与学的过程；传统教育教学的主体与要素将由于教育信息化的蓬勃发展而发生较大的甚至颠覆性的改变；追求个体化教育，实现个性化教育更大化是时代赋予基础教育的历史使命。赵磊校长认为，追求个体化教育，实现个性化教育更大化是当前和未来基础教育变革中更重要的趋势，而前两个趋势是支持完成这一重要趋势的手段、前提和基础。

借“灯”的翅膀，做透明的自己。凭借几十年对中国乃至世界教育发展趋势的学习、思考和积累，赵磊校长笃定东昌中学的发展战略就是要通过全方位、大范围、高层次、强力度的教育、教学和管理规律的有效学习、研究及实践，积极探索在班级规模环境下实现个体教育和个性化教育最大化的有效途径。他将积极创造适合全体师生实现最佳发展、和谐发展的学校环境，为成为中国基础教

育改革实践的先行者和示范者而努力。

赵磊校长将东昌中学的战略特点具体归纳为:“一个目标、两个对象、三个方位、四个途径、五个层面、六项保障。”一个目标,即在微观上让学校环境适合全体师生的发展,在宏观上学校要走在中国基础教育改革实践的前列。两个对象,即在宏观上指学校整体优雅的环境,在微观上指全体师生的精神面貌。三个方位,即从教育学、心理学、生理学、成功学和管理学层面对教育、教学和管理三个方位展开研究。四个途径,是指全方位、大范围、高层次、强力度。五个层面,即在从教育学、心理学、生理学、成功学和管理学五个学科层面对课题背景进行广泛、深入学习、研究的基础上,创建有特色、有成效、有理论基础、具有可操作性的成果。六项保障,即通过建立、完善各项管理机制,进行学校文化建设,特别是通过建立创新机制和学习型组织,以加强战略执行力,形成高效的执行文化——达成共识、统一目标,行动迅速、产生激情,成效明显、持续发展,以确保战略指标的真正落实。

跨一步就是春天。他告诉笔者,整体战略布局很重要,学校要根据自身的教育资源制定出一个明确的能激励人、感染人、催人奋进的全方位教育教学改革的战略愿景,但更重要的是如何使这一战略愿景让每个人都耳熟能详,甚至如数家珍,如何使每位教师的专业发展目标与学校的战略目标相一致。因为这两点是一所学校战略能否落地与推进的重要标志,也是能否把战略目标转化为战略文化的重要标志。为实现学校战略目标,赵磊校长将战略总目标实行定向“爆破”,层层分解,逐一消化,具体分到各个部门与个人,变成其战略发展的小目标,并让每个部门与个人清晰地理解学校的整体战略目标与个人努力目标的一致性以及实现这些目标的必要性与可能性,把学校的大战略与个人的小目标紧密地“融合”起来。

“让每个人都理解战略和执行战略,这是学校领导要做的重要工作之一。”赵磊校长说,“任何事业的成功,仅仅停留在纸上谈兵是无法实现的,执行力是确保教育理念、战略思想落地的关键。在学校整体布局、顶层设计的基础之上,还必须能脚踏实地,将计划和方案一步一步落到实处。顶层设计再好,不落实就是镜中花、水中月,也无法惠及每一个学生。在这样一场大的教育教学变革、全新挑战中,很多的思想和操作都需要在教育实践中不断升华和完善。所以,我们不能等待,不能观望,不能指望什么都是现成的。在实现这些目标的过程中,即使没有现成与成熟的经验,即使出现波折与问题,也要知难而进,大胆探索。改革需要每位教师都熟知战略方向,积极开拓,努力实践,人人有课题,人人有研究,人人有成果;需要每个团队和个体具有强有力的执行力,按照项目计划全力以赴,认真执行。只有这样,我们才能真正享受实现目标时的愉悦,也才能更好地加强学校的核心竞争力。"

赵磊校长要求学校教职工在同质化的战术层面，把工作做实、做细、做到位，在自我挑战中，完成"华丽"蜕变。更重要的是，在异质化的战略层面，通过新植入的异质化的竞争"数码"，引领大家在新的领域"迎风破浪"，做出新的探索。比如将培养思维能力、探索高效记忆方法等纳入各个学科教学之中；从激活动力、培养兴趣、指导方法等方面，对学生进行全时、全息、全方位的立体推进，实现整体性的突破，从而让学生的学习与生活变得更生趣、更有质量。与此同时，学校又迎来一个发展的"小高潮"。

"我们每个老师都熟知学校的改革战略方向，围绕'大三六'教学模式，我们数学组每一位教师，从'三课型'的课堂流程、操作要点、课后作业的分层布置，以及数学思维教材的开发和学科突破等方面都做出了很多有价值的探索和创新。"总校区初二二级部年级主任张磊说。

东校初一年级主任张颖则说："赵校长将一种全新的、切合世界基础教育趋势的教学理念带入东昌中学，为每一位老师打开了一扇窗，从思想认识、愿景规划、思维方式、职业发展等多个层面引领教师，让每位老师对学校发展方向认识更深、看得更远。"实践证明，在整体战略管理推进中，被唤醒的教师精神焕发，对教学倾注真情，对创新探究尽心尽力；被叫醒的学生就像一枚枚灵性的种子，随着星星一同转世，发出一束束光芒。

二、心智文化——重构模式，优化品质

组织心理学认为：21世纪管理的核心是心智管理。在教育教学中，一个校长心智管理水平的高下，在某种程度上决定着学校发展的优劣与快慢。

高铁时代，不但要接受奔驰的速度，还要接受科学的魅力。十多年来，赵磊校长一直关注着心智管理这个新兴的学科，因为它是引导人们行为的心灵地图。我们无一不受着心智模式的导引，每一个人的行为都根植于心智模式。人的行为差异，也是不同的心智模式引导的结果。成功的人有成功的心智，失败的人有失败心智。要想让自己成功，就要具备成功人的心智。

赵磊校长对笔者说，心智思维是深植于我们心中的关于我们自己、别人、组织以及世界每个层面的假设、形象和故事，并深受习惯思维、定势思维、已有知识思维的局限。所以，每个人都有或多或少的心智模式的缺陷，也就是说，心智的发展是我们的一根"软肋"。

改变老师们固有的缺陷性的心智模式，则会让他们具有穿透自己的力量，给他们带来生活的乐趣与工作的信心。细细的回声，让他们以新的生命姿态，

寻找到新的生存与发展价值。

在东昌中学无论走在哪个路标前，都书写着超越。近年来，东昌中学在教育教学改革中，调整与优化老师及其学生的心态，使之适应变革的需要，从而积极自觉地投入到工作与学习之中，去品味通过努力甚至遭遇挫折之后获取成功的精神美感。

赵磊校长发现，有的时候，老师之间的心态差异很小，但结果却有着巨大的差异。老师们对改革就有积极与消极、主动与被动之别。久而久之，两者还会形成天壤之别。这种差别还不只是在获得看得见的成功上，更在心智上。优者自酿雄心，每天以丰沛的精力投入工作与学习之中，朝着信仰的方向奔去。劣者自暴自弃，天天以沮丧的情绪敷衍塞责于事务之中，尚未前行，就甘拜下风。更重要的是，两种不同的生命形态，还会在有形无形中投射到学生身上，让学生形成迥然不同的两种心灵状态与学习趋向。孟子认为："良知良能，人生而有之。"其实，每一个老师都有走向成功的可能，也都有享受心灵愉悦的权利。那么，如何让老师们驶进这样一种高层的精神境界呢？

赵磊校长认为，要不断提升老师的思维格局，消除自我设限，形成良好的自我意向，树立"我想在改革中成功""我能取得成功"的意愿、信心和勇气，这是进行教育教学改革的前提和基础。可有些老师在有意与无意之中为自己的发展作了一个低层次的设限，比如"我很难在改革中成功""我很平凡""我不可能成为名师"……当这种心理思维形成定势、根深蒂固的时候，一个人也就不再进行改革，也就甘于平庸。当然，改革会有风险，甚至还会有失败；可一个人正是在风险与失败中，锤炼了自己的意志，提升了个体的进取意识。从平庸走向卓越，需要付出很大的努力，甚至要经历很多困难；当克服了种种困难，迎来胜利的时候，就有了享受破解困难的另一种积极的心智模式。时间一长，这种心智模式还会定格在其心理深层，让自己自觉不自觉地去作新的努力甚至"探险"，并去取得更大的成功。教师群体的积极心智，还会形成一种积极的学校精神文化，让整个校园都充盈着向上的气息。身在其中的人，就会因"文"而"化"，形成一种精神生态文化。

其实，人大都不甘平庸，不甘沉落。正是在这种精神生态文化中，许多优秀教师勇敢地扔掉"红脸"心态，在"冲浪"中脱颖而出。而这里所说的优秀，还不仅仅是一般意义上的学识渊博、具有教学艺术者，还应具备高品质的心智，让生命更加透亮。其光彩不但能照亮课堂，也能照亮学生的心理世界，以至于照亮其家庭及其他人员。

精心锤炼，一路前行。当顾客提出"你们公司是制造什么的"问题时，松下幸之助给出了这样的答案："松下电器公司是制造人才的地方，兼而制造电气器具。”在松下看来，事业是人为的，而人才往往可遇而不可求，所以培养人才就成为当务之急。

赵磊校长则认为，学校是培养优秀教师的地方，而有了更多心智美的教师的时候，一批又一批优秀的学生也就水到渠成地诞生了。人的进化，就是历史的进化。所以，在教师培养方面，他把改善教师的心智放到了比抓教学常规管理与业务学习更重要的位置。在顶层设计上，先解决思想态度问题，再解决方法问题。从某种程度上说，态度决定能力。有了好的态度、好的心智，即使当下未必优秀，以后也一定会走向优秀。所以，通过反思性研究，给老师们一个展示与发展的平台，激发他们积极向上的内在需求，在持续不断的发展中，形成积极健康的心智模式，从而从普通教师步入专家型教师的殿堂，去享受自身价值实现与学生生命起飞的精神愉悦。

再望，秋色不期而至。令人欣喜的是，目前东昌中学已经有不少老师跃跃欲试，有的已具备了成功人的心智模式，并在取得一定成功的同时，向更高远的目标追索。赵磊校长欣喜地说，把人生当成冲浪，才会体验到勇敢者的快乐。当更多老师抖起精神时，一个更令人兴奋的奇观出现了，那就是它已经不只是个别现象，而是成为一种群体追求的文化现象。当这种优质学校文化持续“化”人的时候，而具备了文化品格的人，也在持续不断地“化”文，从而让学校文化有了更加绚丽的光芒。

三、机制文化——有形无为，无形有为

几乎每一个老师都有很大的发展潜力，如果有效地发挥他们的潜力，就有可能还给学校一个很大的惊奇。要想让这种奇迹纷涌迭出，就必须创造一种科学有效的管理机制。这种机制一旦形成，人们就会按一定的规律、秩序，自发地、能动地诱导和决定学校的发展走向，执行和自觉升华到一定层次就会以有形化无形，达到大象无形的境界。

赵磊校长说：“有人可能会有这样的疑惑：机制是机制，文化是文化，这两者怎能合在一起？需要说明的是，机制文化不是机制与文化的简单合并，而是机制运用到一定程度，达到一定层次，既来自机制而又高于机制的内化的东西。”为了让一般人们所说的机制变成机制文化，赵磊校长进行了积极而有效的探索。

首先，东昌中学大胆打破旧有的管理模式，克服和解决以往学校管理模式不够科学、系统、严谨，执行落实差的问题和弊端。在机制改革中，着眼于机制的科学性、系统性和落实性，既注重个体的“活力”，又着眼于整体的发展“后

劲”;既有对个体目标的考核,又有对团队完成目标的激励;既有对日常工作的奖惩,又有对课题项目研究的激发。因为管理的最终目的在于提升学校的整体效能。应建立具有公平、合理、科学、引领作用的,能够有效区分、催人奋进、自我实现的管理机制体系,用机制形式实现“有形管理”,勾画出制度管理的崭新蓝图,达到让人彻底“蜕变”的目的。

众所周知,那种干好干差一个样,甚至干与不干一个样的管理机制,不但让干不好事或不干事的人愈演愈烈,还会让原本想干事与干好事的人心灰意冷,甚至不再前行。东昌中学直击这一传统教育管理的弊端,大胆重建新的考评机制,制定对老师、职员与中层干部的全覆盖式的考核办法。它不但对某一群体与个体的量与质进行考核,还在考核指标中增加变化值的考核系数。它不仅让优秀教师能够多劳多得与优劳多获,而且也激发了一般教师的热情,让他们看到的自我发展带来的“红利”。

高尔基说:“一个人追求的目标越高,他的才力就发展得越快,对社会就越有益。”东昌中学所形成的目标达成机制,就让校级领导、中层干部与一般老师都有了比较高的发展目标。那么,这会不会对教师形成压力呢?赵磊校长认为,有压力才有动力,有目标才有方向;当老师们为了这个高远的目标而不断攀登的时候,往往会形成一种内趋力,让其内在的潜能勃发出来,一路奔向新的彼岸,取得意想不到的效果。同时,这也会形成心理的反作用——希望自己更加努力,向着更高的目标奋进。于是,发展不只是学校的事情,也是每个教师自己的事情;他们不再将眼睛盯着外部,而是着眼于如何发展自身。孔子说:“为仁由己,而由人乎哉?”东昌中学老师们,不正是有了这种内在的需求了吗?

强者诠释强者,英雄造就英雄。人的潜能并非在同一个轨道上,即使在一个轨道上,行进的速度也不一样。东昌中学的聘任机制,则为同一个或不同轨道上的人提供了八仙过海、各显其能的舞台。它刚强的翅膀冲出千年之网的羁绊,由学校提供一个“赛马场”,让所有试图竞争上场者,都有了施展才华的舞台,从而让更多的“千里马”一跃而出,成为东昌中学各领风骚的风云人物。于是,能上能下,能进能出,合理流动,双向选择,在东昌中学就成了一种常态。由于是自己的选择,并得到了相关人员的认可,教师们工作起来就有了自主性与积极性,也就有了比较理想的成绩。

学校为教育、引导教职工形成良好的精神风貌,还建立了精神引领机制,设立了校长特别奖:“执行落实奖”,以表彰执行力好,落实精神、实干精神突出的教职工和干部;“责任担当奖”,以表彰勇挑重担,敢于担当,为了学校不逃避、不抱怨、不讲条件、不讲报酬、全力以赴、拼搏奉献的教职工和干部;“感动东昌人物”奖,以表彰有突出感人事迹,对东昌中学做出重大贡献的先进人物。学校年轻的年级主任周英杰老师，以身作则，成了早来晚归的抢眼“镜头”。她每天坚持 6:40 到校，晚上 9:30 之前基本没回过家。“门岗大爷经常对我说，小姑娘家早走会儿，每天这么晚回家多不安全。”周英杰说，“说实话有时我也会害怕，所以我包里面必备一瓶防狼喷雾剂。有人会说我傻，把自己的时间都耗在学校。其实这就是我对待工作的态度，我把工作看成了我生活的重要部分。”

“依照赵磊校长在德育方面提出的‘123’德育指导纲要，我们不打折扣地执行和落实。”该校东校区学生科主任袁春常说，“始终贯彻‘走进心灵，触及灵魂；积极关注，阳光教育；自主管理，自我成长’三个着力点，紧紧围绕‘超越自我’的工作中心，坚持不断提升学生的学习和行为习惯，不断开拓学生工作的新局面。坚持阳光交流、开设活动课程、完善现有学生会体制、大型活动坚持发挥学生的主观能动性，不断挖掘学生的内驱力。”在全方位的教育教学改革中，东昌中学的活力以及教师们的责任担当、执行意识完全被激发出来。

这一机制的实施，为学校改革提供了坚实的机制保障。学校逐渐实现由管理向教育的转变、由教育向文化的转变，进而达到由“有形”到“无形”的管理状态，形成了扎根沃土、紧跟时代、独具特色的东昌中学管理之“道”。总校初二年级主任张磊说:“去年的暑假，通过全体教师投票选举，我走上了年级主任的岗位，学校给了我一个更大的平台发挥和发展自己的能力。在年级主任工作繁忙的情况下，我依然坚持干着两个班的数学教学工作、班主任、备课组长、学科中心组长。很多人经常问我:你累吗？什么支持你能承受这样的压力？我也经常问我自己。我是这样认为的:单位的用人机制是能者上、庸者下。能够给每位教师和干部一个足够宽松的舞台，让自己发挥自己的好的想法和做法，而不是简单地听从领导的安排。学校领导班子坚持用人不疑，在教育教学的机制方面下足功夫，在实际操作的层面从来都是关心、支持年级发展的。每位校级领导都是以一种平等的身份和中层干部、教师探讨问题，让我们有了被尊重、被信任的感觉。有这样的用人机制，我们唯有殚精竭虑去工作，去回报学校的信任。于是，我每天都是兴趣盎然地工作着，累是累，可更多的是快乐与幸福!”

东昌中学所构建的管理机制，既关注了整体的蓬勃发展，又让个体焕发出了生机；既具有科学性与系统性，又点燃了人们的创新激情。可以说，它是一个科学而又系统的管理机制。赵磊校长认为，只有通过强化内部管理，才能增强学校的核心竞争力。建立和运用管理机制的目的，不是对人对事的简单区分，而是通过考核、评价和奖惩，激活每一个人的工作与学习热情，让他们原本就有的生命潜力充分发挥出来，使其生命更具色彩与意义。这就是在机制中赋予文化内涵的充分体现，也是机制运用的最高境界。

四、创新文化——超越自我，动力不竭

赵磊校长认为，形成勇于变革、乐于创新的学校文化，是战略愿景顺利实施的重要保障，这种文化才是强有力的核心竞争力。

在学校文化建设中，东昌中学努力构建"超越自我"的核心文化，尽力缩短变换轨道的"过渡期"：创设"勇于探索，立志创新，超越自我，追求卓越"的校风，要求师生形成"消除自我设限，提升思维格局，树立成功信念"的思想态度和"学习—研究—创新"的行为方式，提升核心竞争力，不断产生激情，实现自我管理最大化，努力建立一个以创造性文化和创造性机制为依托的、具有持续创造性的激情团队。

首先，赵磊校长在工作中敢于创新，善于创新，在学校教育教学的各个领域都有他的创新之处，而创新所到之处都能很快进入"新常态"。"从创造性提出'大单元三课型六学段'教学体系改革，到'全时全息学科突破立体推进'，他的每一次全新教学理念的提出，都是对中国基础教育发展的一种引领。这是他从教学实践中激发出来的创新，同时他又将这种创新更深入地融入教学实践中。"初一年级主任张莹说。比如，在创新实践中赵磊校长特别提出了"在执行中创新，在创新中落实"的工作理念，强调在执行中要时刻想着创新，在落实中要时刻体现创新，在创新中要时刻着眼落实，把执行、落实与创新紧密联系在一起。赵延忠老师凭借"高效早读"获得"微创新奖"。他说自己是在赵校长"超越自我"理念的激励下，才有了这种创新的想法与行动的，才有了改头换面的"鲜活"。同时，这也给他以激励，让他与老师们感到，创新并非遥不可及的乌托邦，只要敢想敢做，不断实践，创新就会降临到自己身上。他告诉笔者："作为一名一线老师和班主任，我理应做到在执行中创新，在创新中落实，提高学生的学习兴趣、班级的教学质量。"

为了提高工作的执行力，做到具体化、责任化，形成落实与结果的意识，赵磊校长还创新了工作流程。一般工作从安排到完成都会经过四个环节，即安排布置、实施操作、检查评比、奖惩反馈。而赵磊校长在此基础上创新性提出增加跟进督促和转变提升两个环节，形成了"工作闭合六环节流程"，以及"跟进督促想办法，转变提升看效果"的工作思路，强化了工作的落实和效果。一般的工作流程，由于缺少跟进督促与转化提升两个环节，往往让前面的工作功亏一篑。赵磊校长认为，有了常规检查，有了结果还不行，还要进行前后比较，对处于后位的教师与学生进行跟进督促，并让其"增速换挡"改进转化，看到转化提升后好的效果。当工作与学习以这种螺旋式提升的流程循环之后，才能真正产生作用。

“跟进督促和转变提升比较难，但做到位就会非常有效。在学生质量过关检测中，对于出错的学生，我们会让其拿回试卷重新再做一遍，修正一遍，老师再批再改，指导学生完全掌握知识点，做到真正的落实过关。”东校区初二备课组长郝月霞说，“我们班一个学生创了东校历史最高水平，9次才过关，这个孩子说估计自己一生都不会忘记这道题了。”该校初一数学老师李福厚虽然在年级中年龄最大、身体条件最差，但他认识到改革尊重了教育规律，所以全身心投入改革、实施改革，在跟进督促和转变提升环节尤为突出。在上学期的期末考试中，他所教班级获得了学科第一、进步第一、班级第一。

在赵磊校长的率先垂范下，在“超越自我”的核心理念引导下，全校教职工敢于创新、主动创新，在向自我极限挑战的过程中，享受激情和快乐，并迅速成长，许多初涉教坛的青涩新人，转变为一个个有冲劲、敢创新的教学骨干。总校区的李燃在兼职电教员工作时，需要对每次月考、期中和期末成绩进行数据分析。他自我加压，不断地学习，反复计算，最终设计并制作出了“成绩分析电子模板”，大大提升了成绩分析工作的效率。他说：“我要感谢学校给了我这个平台，给了我无限的空间，让我学习、发展，不断地去超越自我。”如果人人都有的潜能是一个百花齐放的苑地，那么创新则是其中一朵令人炫目的灿烂之花。为了让创新之花怒放，让精神从根部上升，学校对奖项实行全方位、深层次、宽领域拓展，专门设立了“金点子奖”“微创新奖”“课题创新奖”等。另外，学校对每个奖项都有具体要求，比如“课题创新奖”，所申报的课题项目必须是全市首创或率先借鉴外地经验，再行完善创造，充分体现本校特色，又在教育实践中有效地解决了重点、难点问题，有着明显的教学效果者。

初二数学老师肖丙峰凭借对“学生的感觉和兴趣是解决‘学科恐惧’的核心”的研究，荣获学校的“金点子奖”；新校区初三老师崔超致力于解决课后作业中存在的“优秀学生吃不饱，后进生吃不了”问题，提出“分层作业条”的微创新，开启了“双引擎”。各科老师根据授课情况分层布置作业，激励了中间生，尊重了后进生，也减轻了老师的负担，堪称解决问题准、影响范围广，榜上有名的创新。

绕着一个中心，让光推动着光。赵磊校长说，在东昌中学，有一批像赵延忠那样乐于创新的老师获得赞誉和掌声，而他们的创新热情，又持续不断地向学生那里蔓延。于是，创新就成了全校师生一种心灵的向往与自觉的追求。在某种意义上说，它已经升华为一种创新文化，成为东昌中学一个“出人才，出成果，出效益”的文化品牌。

总校初二年级主任张磊说：“学校创新工作的基本思路是蓝图设计、调查研究、制度创设、执行落实、转化提升。每一个和教育教学有关的问题，学校都是先给出一个大的框架，各年级、各科室、各班级都去思考实践自我的想法，然后学校再从典型中提炼共性，丰富完善机制。让每一种措施都形成于基层、服务于基层、升华于基层，从而使每一种制度都是创新的。这样的创新制度，使我们的日常教学和管理与日俱新，贴合时代和学生的最近发展区。这样的机制既让学生感受到了温暖，也让我们老师感受到了每天都是在迸发中工作，创新的意识让我们把教育工作做在了全国改革的前沿。比如：学校全员参与设计的绩效考核方案，既关注班级的静态成绩，又关注班级动态的变化成绩。让优秀老师自我加压，不得放松；让后进老师能看到进步，得到认可与尊重。我们年级为了全面跟踪、指导学生的成绩情况，创新性地设计开发了成绩分析档案，让学生对自己的成绩有个档案意识，让学生的成绩分析有个动态的跟踪抓手。依托学校教学中'兵帮兵''兵督兵'的创新合作学习模式，我又开发了'师点将''将点兵''兵点兵'的新模式，目前正在实践和论证的过程中。"

东昌中学通过一系列"组合拳"的改革，释放出巨大的能量，各项教育教学工作一路飙升，飞跃发展，走在了教育改革的前面。如今，为改革求执行——精益求精、为改革求创新——敢于涉险、为改革求实效——锲而不舍，已经成为学校管理机制的核心理念。相信只要坚持创新发展之路，坚持执行发展之路，坚持求真务实之路，东昌中学的明天会更加璀璨夺目。

践行学习力教育　打造“三六九架构”*

——聊城市世纪园学校高位引领、精准发力，闯出学习力教育新路径

张立科

展开学习力教育的崭新画卷，春风扑面、活力四射，我们看到激情澎湃、动力十足、兴趣盎然、意志力饱满的孩子们，在用良好的习惯、科学的方法自主高效地学习着、幸福快乐地生活着……

《国家中长期教育改革和发展规划纲要(2010～2020年)》指出："百年大计，教育为本。教育是民族振兴、社会进步的基石，是提高国民素质、促进人的全面发展的根本途径，寄托着亿万家庭对美好生活的期盼。"从山东省聊城市世纪园学校折射出的闪光点可以看出：作为一所在当地颇有影响力的学校，只有时刻将孩子们的成长成才真正放在心上，人民群众才能把学校视为"掌上明珠"。

创建于1998年的聊城市世纪园学校，站在历史与未来的发展高度，坚持"教育第一，育人第一，创新第一"的办学方向，以"科学构建学习力教育理念"和"系统打造三六九教育架构"的办学思路，紧紧围绕社会主义核心价值观，以做对孩子一生负责的教育为宗旨，以让每个孩子绽放人性光辉、拥有出彩人生为育人目标，以开启悟性、塑铸德行、张扬个性为教学理念，以正能量、敢担当、快节奏、高效率为工作理念，以弘志、尚学、立德、恒爱、日省为校训，实现了又好又快的发展，闯出了一条学习力教育的崭新路径。

在全面推进基础教育现代化的进程中，学校始终坚持践行的学习力教育，是山东省民办教育先进工作者、山东省民办教育协会基础教育委员会委员、《聊城教育》执行主编、聊城市世纪园学校总校长张立科参与研究的重要理论成果。近年来，张立科校长基于学习力教育的理论研究，结合多年的教育实践，整合创新，提出了"三六九架构"育人模式。它消除了传统教育只注重知识传授的弊

---

* 本文原载2017年6月29日《中国教育报》。

端，转变为以激发学生的学习动力和兴趣、培养良好习惯、提高学习效率为目标，使获得知识的过程成为学会学习、生发智慧和形成正确价值观的育人过程，为全国同类学校的创新发展提供了示范。

世纪园学校之所以取得显著成就，原因还在于"一所好的学校必须有一个好的领导集体，只有好的领导集体才能打造出好的学校"的普遍规律。学校之所以能够实现跨越式发展，一是离不开当地党委政府的高度重视，二是离不开教育主管部门和社会各界的鼎力支持，三是离不开学校开拓、创新、务实、勤政型领导核心和全体教职员工的共同努力。学校先后被授予山东省民办教育协会基础教育委员会委员单位，聊城市民办教育综合考评之冠、更具影响力品牌学校等多项荣誉，为山东省和我国基础教育事业发展做出了积极贡献。

一、学习力教育解决了传统教育的部分弊端

教育无疑是国计民生关注度最高的焦点和热点，它牵动千家万户，攸关每个国民，成为极具穿透力、震撼力、冲击力，也让人纠结和期许的热门话题。

现在绝大部分基础教育学校认真贯彻党的教育方针，严格按教育规律办学，培养了众多社会主义建设事业的合格人才。但是，就其现状而言，个别学校模式存在着诸多亟待解决的问题。比如"因循守旧＋高压式"传统教育模式、"违反规律＋责任缺失型"不作为教育模式、"有病乱投医＋作秀作假式"改革模式等。学校如果不能及时解决这些问题，势必影响教育的创新发展、立德树人根本任务的完成、教育教学质量的提高、学生的快乐健康与幸福成长。

真正有教育情怀、有教育智慧、有教育改革创新能力的人，善于把教育教学的功能科学整合，全方位、多角度、立体化、科学化地创建育人与成才高度融合的教育教学运行体系，大刀阔斧地实行系统化、科学化的彻底改革。他们具有正能量，敢担当，将一腔热血奉献给教育，心之所想、情之所系、行之所为的是让学生成人、成才、成就美好人生。近年来，全国素质教育有声有色，教学改革风生水起，诞生了一大批课改教改名校和教育改革家。

经过探讨、研究、比较，真正凭科学管理和系统打造而不是靠好生源铸就名校品牌的学校，我们发现，它们的立足点和着力点都在于学习力的培树。学习力是教育的根，只有根深，才能蒂固、枝繁叶茂。填鸭式的教学方式、满堂灌的课堂模式、无休止的题海战术培养出来的学生只能是考试的机器，不会创新，没有灵魂。只有通过激励，唤醒沉睡在学生内心深处的学习力，才能激发其学习动力，焕发其活力，实现大幅度、大面积提高教学质量的目标。在此基础上，我们进一步总结、整合、探索和实践，发现这种精心培树学习力的教育就是学习力教育。

两军对垒不是勇者胜，而是智者胜。勇者只会硬拼、蛮干、下死力，智者用的是谋略、阵法、内驱力，讲究的是激发斗志、排兵布阵、合作联动，所以能以少胜多、以弱胜强、出其不意、大获全胜，学习力教育就是智者的教育。

二、学习力教育开拓明晰了基础教育的途径

所谓学习力，就是一个人或一个组织学习的动力、毅力与能力的综合体现。而学习力教育就是科学系统地培树和提升学生学习力的教育。具体来讲有三个方面八大支撑点。

支撑点之一：培树目标性思维。教育学生牢固树立正确的人生观、价值观，具有远大抱负，明确奋斗目标，怀揣梦想、成就人生、开辟未来。具体到学校，每周必上人生规划课，每周必须进行小组和个人评价晋级，每天必写成长足迹，经常举办大型励志演讲、读书会、名人故事会等，高位引领，经常给学生补充动力源泉。

支撑点之二：激发学习兴趣。把枯燥的课堂和校园打造成多彩化、多样化、趣味化的乐园，让孩子生活在充满阳光、亲情、快乐、幸福的大家庭里。学校每半年举行一次读书节、艺术节、校园美食节、科技节、体育运动会。常态化的艺体课程、社团活动、海量阅读、校本课程开发、课程生活化等，课堂上的课本剧展演、科学游戏、趣味拓展训练，都让孩子兴趣盎然、信心倍增。

支撑点之三：享受成功的快乐。全面实施尊重教育、激励教育、赏识教育，让孩子在品尝和收获成功的道路上一步一个脚印，享受进步和成功带来的归属感和成就感，进而焕发学习激情，鼓舞学习斗志，逐步走向自然学习的王国。学校常态化的育人形式有家庭式亲情关系打造、班级文化建设、自主管理、项目管理、小组与个人评价晋级、值周班长和值日班长负责制等机制，以及课堂展示、点评、表彰和其他特色活动等。

支撑点之四：打造持久的意志力。认真推行既定的教育教学模式和举措，一以贯之地坚持，搞好培训、督导、考评、总结，确保到位率、精准度和框架内创新。学校每年举办一次65公里远足拉练，其常态化的教育教学还有自主管理、小组与个人评价晋级、学习目标达成、每日知识回顾、知识系统化、小组合作探究、展示与交流、点评与质疑、检测与评价等，为实现这一目标给予支撑。

支撑点之五：培养良好的习惯。好心态、大动力、意志力三者互动，把知识资源转化为知识资本，注重学习冲力和学习惯性的形成。学生依据导学案自主学习、自主完成基础知识建构、自主绘制知识树和能力树，并在课堂上有序进行小组合作探究、检测和考试，以实现这一支撑点。

支撑点之六:优化学习方法。全面实施以系统培树学习力为总抓手、以教师为主导、以学生为主体、以导学案为主线、以学习小组建设为主攻的“一总四主”教学模式,以及教材科学整合、校本课程有益补充、大力提倡课程生活化“三位一体”的教学体系,使学生真正走进知识体系,自主自发汲取知识精华,形成强大的学习能力。学生不是同桌朝前,而是对桌围坐;课前学生依据导学案自主预习,课堂上以学习小组为单位学习,课下自主巩固学习内容。这都是对传统课堂的颠覆和对学习方法的优化。

支撑点之七:挖掘学习潜力。采取系统化的学习方式,调动一切积极因素,开发智力、焕发活力、训练记忆力、拓展想象力、迸发创造力。常态化的海量阅读、自主管理、小组和个人评价晋级、预习课,学习目标达成、知识系统化、校本课程开发及游戏、话剧、竞赛进课堂,课堂上的小组合作探究、点评与质疑,经常举行的各种知识竞赛等为实现这一目标给予支撑。

支撑点之八:提升学习效率。实现单位时间内的学习成果最大化。学生通过各种比赛、展示、点评、探究进入学习境界,分割知识要点,重视知识固化,实现能力生成。让课堂呈现知识容量大、学生参与度高和课堂有效性强的三大特色,兼以成长足迹的写作、自主学习的有效推行、人生规划的高位引领和高效学习讲座、限时高效背诵训练、高效讨论等形式,积极营造浓厚的学习氛围,全面提升学习效率。

学习力教育是一把教育利器,几乎能解决我们面临的大部分教育问题。具体而言,学习力教育是把学习力的每一个支撑点都作为发动机、推动器,大力锻造和焕发学生学习的造血功能,使知识在系统化的过程中,形成学习环、智慧链,进而产生巨大的学习冲击力和思维惯性;充分发挥课堂教学的主阵地作用,以积极打造优质教师团队为抓手,以促进学生身心健康成长为教书育人的引擎,让教育呈现出旺盛的生命力和广阔的发展前景。

具有强大学习力的学生不可能成绩不好。在如此强大的学习力培树过程中,强大的自主管理力和自主生活力也会应运而生。学习力教育是教育的出发点,也是教育的落脚点,更是教育的全过程。学习力教育既是教育的目标解读——达成学习力,又是教育的方法论——培树学习力,还是教育的历史使命——用学习力成就人生,开辟未来。由此,我们便明晰了践行学习力教育的路线图,开始了大刀阔斧的改革,进行了一系列实践探索和创新,从而形成了“三六九教育架构”,即三大管理支柱、六大教学体系、九大育人要素,作为全面推行学习力教育的实施框架和行动指南。

三、"三六九架构"——求真务实的三大管理支柱

1.高位引领支柱

紧紧围绕社会主义核心价值观,以做对孩子一生负责的教育为办学宗旨,以让每个孩子绽放人性光辉、拥有出彩人生为育人目标。通过全方位践行学习力教育,采取教育专家、名家报告与培训,理论书籍和电视报刊引领以及其他各种学习与论坛交流等形式,全力打造全体师生员工积极正确的世界观、人生观、价值观和教育观。

2.系统培养支柱

以阅读提升素养,用项目细化管理,强化培训、定期会商、评先推优,倾力培树具有强大学习力、执行力、创新力的教育家型干部队伍,系统培养素质优、能力强、水平高的教师团队。为此,学校每周固定三小时,由课改校长、课改团队专家对教学业务和课改中的问题进行集中培训,或举行全体教师教育教学论坛。学校还专门制定教师海量阅读工程,精选教育名家和名校的、与课改相关的专业书籍,全体教师每月同读一本书,举行教师读书交流会,大力推进教师的专业成长。

3.有效执行支柱

建构坚强团结、开拓创新的管理班子,制定目标和管理措施,令行禁止、主动作为,思路清晰、日事日毕,运行高效、执行到位,重视考评,效果显著。同时,学校还高度重视党员干部的模范带头作用,大力倡导"干部精神三原则",即充分的计划性和目标化思维,不亚于任何人的强大执行力,完善系统的工作部署、调研、督导和评价,为全面落实学习力教育的每一项举措保驾护航。

四、"三六九架构"——科学系统的六大教学体系

学习力教育是依据《国家中长期教育改革和发展规划纲要(2010～2020年)》及中国学生发展核心素养的基本精神、借鉴全国名校经验、结合自身实际而构建的一种激发学生学习动力和兴趣、培养良好习惯、提高学习效率的崭新模式,从而构成了六大全新的教学体系,它是"三六九架构"的基础。

1.课程课标研究与集体备课

学校组织全体教师以学科为单位,深入研究国家课程标准,分学段梳理、绘制知识树、能力树,并结合实际对教材进行二度创作,使教学计划的制订更符合学情,真正做到"用教材教而不是教教材"。坚持集体备课,设集体备课日,充分

发挥集体的能动性，做到知识共享、智慧共享，让课堂更简洁、教学更有效。

2.导学案创编与使用

教师对国家课程和教材进行校本化、师本化、生本化研究。坚持结合学情、掌握梯次、面向全体的原则，用心创编导学案。导学案分为预习案、探究案、训练案。预习案引领学生阅读教材、整体感知教材、掌握基本内容、发现疑难问题，目的是让学生学会独立地阅读、分析、提取、思考与整合。探究案是导学案的核心，围绕探究点设置情景、提供材料，引领学生寻求解决问题的方法和途径，在探究中学会发现问题、提出问题、解决问题。训练案引领学生深刻理解、灵活运用、巩固提升、建构知识体系，密切联系生活实际。

3.一对一课堂教学之预习课

整合课时安排，使预习课与第二天的正课一一对应。预习课上，学生依据导学案自主学习，研读教材，挖掘知识点。教师培训学科班长与小组长，明确预习目标，完成基础知识建构，发现疑难问题，为第二天正课做准备。

4.一对一课堂教学之六环节

导学案反馈与目标解读：课堂以教师评价反馈导学案预习成果为第一步，接着诠释学习目标，表述并引领课堂学习路线图。小组合作探究：在前一天自主预习的基础上实行一对一讨论和以组长为主导的组内探究、辩论、会商、讨论、解疑，生成知识链，记录疑难点。展示与交流：学生在教师主导下进行小组成果展示展演，分享知识点，小组间交流。点评与质疑：依次是学生有序点评、小组代表质疑、激情论辩，实现基本学习目标。教师点拨与知识拓展：开展深入探究，师生互动、智慧碰撞，教师进行重难点点拨，以达成教学目标。检测与表彰：当堂检测，学科班长总结，梳理、反思学习目标和教学目标达成情况，巩固、深化所学内容，积分晋级，表彰与庆祝。

5.学习目标的达成

学生进行典型题整理、满分答卷落实、当堂总结、每日知识回顾、知识系统化自查。学习力教育很大的特色就是体现学生的主体地位，让学生真正成为学习的主人。

6.大课程战略

教师大力度进行教材整合和课程融合，系统化绘制知识树、能力树，创新推行课程生活化。积极开发自主性、开放性、灵活性的校本课程，学生走班上课，亦可走出教室、走出学校、走进社会、走进大自然，从而更大程度地激发学习兴趣、拓宽视野。教材不是孩子的世界，世界才是孩子的教材。

五、“三六九架构”——特色鲜明的九大育人要素

学习力教育，区别于说教，区别于机械训练，区别于强迫灌输，区别于牛不喝水强按头。它对学生来说是令人兴奋又富有挑战性的，让所有的学生在身体上和心理上都开始动起来。它为“三六九架构”注入了特色鲜明的九大育人要素。

要素之一：人生规划。学校重视入学教育和中学生的新生军训教育，每学期举行“我心目中的好同学”评选，每周开设形式多样的人生规划课，让学生树立人生目标，全力强化学生素养养成，让学生拥有远大理想、充满激情斗志。

要素之二：自主管理。不设班主任，实行首席导师指导下的以常务班长、值周班长、值日班长、常务班委及学科班长为基础的自主管理体制；实现事务管理小组和合作学习小组双轨制运行体制；每日举行值日班长就职演说及总结交接仪式；班级项目管理实行承包管理责任人制度。

要素之三：文化建设。大力度推行校园、班级、宿舍、小组等文化建设，统一大框架，鼓励学生发挥和创新，定期更新、充实、改版内容；高度重视家庭式亲情关系的打造，制定家庭公约，张贴全班学生生日榜，为每一个孩子举行生日宴会。

要素之四：评价晋级。每周定期举行小组及个人评价晋级，在班级显耀位置张贴小组及个人量化晋级榜。班级设有评价部，认真制定晋级方案、量化细则，隆重举行晋级仪式。以晋级为抓手，全面优化班级管理，促进全员进步与提高。

要素之五：艺体课程。为给学生创设良好的文化娱乐空间、营造浓郁的艺术氛围、充分发挥文娱设施的作用，学校利用周末一天时间常规进行“艺体课程日”，实行音、体、美等学科各上一节必修课，利用半天时间打破门类界限，任选一门特长选修课作为才艺专修，提升艺术修养，张扬艺术个性，并定期进行成果展示、汇报演出，让学生切实拥有不止一项真正属于自己的特长。

要素之六：海量阅读。学校要求每个年级每学期固定研读一本名著，每班每两周精读一本名著，学生个人泛读大量有益的书籍报刊；每周设置不少于四节的阅读课，实行专业阅读团队运作形式，举行丰富多彩的读书交流活动及课本剧会演活动，展示阅读成果，培养学生强大的学习能力和良好的阅读习惯，开阔学生的国际视野，增强国学功底。

要素之七：活动育人。通过社团活动、社会实践活动、体育运动会、美食节、艺术节、读书节、科技节，开展演讲、朗诵、辩论、文艺演出、体育比赛、65 公里远

足拉练、"今周我当家"、春节民俗大调查等丰富多彩的活动，增强校园吸引力，锻炼提升学生的表达力、领导力、组织力、写作力与活动力。

要素之八：成长足迹。要求每一位老师和同学认真进行成长足迹的写作，使其成为一种习惯并督促自己积极培树目标化思维；值日班长要用心撰写好班级日志；毕业时师生共同整理好班级纪念相册。

要素之九：项目管理。整合学校工作和班级工作，以项目的形式细化管理，加强过程调研和会商，期中进行项目管理汇报，期末进行项目管理总结，促进学校管理和班级工作"短、平、快"发展。项目管理坚持"人人有事做，事事有人做"的原则，认真选择项目责任人，明确工作职责，简化工作流程，调动老师和学生的积极性，在锻炼能力的同时发现、培养人才。

六、学习力教育的实践和成效

基于对学习力教育的深刻认识，学校大力度、全方位地向传统陈旧的教育教学模式发起冲击，建立起了以培养全面发展的人和提高教育教学质量为导向的管理制度和工作机制，把教育资源配置和学校工作重点集中到强化教学环节、重视育人功能上来，使学习力教育成为全面提高教育质量的根本保障。

几分耕耘，几分收获。高位引领，汇聚师生正能量；精准发力，闯出教育新路径。践行学习力教育、打造"三六九架构"，聊城市世纪园学校这所具有小学、初中、高中三个办学层次，拥有4500多名在校生的封闭式寄宿制平民化民办学校，终于插上了腾飞的翅膀，跨上了快速发展的高铁新时代，取得了骄人的成绩。

首先，师生面貌发生天翻地覆的变化。全体干部教师在管理和教学中满腔热情地践行学习力教育，所有学生在学习和生活中自由奔放地享受学习力教育，学习力教育成了学校一切工作的指导思想和行动纲领。课堂上，老师们由知识的灌输者变成了知识的引领者，由原来的课堂主宰和主角变成了导演和教练，而学生真正成为学习的主体和主人，教学过程刺激、紧张又充满了积极的期待，没有人在学习活动之外，没有人不是这个学习有机体的组成部分，进而达成爱学愿学善学会学、学而不厌、学而不倦的目标。课堂外，学校倾力打造家庭式亲情关系和班级自主管理模式，为每个孩子提供锻炼的机会，搭建成长的舞台。

其次，学校真正成为精神的特区、快乐的家园、知识的海洋。海量阅读丰富了孩子们的文化底蕴，使孩子们养成了良好的读书习惯，为孩子们终身发展打下了坚实的基础。艺体课程让孩子们的兴趣得以激发，特长得以展现。一对一课堂和六环节教学流程科学、结构系统、呈现有序、流畅高效。九大育人要素让每个孩子斗志昂扬、有梦想、充满正能量，人性光辉得以尽情绽放。虽然我们从不以孩子的成绩作为评判的标准，但是教学质量一路向上，学校的软实力得到改善和提升，得到了上级领导的高度评价、教育专家的充分肯定、兄弟学校的学习、社会和家长的赞誉。学习力教育为世纪园指明了势如破竹的改革方向，开辟了道路，注入了活力，吹响了前进的号角。事实证明：学习力教育和"三六九架构"是系统破译教学密码的教育，是快速提升学习效率的教育，是全面颠覆传统观念的教育，是更靠谱、接地气、可移植、可复制的教育教学模式。我们愿和全国有志于学习力教育研究和实践的专家、同仁共同乘上时代飞速前进的列车，拥抱开放包容、奋发向上的教育晴空，共享学习力教育的雨露阳光，一路携手并肩、砥砺前行，谱奏影响中国基础教育的新乐章。

“挂号”管理补教师专业短板*

吕丁学

几乎每所学校，都会有这样一些教师：有多年教学经历，也不乏敬业和进取心，但他们常常不受学生欢迎，教学成绩也一般，业务水平提高缓慢。学校如果就此将他们淘汰或者转岗，未免显得有些草率和武断。

怎么办？作为校长，如何提升这些教师的职业成就感？长期的工作实践，使我对叶澜教授的一句话深有感触。她说，一个教师写一辈子教案，不一定能成为名师，但如果坚持写三年教案反思，就有可能成为名师。我决定由此切入，激励教师成长。

学校的做法是，将这些教师“挂号”管理，有针对性地提升培养。学校设计了学生调查表，逐一调查他们所教班级的学生，通过反馈结果让教师反思自己教学中的不足，并据此制订改进计划和措施。与此同时，学校根据这些教师的短板，分成不同小组，聘请相关专家进行分类培训。教务处负责跟踪指导，定期评价完成情况，达不到学校要求者，不允许结业。

在这段时间里，学校减少这些教师的工作量，增加他们总结反思的时间，要求他们坚持写教学反思日记。每上完一节课后都要静心反思：这节课的目标设计是否合理，是否具有可操作性？选择的教法是否恰当，能否再创新？组织教学方面有无失误？并思考今后再教这部分内容时应该如何做得更好？学校要求教师的教学反思不必求大求全，要学会抓住自己体会最深的地方分析原因，并寻求改进方法。

在检查教学反思时，学校发现其中大部分教师只是就事论事，找不到问题的症结和解决办法。根据教师迷茫、困惑的问题，学校在组织他们进行教学反思时，会根据不同阶段的问题，进行有针对性的理论学习，重点补给“理论细胞”的营养，力图让这些教师在教育教学理论的指导下，知道应该怎样做、为什么这

---

* 本文原载 2014 年 9 月 18 日《中国教育报》。

样做，努力提高他们发现、分析和反思问题的能力。学校组织听课指导团，对这些教师进行跟踪听课，指导他们学习与反思。在指导过程中，我们发现有些教师的教学方法比较传统，学生一直处在被动状态，我们就会启发这些教师要考虑学生的思维特点，注重互动，实现教学相长。学校经常检查他们给学生布置的作业和完成情况，以此督促他们反思教学中存在的问题。

学校每周还有计划地请这些教师观看名师课堂教学实录，对比找出自己身上的差距。比如有一位数学教师，过去上课比较单调枯燥，在学习与反思过程中，他逐渐认识到自己的差距。慢慢地，这位教师的课堂发生了变化，学生也越来越喜欢他。除此之外，学校还倡导这些教师听同学科组教师的课，然后对照自己的教案进行反思提升。

学校还要求这些教师根据各自的专业成长需求，从本学科找一位德高业精的师傅，从备课、上课、批改作业、讲评等方面，对自己进行全方位对口帮扶。同时，学校也鼓励他们主动邀约其他教师听自己的课，相互启发，虚心接受指导。

为调动其他教师对这些教师帮扶的积极性，学校在制订考核绩效标准时，实行捆绑式评价，即看整个学科组的成绩。即使某个学科组个人业绩突出，但其他教师表现平平，也不会被评为优秀，以此鼓励教师之间互相合作与帮助。

其实，每一位教师的成长都离不开教育教学反思这一环节。作为学校管理者，必须对此有清醒的认识，并努力创造各种条件，让教师在成长中尽快补上各自的短板，通过不断反思学习，在专业成长的路上走得更加坚实、长远。

调整心态启动成长原动力*

吕丁学

一所学校，教师的能力和态度往往决定学校的发展。能力相差无几，态度决定成败。

对教师工作态度和心态的引领，是校长必不可少的一项工作，并且还要做到率先垂范。

一天，有个年轻老师来办公室找我："校长，我不想再当老师了，我对这份工作没太多兴趣，天天总盼着早下课，也没有多少成就感。"我感到有些奇怪。因为在我的印象中，这是一位不乏激情的老师，大学毕业也没几年，正是施展才能的大好年华，怎么会厌倦这份工作呢？我问他为什么会有如此想法，他没有给我答案。

我从其他渠道了解到，这位老师的专业知识和工作能力是毋庸置疑的，但他认为教师这份职业太耗损心力，收入不高，学生难管，很难看到成功，感觉工作就像一个无底洞，永远有做不完的事。因此，他投入到工作中的精力和心思越来越少，学生对他也颇有意见，学习成绩开始下滑。

其实，有这种想法的不止这位年轻老师，我必须设法加以解决，防止这种情绪在教师中蔓延。我去这位老师家，面对面地与他沟通。我说："从同事和学生的评价看，你还是非常有工作能力的，并且很有激情，这都是做一个优秀教师必备的条件。你在工作中无法感受到乐趣、喜悦与满足感，或许不是工作能力问题，很有可能是对待工作的态度出现了问题。你只有认为这份工作有意义，才会对它投入更多的热情，兴趣感和成就感才会随之增强。相反，如果采取比较消极的态度去敷衍工作，不但不会有好的收获，还会给自己带来一些不好的影响。"

随后，我和这位年轻老师又彼此深入交换了一些对工作的看法。沟通碰撞

---

* 本文原载2014年7月17日《中国教育报》。

得多了，彼此也就多了一些理解。渐渐地，这位老师的厌倦情绪开始慢慢消失，后来成了学校的业务骨干。心态决定行动。心态好的人对待工作往往会有更多干劲和活力，感到身心愉悦；如果心态不好，常常就会怨天尤人、斤斤计较、患得患失。

校长的时间都去哪儿了？这个一定要透明化，要让教师有知情权。一般情况下，我每天都会比教师上班的时间早 20 多分钟到校，把一天内各时间段要做的事情都填写在计划表上，交学校办公室一份，让教师知道校长的去向，了解校长的工作规律。在每周的全体教职工例会上，我都会尝试着与教师交心，和他们交流一周的教学体会；我还会选出一位在工作中有成就的老师，给全体教职工作报告，以身边的榜样告诉老师，工作是锤炼、开发和提升自己的最好方式。只要努力了、勤奋了，自然就会有收获。

每月，学校还要评选一名“师德之星”，给全校教师作一次演讲，不断向老师们灌输这样的理念和价值观：必须重视工作本身带给自己的回馈，比如学生的尊重、珍贵的经验、能力的提升、才能的展现和品格的建立等。这些东西一旦拥有，就永远不会丢失。在每次期末总结会上，学校都要颁发成绩突出奖和辛勤园丁奖，把老师的先进事迹制作成视频，在校园电视台不断播放，在全校师生中进行弘扬。

无时不引、无处不在的交流碰撞，接连不断、层见叠出的模范带动，让对待工作要勤奋、成长比报酬更重要、尽职尽责是品质这些信条，渐渐成为学校教职工自觉的精神追求，自动自发地工作也逐渐成为教师的习惯。

良好的职业心态，为教师专业成长打下了坚实的基础。有了它，教师的专业成长才会有原动力。

山东莘县推进阅读工程，跨越家校阅读鸿沟*

孔卫平　王跃群

“以前周末，孩子在家，不是看电视，就是打游戏，自从建立了家庭书屋，孩子像变了个人似的，慢慢地喜欢上了阅读。”日前，山东省莘县董杜庄中学一名学生家长高兴地对记者说。

“家庭书屋这个想法，是在学生家长会上提到孩子双休日问题时产生的。当时，有些学生家长因农忙没时间管孩子，双休日孩子放任自流。”一谈到学生家庭书屋，该校校长王春涛滔滔不绝，“我们通过召开家长会，开通手机微信、QQ 群和家长对接，指导家庭书屋的建设。”

王春涛所说的“家庭书屋”是莘县教育局在全县中小学实施振兴阅读工程的缩影。据了解，自 2014 年开始，莘县在全县中小学开展振兴阅读工程，通过开设阅读课、图书角、读书节等活动，激发学生的阅读兴趣，培养学生“好读书、多读书、读好书”的良好习惯，为打造“书香校园”营造浓郁的读书氛围，促进学校内涵发展，提升学校品牌。

学生家里书少、没有书，怎么办？据王春涛介绍，为解决学生家中书少的问题，学校实行“家庭书屋”和学校图书室联动对接：学生家中的书可以拿到学校和同学分享，学校的书也可让学生带回家阅读，让家庭、学校共同成为学生读书的场所，共同营造浓厚的阅读氛围。

解决了学生家中书少的问题，那学生在家读什么书呢？针对学生家长知识水平不一的现状，莘县教育局为学生家庭精选了适合中学生阅读的“书目菜单”，供学生及家长选择，学生有的书可以借回家，没有的书家长可以补充。“书目菜单”既包括文学名著，又包括科普图书；既包括历史读物，又包括艺术图书。此外，莘县教育局还利用新媒体在网上开办“家庭读书教育在线论坛”，开设“新

* 本文原载 2017 年 1 月 3 日《中国教育报》。

书架”“阅读指南”“读书争鸣”等栏目，由老师引导学生、家长在论坛上交流、讨论、学习。莘县教育局还引导学校建立班级微信群，让学生相互推荐自己喜欢的书籍，交流阅读进度，分享彼此的读书感悟；班主任、任课教师也参与其中，指导学生阅读。

樱桃园镇赵海小学学生肖帅的家长说：“以前，不知道给孩子买什么书好，也不知道怎样指导孩子读书，如今学校进行网上指导，我心里就踏实多了。”

“建立学生家庭书屋，营造书香家园，是推进阅读工程的重要举措，它为学生创造了良好的家庭读书环境，引领学生周末进行精彩阅读，提高了学生的语文素养和综合能力。”莘县教育局局长孙金柱说。

大学生不出乡镇就能偿还助学贷款*

孔卫平

"真好！在我们镇就可以还上助学贷款，半个小时就能搞定。"正在还款的大学生张明说，以前大学生还贷款必须到县资助中心办理，一去就是一天。

据山东莘县资助中心主任王允宪介绍，为推动国家助学贷款，方便学生，简化流程，优化服务，莘县教育局为每个乡镇资助中心配备了 POS 机（刷卡一体机），该县大学生不出乡镇就可还款。

为了方便大学生还款，莘县教育局还把各乡镇资助中心的还款流程、地点与联系电话，通过微信、电话等形式让群众事先知晓，确保群众不走冤枉路、不耽误时间。

据了解，莘县教育局共为 1300 多名大学生办理了 3000 多笔生源地还款，偿还资金近 2000 万元。"今年 90%的大学生在乡镇还款。"莘县教育局局长孙金柱介绍，学生不出乡镇就可还款，莘县在全省是第一家。

---

* 本文原载 2016 年 9 月 20 日《中国教育报》。

山东莘县:促进教育资源下乡,让农家娃共享好教育*

魏海政　孔卫平

“以前农村娃都争着往城里挤,现在好了,农村娃在家门口就有好学校上。”近日,在山东莘县张鲁镇初中门口,一位接孩子的家长说。

莘县现有在校学生16万人,大部分在农村就学。在财力较为薄弱的情况下,莘县合理配置教育资源,不搞农村中小学进城,而是大力促进教育资源下乡,学校建设等重点向农村倾斜。近几年,新建83所小学,全县初中已经全部实现楼房化,每个乡镇新建1所公办中心幼儿园,农村初中学生的辍学率由过去的20%下降到1%。

莘县对农村教师职称评定实行政策倾斜,全县农村中小学教师的平均工资比当地公务员的平均工资高10%。莘县还不断加强城乡学校交流,促进教育资源下乡,实施城乡学校对口帮扶制度。推行城乡教师集体备课,讨论交流教学单元,带动乡镇、农村学校教师集体备课,把在城乡集体备课的成果进行“二次开发”,促进了城乡教育资源共享。

* 本文原载2015年2月1日《中国教育报》。

寻找“教学勇气”*

齐　欣

在这么多年的教学中，我一直有两个习惯：一是把每堂课都当成新课，二是在每节课结束后反思这一节课的得失。

对于课堂教学，我一直都有一种敬畏感，虽然这些教学内容我已多次讲过，几乎都能记下教材每一页的内容，但我还是会精心备课。我常常利用周末的时间，把下一周课的教案准备好。在下节课开始的前一天，我会准备好课上要用到的多媒体课件、教具等，检查或修改教案。另外在每节课后，除非有特殊情况，我总会在从教室到办公室的路上反思这节课的教学得失。

教学质量不高、教学效率低下，真正的惩罚并非来自学校、同事、朋友，甚至学生，而是来自我对自身的恐惧。

正如美国教育学家帕克·帕尔默所说：“外部加诸你的惩罚绝不会比你加诸自己、自我贬低的惩罚更为深重。”当学生的精神游离于课堂教学之外时，当提问学生而学生总是“一问三不知”时，当费了九牛二虎之力去教学而学生依然无法正确解答问题时，当学生对你的教育无动于衷时……这些都会让我产生巨大的无力感与挫败感，让我感到伤心与失望，甚至有时还会产生逃离的念头。

而当教师没有真正享受到教育生活的幸福与快乐时，又怎能让学生得到幸福与快乐呢？教师的真正幸福与快乐来自对自身的认同。这种认同产生于师生共同创设的真正的学习共同体，来自于“你快乐所以我快乐”“你成长所以我快乐”的初心，并且会在学校及同事的肯定与欣赏中得到强化。只有当教师自身不断成长、努力提高专业素养时，真正散发着自由之光的学习共同体——课堂才会出现，学生对我们教师的认同才会产生。而作为教师的我们，也在这种专业素养不断提升的过程中找到对自身的认同，从而实现师生共同体验幸福的教育目标。

---

* 本文原载 2017 年 10 月 18 日《中国教育报》。

每当与学生的生命相逢时，教师的自我认同才有发展的机会。现在，世界成了我们的教室，教育学的潜力无处不在，在这个世界中，我们只需要开放心灵成为真正的自己。

正如帕克·帕尔默在其著作《教学勇气——漫步教师心灵》中所说的那样："如果我们对心灵导师和真理的共同体不忠诚，那么我们就可悲地伤害了我们自己、我们的学生，以及我们的知识所崇信的那些世间的伟大事物。""如果你与我们同在，忠诚于我们，你就带来了丰盛的祝福。这是给一代又一代学生的祝福，他们的生活已经被那些具有教学勇气的教师改变——这种教学勇气是从真我与世界的景观中最真实的地方开始的，是引导学生在自己的生活中去发现、去探索、去栖身于此的勇气。"

放手就是爱*

刘建国

所谓“无师”，并不是指教室里没有教师，而是最大化地把时间和空间还给学生。学生是课堂的主人，学生是课堂的组织者、示范者，教师只不过是他们中的一员，是他们的一份子，是他们的“组长”，是课堂的幕后策划者。下面谈一谈我对“无师课堂”的理解。

1.差异与尊重

每个人对事物的理解都不尽相同，存在很多差异性。而这些差异产生、交流的过程，正是师生、生生间互动时增进理解、加深感情、获得彼此尊重的过程。“无师课堂”的本质就是相信学生、解放学生、利用学生、发展学生。宽松、和谐、民主、尊重、开放的外部环境和心理环境，是激发学生自主学习的基础。只有民主才会自主，只有开放才会解放。“无师课堂”上没有高高在上的知识权威，只有交流、分享、质疑、解惑。学生在学习的过程中，不论自己对问题的看法处在什么水平，都可以自由地表达见解，都会得到尊重，不用担心被嘲笑。正因为如此，学生在课堂上才愿意大胆表达、积极体验，从而对学习产生浓厚的兴趣。

2.责任与信心

看似平凡的课堂却让学生在行为习惯、性格养成、创新意识等方面发生改变。同时，新课改也改变了许多教师在教育教学方面固有的观念。这些改变正越来越广泛地影响着课堂，影响着学生的生活方式。教育应该怎样？教育就应该把学生高尚的、美好的意愿唤醒，激发出他们积极向上的文明意识。

3.格局与细节

课堂要从大处着眼，从小处入手，不但要具有宏大的格局，也要在课堂技术层面多学习、多实践。教师要培养学生深入分析问题的能力，通过对一个问题的分析，触及现象背后更深层的问题。学习知识是人的需要，但人更需要的是

---

* 本文原载2014年10月《中国教育报》。

驾驭知识的睿智，这种睿智就是学生的创新能力、综合素质。

4. 理念与思维

“无师课堂”不仅带给教育者理念层面的冲击，在思维方式层面也有很多启发。教师应鼓励学生对细节问题追根溯源，寻找事物与事物之间的联系，引导他们发现知识之间既盘根错节又浑然一体的奥妙与神奇。

总之，教师要解放思想，转变观念，在恰当的时机，科学地实施“无师课堂”，让学生的愉悦学习、幸福成长变成现实。

为教师成长搭台“唱戏”*

吕丁学

不管哪所学校，从来不会缺少才华横溢的教师，作为校长，要做的就是为这些教师搭建展示才华的平台。

有一年，高考语文的全国作文题采用了我们学校一位美术教师王怀申的一幅漫画。当时，许多媒体前来采访，不少记者问了我一个相同的问题：你们的教师水平高，学生中漫画高手肯定不少吧？当时我就懵了：“还真没发现学生有画漫画的。”他们又问：“有这么好的漫画教师，为什么没有培养出画漫画的学生呢？”我又是一愣。几年来，王怀申虽然发表过许多漫画，屡获大奖，但因为漫画不在高考范围内，所以他一直没有开设漫画课。

那时，我才感到：这不是让优质教育资源白白浪费了吗？学校里有许多喜爱漫画的学生，我们就应该满足他们的愿望，发展他们的爱好特长。随即，我们让喜爱漫画的同学自愿报名，组建了一个由 20 多名学生参加的漫画社团，由王怀申老师在每天下午的课外活动时间进行辅导。一年后，效果显著，有 10 多名学生的漫画作品在《时政》《讽刺与幽默》等多家报刊发表。王怀申老师也受到了学校相应的奖励。

一石激起千层浪，其他有特长的教师，也纷纷仿效，自告奋勇地办起了书法、笛子、街舞、拉拉操、诗歌、京剧等多个学生社团，涵盖科学、艺术、人文、社会、体育等多个领域。每天下午的课外活动时间，走进校园，你可以看到学生们吹拉弹奏、挥毫泼墨、咏诗作赋的潇洒英姿，你也可以看到运动场上学生们奔跑跳跃、拼抢搏杀的矫健身影。许多学生在全国和省、市、县组织的文体比赛中各有斩获。

教师的各类特长，在学生的社团天地里结出硕果。事情没有到此结束，在“校长邮箱”里，我收到了一封学生来信：“校长，高一年级的同学可以跟老师学

---

* 本文原载 2015 年 6 月 3 日《中国教师报》。

笛子,我们高二年级的学生也想学,就是没有老师教,您能为高二年级配一位教笛子的音乐老师吗?”这时,我突然想到,高二年级的音乐教师擅长拉二胡,笛子不是他的强项。高一年级也想学二胡的学生该怎么办呢?这时,我灵机一动,让音乐教师担任两个年级的音乐课,课时并未增加。这样,高一年级愿意学二胡的学生就有老师教了,高二年级愿意学笛子的学生也能找到老师了。

这个办法也解决了学校在美术教学中的困难。学校的美术教师在素描、国画、色彩等方面各有所长,就让他们共同执教高中三个年级的课,并专长于自己的强项。这样,一个班可能有三个美术教师同时教,学生的美术专业技能得到了全面发展。

学校的体育课实施“选项”教学。学生根据自己的运动兴趣和自身特点,自主选择喜爱的体育项目。教师根据自己的体育专项,把各年级所有喜爱这个项目的学生编为几个组,再编排课程表上体育课,打破了一个体育教师带一个年级的平行班、什么都教却什么都教不好的传统做法。

教师的强项,在“年级教学直通车”里得到了充分施展。学校对授课教师也制定了相应的激励措施。对授课教师的授课内容、方式、效果等进行评价,将结果纳入教师年度考核,给予奖励。

最让我意想不到的是,一位数学教师居然开设了“《论语》文化讲堂”,每周两讲,一连讲了一个月,每次都是听众爆棚;一位物理教师向学生们举办了“文明礼仪讲堂”;一位地理教师开讲了“学《弟子规》,做有道德人”的内容。教师的积极性空前高涨,讲授内容也丰富多彩。每到星期天,全校学生争先恐后去听课,容纳500多人的礼堂座无虚席。教师的智慧宝囊在文化讲堂里绽放异彩,并且不断得到充实。

我们在检查教师的教案时,经常发现一些教师使用以前的老教案。但他们已经做了许多修改,不仅更新了知识内容,还在教法选择和教学程序等诸多地方做了改动,教学效果很好,只是页面显得有些杂乱。有一位教师说:“如果是电子版的教案就好了。”由此,我们受到启发,何不建立学校自己的电子教案资源库呢?现在,我们提倡所有教师写电子教案,都上传到学校网站,教师们可以阅读,下载后可以修改。这样借鉴他人的教案,吸取别人的优点。但是,学校检查教案时,如果发现有雷同照搬的,教师要受到处罚。

我们的校内资源库里,不仅有教案库,还有教师制作的精美课件库、试题库。教师们不仅可以比较借鉴,还可以避免许多重复劳动。教师的教育成果,在校内资源库里蓬勃生发。所以说,聪明的校长要用人之长,使教师在舒心惬意中施展自己的才华。

学校教师发展策略：不同年龄段制定不同管理目标*

吕丁学

一所学校，要充分挖掘每个教师的潜能，调动每个教师的积极性，发挥每个教师的优势，就要对不同年龄段或不同能力层次的教师提出不同的管理目标，让他们永葆活力。我们的具体做法是：老教师看家，中年教师当家，青年教师发家。

一、老教师看家

老教师在长期的教育实践中，形成了优良的师德、师风，是青年教师前进的航标灯。他们经得多、见得广，在课堂教学、教书育人等方面，积累了多年的宝贵经验，对青年教师的成长更能发挥传帮带作用。

1.给老教师送弟子

开展多渠道、立体化的“师徒结队”活动，使老教师经有所传、业有所承，为青年教师迅速成长提供原料和营养，也使老教师在带青年教师的过程中进一步认识自身价值，有效促进新老教师的优势互补。每年新学期，经验丰富的老教师都会收到一张聘书，教龄三年以下的“新教师”都要拜师，由老教师手把手地传授学科备课、课堂教学、试卷分析等业务。

2.给老教师留面子

学校在安排工作、考核、评价等方面，充分考虑老教师和青年教师的区别，采用不同的标准。对老教师尽量做到宽松、自由，即使老教师和青年教师出现了同样的问题，也要采用不同的处理方法。在工作、生活、行为、习惯等方面，要以尊重、照顾老教师为主。老教师对学校有着深厚的感情，他们很关心学校的

---

* 本文原载2015年11月26日《中国教师报》。

发展。学校制定各项规章制度、发展规划以及重大决策，要多与老教师沟通，让他们担任学校重大决策的顾问，多征求他们的意见和建议，确立他们“当家理事”的地位。

3.让老教师谋点子

多年来，老教师培育了许许多多的学生，可谓“桃李满天下”。他们既同自己的弟子结下了深厚的情谊，也与家长们结下了亲密的友谊，家长也将老教师当作他们的良师益友，尊敬、爱戴和信任老教师。老教师与家长之间最有利于思想交流，老教师提出的意见和建议家长最容易接受。让老教师与家长打交道、做工作最有优势。所以，学校的“家长学校”多由老教师担任教师，定期为家长们举办讲座，传授教子之方；同时，为家长介绍学校的管理和教育教学情况，征求家长的意见和建议，为改进学校工作提供借鉴。

4.让老教师养身子

长期的脑力劳动、紧张的工作状态，使老教师的身心受到一定的影响。学校在生活上要关心老教师，照顾老教师，让他们工作有张有弛，休息和娱乐不可偏废，还要经常组织老教师参加多种文体活动，以调节身心，保持乐观平稳的心态，为教育事业的发展健康工作。

二、中年教师当家

中年教师是学校的中流砥柱，是学校的当家人。他们年富力强，堪当重任。中年教师的人生经历和社会阅历较为丰富，家庭和工作环境基本稳定，并且心理素质基本趋于成熟，精力充沛，对教材、大纲较为熟悉，对学生情况也相当了解，教学风格和特色已初露端倪，手头有一定资料的积累，功底实，技能全，上进心和责任感极强，多数已成为学科带头人或学科、教研组长，并获得了高级职称。因而，他们完全可以专心致志地投身到工作中，在已有的基础上更上一层楼。

学校采取“搭台子”“给位子”等方法，定期举行中年教师汇报活动，让他们轮流办讲座，鼓励他们参加高层次业务培训、学术交流，将他们培养成师德高尚、业务精良、肯学习、善合作、能创新的骨干教师，成为各学科、各教研组甚至级部的“掌门人”。

三、青年教师发家

青年教师是学校的主力军，是新生力量，是学校的发家人。他们精力旺盛，富有激情，思维灵活，勇于创新。因为缺乏经验，他们对人、事、物没有成见，往往更容易用新的视野去看待和思考问题，在解决问题的过程中，他们常常能够给学校带来新思路和新角度。同时，青年人还有一个优势，就是愿意不断尝试新的教学方法、教学模式、教学手段。每一种尝试，对于青年教师的成长，对于教学经验的累积，都是大有裨益的。青年教师与学生容易沟通。由于青年教师与学生之间的年龄差距小，刚刚从学生的生活环境、生存状态中走过来，他们更容易理解学生学习和生活所面临的困难。因为几乎没有代沟，在学生的眼里，他们的想法、做法以至于他们的语言和兴趣爱好往往更前卫、更时尚，更能够跟上潮流，因而也更容易影响和感染学生，更容易与学生交朋友，做学生的思想工作也就更有优势。

学校采取“铺路子”“压担子”等措施，加大对青年教师的培养力度，鼓励青年教师积极参加教研活动，给青年教师更多的关爱和赏识，让他们在各自岗位上大显身手、建功立业。

学校管理是“人”的管理，要使学校充满活力，必须给每一个教师提供合适的岗位，形成充满张力和创造力的运行机制，才能形成一心一意谋发展的良好局面，有效促进学校工作更快、更好地发展。

螺蛳壳里演大戏*

于源溟

聊城大学是一所省属综合性大学，始建于1974年。进入21世纪以来，学校积极探索"大学、地方政府、中小学校"三位一体协同合作机制改革，实施"2.5+1.5"教师教育专业人才培养模式，推进新一轮教师教育改革。但是，如何充分发挥三位一体协同机构的作用，如何做到教师职前职后的专业一体化，成为聊城大学深化教师教育改革的瓶颈。

2014年，"国培计划——示范性综合改革项目指南"提出了"混合式研修""集中面授和网络研修相结合""线上学习与线下实践相结合""跨年度分阶段连续递进式培训"等新理念，聊城大学敏锐地认识到"国培计划"综合改革项目对突破教师教育职前职后一体化瓶颈的作用，组织相关部门成功申请到山东省骨干教师能力提升高端研修（小学语文）、山东省优秀青年教师成长助力研修（小学语文）两个项目。

借助"国培计划"综合改革项目，聊城大学"螺蛳壳里演大戏"，使学校教师教育职前职后一体化瓶颈得到有效突破。

一、项目设计，必须符合成人的学习心理

针对过往教师培训注重面授、轻后期跟踪学习，重理论研修、轻实践运用，重问题预设、轻问题生成等现状，聊城大学教师教育学院设计出"一二三四递进式'国培计划'示范性综合改革项目"研修模式。

"一"是指骨干教师高端研修与青年教师助力研修"一拖一"培训模式。骨干教师与青年教师在第一次集中培训期间按自愿性原则、地域相近原则结成师徒，在培训专家的指导下制定三年互助研修计划。"二"是指问题引领和混合式

---

* 本文原载2015年6月10日《中国教师报》。

两种培训方式。“三”是指“集中培训—网络研修—鲁派小学语文名师研究联盟活动”三个阶段。“四”是指“问题的梳理与澄清—研究课题的确立与选择—研究课题的实施—结题与展示”四个步骤。

虽然“国培计划”综合改革项目设计先进、合理，但在实际推动中却遇到了困难。为此，聊城大学对项目进行了多项改革，形成了“问题引领，任务驱动，职前职后一体化”的培训特色。

问题引领式培训隐含着受训者本身也是自我培训者、培训者即是培训资源的理念，让被动的受训者转变为培训的主体，从而极大地调动了受训者的主动性和积极性。齐鲁名师、泰安市小学语文教研员刘旭说：“我刚开始抱着‘天下培训是一家，专家报告加考察’的成见，本想签个到就走的。但一来就被课程表吸引，安心听下去，越听越有味道，足足 11 天，没迟到一次，没旷课一节。”

而研修任务清单则是在培训伊始，由首席专家、导师团队和学员参照目标管理理念共同设计的。由于这是学员通过自我分析后列出的，清单内容具有方向性、针对性、可操作性和很高的认同性。在目标管理理念的指导下，学员学习的参与度明显提升，从几万条网络留言中就能感受到学员的积极性。

二、“卷入”策略，搭建培训一体化桥梁

资源虽有限，创意却无穷。“国培计划”综合改革项目虽然只是个项目，但聊城大学的项目组却采用“卷入”策略，把项目做成了职前职后一体化的桥梁。

一是“卷入”大学教师。通过培训需求的调查、培训方案的研讨和研制、集体备课，把大学近 1/3 的师资“卷入”培训项目，督促他们进行基础教育研究，这必然会反哺职前教育。

二是“卷入”职前学生。允许和鼓励小学教育专业学生旁听一些通识性课程，使之感受专业学术的最前沿。

三是“卷入”受训教师。聘请骨干高端研修班名师担任小学教育硕士研究生实践性导师，担任小学教育卓越班实践导师，指导毕业论文，传授实践经验。邀请名师为小学教育专业学生举办讲座，“课内海量阅读”创始人韩兴娥、著名小学作文专家宋道晔、小学语文主体性教育创始人商德远等 16 位齐鲁名师走上聊城大学“名师大讲坛”，不仅为职前学生送去了丰盛的精神大餐，而且大大激发了受训骨干教师的参训热情。

聊城大学还制定相关政策，鼓励参训教师攻读硕士学位，比如学员参训学时转化为专业选修课学分、根据学分转化情况减免学费等。

三、生命体验，创新师德培训模式

为激发教师发展专业的动力，项目组特别增设了“教师生命体验工作坊”课程。“教师生命体验工作坊”承载着师德培训、教师心理健康和教师生命动力培训等三方面功能。课程内容有四大思想来源，即中国古代知识分子的修身修心策略、集体心理辅导的有关内容和策略、当代师德教育的最新研究成果、员工生命动力激发的有关内容。课程内容由10种心态和10种体验活动组成。10种心态为空怀心、融入心、随喜心、欣赏心、宽容心、谦卑心、感恩心、舍得心、付出心和平常心。10种体验为对视体验、伤害体验、承担体验、欣赏休验、拥抱体验、信任行动体验、破坏承诺体验、父母的姿态体验、诚实与回应体验、受害者和负责者角色体验。

“教师生命体验工作坊”是师德课程的创新，也是培训课程的创新，自开设以来得到受训学员的热烈反响。学员自发地把课程内容整理成各种“语录”进行热播，网络上仅学员评价和推荐的博客就有200多篇。

唤醒教师的发展自觉*

吕丁学

教师专业发展的前提是自身的觉醒。凡是有成就、有作为的教师，都是那些发展自觉性比较高的教师，他们有思想、求上进、有悟性、能吃苦、善钻研。作为校长，我们要着力唤醒教师专业发展的自觉，激发他们的潜能，让他们主动发展、自觉发展、优先发展，从而带动其他教师发展。

一、搭建阶梯，让教师自己“摘桃子”

要想唤醒教师的发展自觉，学校必须建立相关制度，形成激励发展的机制。

因为担心学生成绩下滑，在高中学校推行教学改革，是比较困难的。但我们学校制定了一些特殊政策，允许改革失败。于是，有几位教学理念比较先进、教学能力较高、创新精神较强的教师，在3个班级进行了试验。三年之后，改革取得成功。这几位教师成为学校的教改先锋、业务标兵，被评为优秀教师，他们的10篇改革经验论文还在省级以上报刊发表。

在教师职称评定上，我们打破了上级行政部门所确定的职称序列，实行校内职称聘任制。教师的品行和业绩量化得分在总分85%以上的，都可聘为高级；下降到总分70%以上者聘其为中级，再降至总分60%以上者为初级职称，分别给予相应津贴。每三年评聘一次。这种考核机制让那些成绩好、能力强、勇于进取的教师始终享受高待遇，激励教师争先创优。

平时，学校部署重大事项和活动，从不明确提出哪些教师参与，全凭教师自觉。如学校倡导教师研发校本教材，只给相关政策，并无硬性要求。但是一年后，就有10多位教师递交了教材草稿。四年多的时间里，学校80多项校本课程获省级奖励，4位教师编写的校本教材由省级出版社出版。

---

* 本文原载2015年1月14日《中国教师报》。

外出培训学习，不限定条件，由教师自愿报名，按报名截止时间确定人数；举行观摩课和教学比赛活动，也是教师自愿参赛；学校例会演讲，教师自愿报名……学校为教师们搭建的一个个阶梯，让那些有想法的教师，自愿“爬上去摘桃子”，品尝成功的滋味。

二、做班主任，促进优秀教师成长

“不做班主任的教师不是完整的教师”，班主任工作给教师提供了成长的平台和锻炼自我、成就自我的机会。在我们学校，许多教师“争先恐后”地申请做班主任。每学年初，学校都要举行班主任竞聘大会，胜出者才能担任，并且规定只有班主任才有资格评选先进、提拔、外出研修等。晋升中级教师职称，至少要有5年以上班主任工作经验。晋升高级教师职称，至少要有10年以上班主任工作经验。因此，曾有两位20年教龄以上的教师，因为担任班主任的年限少，没能评上中学高级教师。

为了促进年轻教师的成长，学校会安排年轻教师先当“见习班主任”，跟老班主任结对子，参与班级的实际管理，积累管理经验。同时，建立班主任培训长效机制，通过集中学习、自主进修、专题辅导、外出学习、交流研讨等形式，帮助班主任转变工作观念，改进工作方法，提高业务水平。对于优秀班主任，学校组织他们接受较高层次的教育培训，有意识地引导他们向教育专家的方向发展。同时，把优秀班主任的教育案例、班级讲话稿、个别谈话稿等教育资料分门别类进行收集和整理，资助其编辑出版。

在满足班主任事业成就感的同时，不断改善班主任的物质待遇。如提高班主任津贴，在寒暑假单独组织班主任参观学习，在绩效考核时适当倾斜等。同时，不断增加班主任的内心荣誉感，担任班主任累计满15年以上者，授予“资深班主任”荣誉称号，享受特殊待遇。

目前，教师以及学生家长们都达成了共识：只有当班主任才能算得上是一个优秀教师。

三、发展社团，让教师成长品甘甜

社团是促进学生个性发展的有效载体，也是促进教师成长的缤纷舞台。教师在辅导学生的同时也在提高着自己，在成就学生的同时也品尝着成功的甘甜。

学校的一位语文教师爱好漫画，经常在报刊上发表漫画作品。2010年，他的一幅漫画被选作全国高考语文作文题，一时名声大振。许多人找我："让孩子上你们学校跟这位老师学漫画行吗？"我未能应诺，因为当时学校并未开设漫画课程。"这么好的老师不充分利用，这是教育资源的浪费。"因此，学校成立了漫画社团，在每周末 20 多名爱好漫画的学生，由这位语文老师辅导。半年多的时间，学生们就开始在报刊上发表漫画作品。两年后，这位教师的第一本专著《漫话漫画》面世，受到了广大读者的好评，他还因此破格晋升了职称。

这位教师的成功，激活了学校多位有特长的教师，他们在相继成立的 20 多个学生社团里担任辅导教师。比如，一位刚毕业的教师，自告奋勇担任信息学社团辅导教师。四年来，他辅导的学生有 7 人获得全国一等奖，12 人获得全国二等奖。10 多名学生凭借这一特长，通过自主招生进入了理想的大学。这位教师因此获得全国"金牌教练"称号，享受县政府给予的教授级津贴，还经常被邀请到外校作报告。

我相信，只要建立起教师自觉发展机制，那些求上进、有思路、有准备的教师，一定能敏锐地捕捉到每一个发展的机会，从而成就自我。

教师备课的重点是学情*

吕丁学

教师上课的目的是教会学生知识，教会学生学习，教会学生做人，促进学生全面而有个性的发展。教师上课面对的是有血有肉、有思维、有情感的灵动学生，这就决定了教师备课要为学生着想，为学生量体裁衣，要适合学生，容易被学生接受。备课时，教师心里要始终装着学生，备课标和备教材是基础，是为学生服务，备学情才是重点。

一个教师对课标不明确，对教材不熟悉，不能深刻而广泛地了解本学科知识，课堂教学就没有重点，思路就不会清晰。只有教师在讲课时不把注意力集中到自己对教材的思考上，才能把主要精力放在学生身上，观察学生的情绪变化，感知学生的学习态度，体察学生的思维过程，发现学生学习中的障碍和困难。

如果教师备课只备教材，心中不想学生，不了解学生的基础、思维、习惯等方面的情况，没有想象课堂活动可能会出现的状况，没有针对学生设计不同层次的问题，没有设计不同难度的练习题，这种备课只不过是抽象的理论思考。可以断定，这样的课堂将是死水一潭，激不起学生思维的涟漪，效果肯定不理想。

真正能够驾驭教学过程的高手，能根据学生的学习状况及时调整教学设计，使教学结构服从于学生的思维和接受能力，让全班每个学生都全身心、乐此不疲地投入到学习新知识中。

---

* 本文原载 2016 年 11 月 23 日《中国教师报》。

“幸福课堂”:让教学站在教育高度*

韩　峰

遵循“道法自然”的理念,坚持教服务于学、师服务于生,注重学生参与课堂的广度和深度,注重高兴趣、高体验、高收获……山东东阿四中的课堂真正变成了学堂。

不仅如此,东阿四中还在让学生成为课堂主人的基础上,大力推行自主管理,从机制上保证学生是学校真正的主人。“幸福课堂”的深入推进,不仅解放、发展了师生,而且成为学校打造“幸福”教育品牌的重要支撑。

当鞋子合脚时,脚就被忘记了。当教育适合学生时,学生就忘记了自己在学习,忘记了自己身在课堂,不再把学习当成一件枯燥的事情,而是当成一种乐趣。山东东阿四中研究探索的“幸福课堂”,正在让学生忘记身在课堂。

一、“一理二度三高四步”

“幸福课堂”遵循“道法自然”的理念,尊重教育规律,尊重生命规律,按照学生的不同个性,实施差异性教育,真正做到了研究、尊重、依靠、发展每一个学生。东阿四中的课堂理念及流程可以概括为“一理二度三高四步”。

“一理”,即课堂坚持的真理——教服务于学,师服务于生。教师最大的智慧是认识学生、发展学生,有能力走进学生的心灵。“从学生出发”绝不是一句空话,学生的基础和需求就是教学的出发点,教师必须分析学生的基础是什么、需求是什么、“最近发展区”在哪里。这样,教学的起点就成了教学的支点,而支点将会支撑起整个课堂。陶行知告诫我们:教的法子要根据学的法子,教师应是学生学习和发展的引导者、促进者、合作者、服务者,力争让每位学生的生命都绽放。

---

* 本文原载2016年6月1日《中国教师报》。

“二度”，即学生参与课堂的广度和学生思维的深度。课堂教学的本质要求之一是促进学生思考，调动学生参与，动与静结合方能彰显课堂教学的本质。没有学生主动参与的课堂是无效的，少数学生参与的课堂是低效的，学生的参与程度是衡量课堂效率的重要标尺。同时，课堂的好坏不能只看表面的热闹，而是要看学生思维是否活跃、是否深入。活跃与否主要在于学生的思维深度，而不在于学生发言次数的多少。总之，想方设法激发学生的思维是设计教学的基本原则。其实，积极表达、踊跃展示与专注思考并不矛盾，而是相互促进的。

“三高”，即高兴趣、高体验、高收获，以学生的状态为状态，以学生的发展为发展。兴趣是最好的老师，是学习的主要动力，没有丝毫兴趣的强制学习将会扼杀学生探索真理的欲望。教师应尽可能地把枯燥的知识趣味化、复杂的知识简单化、抽象的知识生活化，激发学生的学习兴趣，打造充满活力的课堂。

在好的课堂上，教师的状态是生动的表情、优美的手势、潇洒的板书、极富感染力的声音，学生的状态是积极热烈的讨论、沉静专注的思维、身心合一的展示。课堂打动学生的是情，感染学生的是情，震撼学生的依然是情。课堂的绝妙之处，就是打动学生的心灵。

一堂好课的关键在于下课后学生的思考：“我的收获是什么？”“这对我自己的学业或者人生有何帮助？”一堂好课的关键在于不管教师讲得如何精彩，要看学生学得怎么样，要看学生是否会自学、会倾听、会交流、会提问、会质疑、会展示、会评价、会总结，是否有成功的体验，是否真正获得能力发展。

“四步”，即建立利于学生成长的课堂流程，课堂真正变“学堂”。

第一步：情境目标呈现，自学指导规范。从某种意义上讲，课改首先要改造课堂，而改造课堂必须从改造备课开始。这一步是最能反映教师学科素养的环节，而且备课也最能体现师德。

第二步：尝试自主探究，组内释疑解难。这一步的主体是学生，学生是研究者、合作者，教师则是巡视者、指导者。

第三步：展示补充完善，精讲点拨提炼。学生是展示者，教师是评价者、引导者，也是合作者。人最大的敌人是自己内心的恐惧，课堂必须“反恐”。教师力争营造平等宽松、心理自由安全的课堂教学环境，把教室变为以信任为基础，毫无恐惧、舒适温馨的“家”。在这里，学生即使讲错也不必担心教师的责备和同学的讥讽。

第四步：达标检测训练，小结反思拓展。教师依据学习目标设计具有典型性、层次性的测试题，力争做到人人达标。拓展是课堂结尾最闪光的部分，好的拓展能让学生在思维上得以创新，在情感上得以熏陶，在个性上得以释放。

二、自主从课堂向校园延伸

在让学生成为课堂主人的基础上，学校大力推行自主管理，主要包括学生自主管理、班级自主管理、年级自主管理、学校自主管理四个层次。

学生自主管理：按照学校自主管理要求，学生在班主任或班主任助理的引导下，自觉遵守学校规章制度，依照《“省察心灵”自我教育十六问》，每天坚持“省察心灵”自我教育，反思自己在学习、卫生、饮食、纪律中的所思所获，反思自己在成长过程中的不足，以达到自我约束、自我管理、自我教育、自我成长的目的。

班级自主管理：包括班级自管会和小组自管会。各班在班主任的指导下，由班主任助理、班委和小组长组成班级自管会。班级自管会实行轮流值周制，全面负责班级常规管理。在班主任指导下，以 4～6 人为单位，优化组合学习小组，构建小组管理体系，形成小组自管会。小组自管会自主协商确定小组文化建设的内容，讨论制定小组自主管理公约，小组成员在公约上签字。小组管理包括常规管理和课堂管理，每周对组员进行一次总结评价，每周推荐“优秀之星”“进步之星”“感动之星”，激励小组成员进步。

年级自主管理：在年级主任的指导下，由各班主任助理组合起来，组成年级学生会，形成年级自管会。民主选举产生学生会主席 1 人，副主席 2 人，成员若干。年级自管会成员明确分工，轮流值周。年级自管会的职责是督促检查各班自管会的履职情况，每天将检查记录情况公示在年级公示栏内，作为对班级考核的重要依据。

学校自主管理：学校学生自主管理委员会隶属学校学生会，学校学生会主席兼任学校学生自主管理委员会主任，在德育处、团委指导下开展工作。委员会成员由学生会各部部长及各部下属成员组成。

三、“幸福课堂”带来了什么

1.改变了教学方式和学习方式

教师精心设计自学指导，使学生以研究的方式展开对学习内容的探讨，并通过小组之间的反馈和交流，以及以小组为单位的学习成果展示和表演等环节，解决大部分疑难问题，为学生创造宽广的能够获取成功体验的机会和空间。

2.形成了一支团结协作的教师团队

由原来的个人写教案到集体设计自学指导，看起来似乎只是形式的变化，其实有质的改变。原来的个人写教案，只是一个人的思维成果，现在个人执笔、集体审核，最后文本的确定是集体智慧的结晶，每个学科组的合作意识、团队意识明显增强。

3.提高了全体学生的综合素质

小组管理实现了成员之间的相互监督、相互管理、相互帮助、相互促进，使学困生不甘人后，努力为集体争荣誉，优秀生在帮助组员的同时提高了自己。学生在讲解知识的过程中，实现了对新学知识的整理、深层次的理解和运用，从而实现了学习的增值。不同层次的学生都能在课堂上展示自己的风采，每个班级都形成了基于自信、互信、欣赏、激励之上的和谐氛围。

4.促进了学校的和谐发展

在原有的教学模式下，教师独占课堂，学生的主体地位得不到体现，导致学生厌学、教师厌教，师生之间缺少交流，师生关系紧张。实行课改后，学生在学习中感受快乐，在快乐中不断学习，快乐学习在课堂上得到淋漓尽致的体现，促进了学生的自主成长，师生关系变得和谐融洽。课改也改变了教师的精神状态，提升了他们的思想境界，最明显的是教师的责任心、专业成长意识、合作精神的增强。他们团结互助，充分体验到团队的快乐，充分体验到集体对个人的重要性。课改使教师的业务水平明显提高，年轻教师快速成长，整个学校呈现出和谐发展的态势。

山东省潍坊广文中学校长赵桂霞说："在我看来，真正意义上的课堂改革应该是以生命成长为出发点，通过学生的学发现课堂的本质，从而适应学生、突出学生，最终实现学生的幸福成长。"东阿四中的"一理二度三高四步""幸福课堂"，从研究、尊重、解放学生入手，稳步实现对课堂的全面改革，一方面可以使学生在课堂上不断体验进步与成功，建立自信心，促进学生综合能力的提高；另一方面也使教师不断提升教学能力和水平，提升职业幸福感，实现师生和谐相处、共同幸福成长。

山东省茌平县杜郎口中学校长崔其升总结道，东阿四中"一理二度三高四步"的"幸福课堂"主要有三大特点：一是理念新。以学生为主体，改变了传统的教师教的课堂形态，让学生自主进行合作探究、展示提升、训练检查。教师是引导者、促进者、服务者、合作者，既关注学生参与量的多少，更关注学生思维的深刻程度，抓住了学生是学习主人这一"牛鼻子"，为学生自主学习、快乐成长搭建了平台。二是抓住一个关键。要让学习真正发生在学生身上，必须由教师来导演、促成。这就必须增强教师的"内功"，通过业务学习、宣传发动、集智备课、外出取经等方式营造课改氛围，落实全新教育理念，改变教师陈旧的教学思想，打造一支高水平的课改教师队伍。三是牢牢把控评价这一保障措施。开展领导、骨干教师的示范引领课，全员教师的展示课，教师间的对抗比赛课，教师论坛……这些举措增强了教师的竞争意识，有效地激发了教师主动参与的积极性。

你快乐，我也快乐*

徐金霞

曾经以为错过了理想中的大学，我错过了生命里一道最美的风景线；曾经自嘲我的人生轨迹画了一个大圈，然后又回到了原处。2000 年 9 月，师范院校毕业的我回到了母校，带着复杂的心情，首次登上了三尺讲台。至今，我仍清晰地记得初入职那天的情景：孩子们笔直地坐着，扬起红彤彤的小脸笑眯眯地望着我，看得出，孩子们是喜欢我的。作为回敬，我也勉强笑了笑。虽然我的专业是英语，但学校安排我教的却是一年级的语文和数学。眼前这些七八岁的孩子们纯真可爱，可是我不得不承认，他们基础差得连 10 以内的加减法也错误百出。声母、韵母我教得口干舌燥，他们却学得心不在焉。理想与现实之间的差距，让愤怒而浮躁的情绪时时包围着我。我开始忍不住地向他们发火。慢慢地，我与学生之间的关系越来越紧张，作业不按时完成的、撒谎的、调皮捣乱学生的也越来越多。很快到了期中考试，孩子们的成绩可想而知。手捧着“无法令人直视”的成绩单，我再次感到跌入了深谷。从此，我的脸上连那勉强的微笑也难找到了。

元旦很快到了，而我却一点过新年的心情都没有。和往常一样来到教室，可是很奇怪，今天怎么这么寂静？我环顾四周，径直走到讲台上。只见讲桌上赫然放着一张贺卡。是给我的吗？我思索良久才拿起来打开，不禁愣住了：上面画着一张大大的笑脸，下面围绕着许多小笑脸，稚嫩的字体，贺卡上写着“你快乐，我也快乐！祝老师新年快乐，笑口常开！”那一刻，我的心灵受到了强烈的震撼，那些让我“头疼伤心”的学生一直默默关心着我。我抬起头，30 多双眼睛满含期待地看着我，好像在说：“老师，请您笑一笑吧！”我笑了，伴随着感动的泪水。那一节课上得出奇得顺利，课堂纪律也格外好，孩子们好像什么都懂了，什么都会了，整个教室都洒满了阳光。

---

* 本文原载 2014 年 11 月 12 日《中国教师报》。

那天晚上，我辗转反侧，久久不能入睡。我是一个合格的老师吗？或许当一名小学老师并不是我的理想，可我怎么能把这种情绪带到课堂上？孩子们是那么喜欢我，我却连微笑都吝啬给予他们，我为自己的行为感到惭愧。也正是从那天晚上起，我明白了“既然选择了就应该热爱”的道理，开始为成为一名优秀教师做准备。

一个人对外界的感知，其实也包裹着对自己的认知。当我无法接受自己的职业和选择时，便忽略了工作中的积极成分，甚至放大了学生的某些缺点。而当我敞开自己时，我发现：课堂不再乱哄哄，那些不合时宜的片段，也逐渐开始变为有效的教育契机。我变得越来越自信，每天都带足了微笑，孩子们与我也越来越亲近了。春天来了，我和孩子们走出教室，走进田野里感受春天的气息，听他们滔滔不绝地描述春天的色彩；夏天到了，我们一起坐在荷塘边畅吟“接天莲叶无穷碧，映日荷花别样红”……渐渐地，我成了学生的朋友，我的理想也早已铺陈在了孩子们灿然的笑靥里。

2002 年暑假，我们农村小学开设了英语课，我也如愿以偿地教上了英语，职业发展的道路越走越宽广。至今，从教 10 余年，我时时记着那句话“你快乐，我也快乐”，而带着微笑上课也已经成了我的习惯。

踏上新的希望之路*

——高三毕业寄语

吕丁学

同学们，在你们就要离开母校走向远方、放飞新的理想和希望的时候，我想从衣、食、住、行四个方面，把自己珍藏多年的、最珍贵、最心爱的几件“礼物”送给你们：

衣：就是让你们背上两个行囊，即梦想和毅力。食：就是让你们多吃两样东西，即吃苦和吃亏。住：就是让你们立足两项本领，即做人和做事。行：就是让你们结交两个朋友，即书本和运动。由此，我希望同学们做这样的“四有”人才。

第一，做一个有梦想的人。马云说：“人在任何时候不能没有梦想，万一实现了呢？”人因梦想而伟大。在你们奔向远方的行囊里什么都可以少，就是不能缺少了梦想。只有梦想，才能激发你们巨大的潜力，不断地激励你们克服生活中的种种困难。大家今后学习、创业的环境，不可能总是艳阳高照、繁花似锦，随时都会遇到坎坷、失意，要经得起困难和挫折的考验，要为实现自己的梦想而竭尽全力，用执着和毅力去赢得自己的人生。

第二，做一个有高度的人。品德和思想决定人生的高度。做人德为先，做人一辈子，人品做底子。优秀做人是我们永恒的追求。我希望从莘县实验高中走出去的学生都是有德之人，靠品德做人，靠素质立身，靠人格制胜。事业是生存的根基。希望每一个同学都立志做大事，成大器，对学业追求深度，对事业追求高度，对技术追求精度。

第三，做一个有气度的人。做生活的强者，要有豁达的气度、宽广的胸襟。作家毕淑敏说：“人的宽容其实是从委屈中来的，很多人受了委屈才懂得如何宽容别人。”人生能走多长远，靠的不是双腿而是胸怀，你装得下世界，世界才会拥抱你。心甘情愿吃亏的人，人缘必然好，机会自然多。人的一生，能抓住一两次

---

* 本文原载 2017 年 6 月 5 日《德育报》。

机会，足矣！做人不要怕吃亏，做事不要怕吃苦。马云说："不吃苦，你要青春何用！"若想成为非常之人，必须学会吃非常之苦。"如果你为人生画出了一条很浅的吃苦底线，请不要妄图跨越深邃的幸福极限。"这是《文化苦旅》的作者——余秋雨给我们的忠告。青春吃苦正当时，若是在最能吃苦的年纪里选择了安逸，你就不曾得到过真正的人生。

第四，做一个有厚度的人。厚度就是人生的质量，素质和身体决定人生的质量。在人生奋进的长途中，要结交这两个朋友。书本是你须臾不可脱离的朋友，学习是一个人一刻也不可停留的事情。世界上的伟人领袖、成功人士，无一例外都是饱读诗书博学广才。同学们要适应社会新形势，就要不断学习，多读好书。"向书本学习，向实践学习，向社会学习，不断用新观点、新信息充实自己，丰富自己。"这是习总书记对青年的嘱托。

同时，也不要冷落了"运动"这个好朋友。健康从运动中来，快乐从运动中来，智慧从运动中来，生命力从运动中来。我希望每个同学都要学会一项健身技能。"读书和运动两者相辅相成，相得益彰，互为影响，唯有两全其美才能事半功倍。"这是著名排球教练郎平的名言。

我真诚地希望从实验高中大门走出去的你们，人人都学有所成，学有所乐；人人都能考进理想的大学，谋得理想的职业；人人都能成为时代的栋梁、社会的精英、行业的翘首、各界的领袖。

同学们，当你们就要离开关心你们、培养你们的母校之际，我想对大家说：走出校门，变的是身份，不变的是情意。无论你们今后身在何处，也无论时隔多远，你们永远都是母校的骄傲。老师永远都是你们值得信赖的朋友，母校永远是你们的家，母校永远爱你们，并期待你们回家的脚步。祝福你们走好人生的每一步！

贯彻落实十九大精神
聊城教育发展迈出新步伐*

哈宝泉

习近平总书记在十九大报告中“提高保障和改善民生水平，加强和创新社会治理”部分，首先谈到的就是“优先发展教育事业”，描绘了未来五年教育事业发展的美好蓝图，充分体现了我们党对教育的高度重视与殷切关怀，让人振奋，令人鼓舞。聊城市教育局将紧紧围绕贯彻落实十九大精神，立足聊城教育工作实际，以群众满意为出发点和着力点，做到“五个再”，即“使命再牢记，目标再明确，措施再强化，保障再深入，队伍再提升”。

一是牢记立德树人的根本使命。“坚持立德树人，培养德智体美全面发展的社会主义建设者和接班人。把立德树人作为教育的根本任务”是习近平总书记关于教育工作论述的一个重要原则。聊城教育系统切实加强师德师风建设，深入学习贯彻十九大精神，围绕落实立德树人的根本任务，全面贯彻党的教育方针，主动适应新形势、新任务、新要求，不断深化改革，拓展德育内容，创新德育方式，优化育人环境，健全德育机制，将社会主义核心价值观融入学校教育全过程，让中国特色社会主义道路自信、理论自信、制度自信、文化自信深入学生内心，引导学生自觉把个人梦想和实现中华民族伟大复兴的“中国梦”结合起来。广大教师要做好学生锤炼品格的引路人、学习知识的引路人、创新思维的引路人、奉献祖国的引路人，进一步增强中小学德育工作的针对性和实效性，努力培养德智体美全面发展的社会主义建设者和接班人。

二是明确办好人民满意教育的目标。十九大报告中指出，建设教育强国是中华民族伟大复兴的基础工程，必须把教育事业放在优先位置，深化教育改革，加快教育现代化，办好人民满意的教育。人民满意与否，是衡量教育工作好坏的最重要的标尺。人民群众对教育的评价，在很大程度上取决于他们对教育的

* 本文原载 2018 年 1 月 21 日《山东教育报》。

期望。目前,聊城市已经较好地实现从学前教育到基础教育的普及,但是随着人民生活水平的不断提高,社会和家庭对于教育事业的要求和孩子成长发展的期望也在不断提高,已经不仅仅满足于孩子“有学上”,能够接受科学文化知识教育,更期望孩子能够上好学,各方面得到全面发展。近年来,聊城教育系统根据人民群众的新期盼,从立德树人工作入手,切实提升教育品质,教学质量连年提升,教育事业全面发展,办好人民满意的教育目标更加深入人心、落地生根,人民群众对教育的满意度逐年提高。

三是强化教育措施,提升办学条件。十九大报告指出,推动城乡义务教育一体化发展,高度重视农村义务教育、办好学前教育,努力让每个孩子都能享有公平而有质量的教育。近年来,市委、市政府始终把教育放在优先发展的战略位置来抓,聊城教育系统不断强化教育措施,提升办学条件,深入推进学前教育“两期三年行动计划”,完成了469所幼儿园的建设任务,大力推进普惠性幼儿园建设,积极构建以实验幼儿园为龙头、乡镇中心幼儿园为骨干、农村学区园为主体的覆盖城乡的学前教育公共服务网络体系。聊城市进一步推进“全面改薄”,让更多的农村薄弱学校在硬件上达标优化,充分利用教育信息化手段,广泛运用“微课”“同步课堂”等,让更多的学生随时随处可学,让更多的农村学校实时共享城区优质课,实现硬实力和软环境的同步“改薄”。优质教育资源共享越来越多,教育事业全面发展,优先发展教育的理念更加深入人心。

四是学校安全保障能力不断提高。十九大报告提出,新时代我国社会的主要矛盾已经转化为人民日益增长的美好生活需要和不平衡不充分的发展之间的矛盾。新时代的教育工作就是要破解人民日益增长的对更加公平、更高质量、更富特色教育的需求和不平衡不充分的教育发展之间的主要矛盾。这就要以习近平新时代中国特色社会主义思想为指导,深化教育改革,推进教育公平,加快教育现代化,努力让每个孩子都能享有公平而有质量的教育。学校安全是教育工作的基础,没有安全也就没有一切。聊城教育系统以十九大报告为指引,完善了党政同责的学校安全工作责任体系,实现了学校安全工作日常监管的“全覆盖”。全市学校安全基础能力不断提升,共有441所学校被评为市级平安和谐校园。

五是校长、教师队伍建设不断提升。百年大计,教育为本。教育大计,教师为本。国家繁荣、民族振兴、教育发展,需要我们大力培养造就一支师德高尚、业务精湛、结构合理、充满活力的高素质专业化教师队伍。聊城教育系统贯彻落实十九大报告对教师队伍建设的要求,加大教师招聘、培训力度,培养名师、名校长队伍:以立德树人为目标,进一步强化教师队伍建设的思想内涵,继续开展师德师风建设活动,建立师德师风监督考核机制与教师发展长效机制,营造尊师重教氛围，使广大教职工做到格局宏大、尽职尽责、乐学善教、担当奉献，在教书育人过程中深入践行社会主义核心价值观；以教育改革为抓手，继续推进校长职级制、教师“县管校聘”改革，实施教师岗位聘用合同管理和绩效考核，推动教师由“学校人”向“系统人”的转变，进一步提升教师队伍整体水平，推进教师队伍的建设人才改革，为教师专业发展提供广阔舞台。

建设教育强国是中华民族伟大复兴的基础工程，打造教育强市是聊城市科学发展的重要支撑。聊城教育系统要进一步加快教育现代化，认真办好人民满意的教育。

“名校带动”，城乡联手，推动教育均衡发展*

——聊城市东昌府区“名校带动”工作的斗虎屯样本

张敬朝　李令涛

“‘名校带动’给我们斗虎屯学校带来的变化很大。过去，家长想方设法让孩子上城区的好学校，享受好的教育资源。现在，农村学校的办学条件、管理水平和教学质量都有了很大提高，好学校就在家门口，家长对教育也更加满意了！”说到“名校带动”，聊城市东昌府区斗虎屯镇联校校长刁国锡感受颇深。

让我们把目光投向三年前：

2014 年，东昌府区总结城区“名校带动”工作经验，试点城区学校带动农村薄弱学校。

2015 年，在东昌府区试点经验成熟的基础上，聊城市教育局党组通过多方论证，提出了“名校办分校”发展战略，决定在全市范围内推行“名校办分校”工作。同年，东昌府区斗虎屯镇堠堌中心小学与城区名校东关民族小学开展联合办学，并加挂东关民族小学分校的牌子，走上了快速发展的道路。

2016 年，斗虎屯镇又有 5 所学校联手城区名校，全镇“名校带动”实现了“遍地开花”。同年，东昌府区“名校带动”工作实现了对全区农村 11 所初中、86 所小学的全覆盖。

那么，“名校带动”给这个距城区最远的镇的学校带来了哪些变化？

变化一：硬件更“硬”了

“名校带动”显著改善了斗虎屯镇辖区内学校的办学条件，让学校的硬件真正“硬”了起来：东关民族小学带动堠堌中心小学后，东昌府区委、区政府向学校投入 680 余万元，先后购进了一批崭新的学习、办公设备，并配备图书 7000 余

* 本文原载 2017 年 4 月 10 日《山东教育报》。

册，使学校硬件设施达到了规范化学校的标准。东关民族小学向堠堌中心小学捐赠了1000余册图书和近百套学习用品……通过政府投入、“名校带动”，该镇所有学校的办学条件实现大提升。

变化二：资源更优了

在实施“名校带动”工作过程中，合作学校创新工作机制，通过“一套班子、两个校区、统一管理”的运作，实现了“三个统一”(制度统一规范、教科研统一要求、教学质量统一评估)。

例如，东关民族小学每年都派骨干教师到堠堌中心小学执教，堠堌中心小学也派部分教师走进东关小学学习、执教；实验小学和三山希望小学联合开展教研活动，选派骨干教师交流执教。双方共享办学理念、管理经验、师资力量和校园文化等，实现了优势互补、协同发展、同步运行。

变化三：魅力更大了

“名校带动”的一个最明显的效果是让学校的魅力更大了，吸引力更强了。2015年，堠堌中心小学被评为“东昌府区教学示范学校”，学生人数由带动前的150人增加到现在的近300人。2016年，孙马小学一年级招生人数首次突破50人，谭楼小学辖区内学生实现了“零择校”，阮庄小学实现了学生流失“负增长”。在斗虎屯镇中心小学的带动下，杨庙小学的在校生由之前的70余人增加到现在的143人，由原来的2个年级发展到4个年级。

临清市教育局扎实推进教育实践活动*

韩桂云

党的群众路线教育实践活动开展以来，临清市教育局党委把教育实践活动与办好人民满意教育的各项工作结合起来，坚持求真务实，坚持开门搞活动，广泛听取意见，问政于民、问需于民、问计于民。

该局在临清教育信息网设立了“局长在线”和“反馈留言”，设置了意见箱，广泛征求群众意见、建议。同时，党委班子成员各选择 3～4 个学校作为教育实践活动联系点，通过召开座谈会、问卷调查等形式，注重换位思考和逆向思维，积极采取“走出去，请进来”的方法，以诚恳的态度、多样的渠道，主动听取广大群众、学生家长的意见和建议，广泛征求退休老党员、老教师、基层学校师生员工和“双联共建”单位困难老党员的意见和建议，做到了跳出教育看教育，听取群众意见更加广泛、更加全面、更加深入。

经过梳理汇总，该局共收集到 8 类 79 条意见、建议，涉及深入基层不够、师资配备不足、城乡资源不均衡、校园周边环境存在隐患等。教育局将这些意见、建议分为立行立改问题、近期办理问题、中长期问题和需全市统筹协调问题四类，制定整改落实台账，明确责任人、整改时限。坚决贯彻边学边查边改的要求，对征求到的意见、建议，目前具备整改条件的提出具体整改措施，立即整改，并进行公示，让群众看到教育实践活动的实际效果，增强党员干部开展教育实践活动的信心。

针对各学校提出的机关科室中存在的全局观念不强、给基层学校安排工作有扎堆现象、科室之间协调配合不够密切、整体联动的机制不够健全等问题，该局实行工作打包制，注重科室之间协调联动，在每周例会上明确每一周的工作任务，便于科室之间的沟通与协调。科室同志下基层不管是调研还是督查工作，都必须向局办公室报备，由办公室统筹安排，避免短期内不同科室人员下乡

---

* 本文原载 2014 年 5 月 12 日《山东教育报》。

到同一所学校，减轻学校的接应负担。

对办公用品消耗进行跟踪检查，不断完善节约措施：领导班子成员带头腾退办公室，号召全局人员节约用水用电；严格控制文件印刷数量，教育局机关所有文件的印刷必须经分管局长同意，减少重复打印，提倡双面用纸；加强车辆调派的合理性、科学性，用车必须经领导同意，办公室才可以统一派车。干部职工同到一处或一个方向开会或工作，能合并用车的尽量合并用车；严格执行办公用品登记制度。

高唐:“暖冬”工程让蜂窝煤炉在农村小学“下岗”*

刘婷美　罗丙唐

“今后,再也不用担心学生和老师们的取暖问题了。以往冬季取暖用蜂窝煤,既不安全,也不卫生,效果还差。现在教室和老师的办公室都安装了空调,这些都不是问题了,蜂窝煤炉可以彻底‘下岗’了!”看着新安装的30台崭新的空调,高唐县清平镇李祥小学陈校长高兴地说。

近日,为彻底解决全县农村小学冬季取暖问题,高唐县实施“暖冬”工程,采用公开招投标的形式,投资243万余元为全县农村小学,包括教学点和幼儿园,安装了1599台空调;投资329万余元,新购变压器20台,并对全县农村小学进行低压线路改造。目前,大部分空调已安装完毕,低压线路改造正在紧张施工中,确保在寒冬到来之前,所有学校都能用上空调取暖。

近年来,为促进城乡义务教育均衡发展,高唐县大力加强农村学校基础设施建设。2015年,高唐县投入1000余万元购置空调2617台、变压器30台,解决了所有农村中学的取暖问题。2016年,这些空调安装到位后,高唐县全县中小学冬季取暖将全部告别蜂窝煤时代。

---

* 本文原载2016年11月12日《山东教育报》。

莘县“三大工程”推进教育均衡发展*

记者　王向阳　通讯员　孔卫平

近年来，为让每个孩子享有公平的教育，莘县从硬件建设入手，推进“全面改薄”、化解大班额、均衡县创建“三大工程”，逐步解决了“农村弱，城镇挤，不均衡”的问题。

走进莘县张鲁镇马村小学，呈现在记者眼前的是漂亮的楼房、整洁的教室、现代化的教学设备，一点也看不出农村小学基建落后的样子。马村小学的变化是莘县“全面改薄”的缩影。据了解，为改善农村薄弱学校的办学条件，莘县近年共投入5.73亿元，开工建设173所学校239个项目，规划建设校舍30.26万平方米。截至2017年10月底，校舍建设开工面积45.25万平方米，竣工面积41.62万平方米。“只有教育均衡发展，才能实现教育公平。”莘县副县长商海燕说，“我们要千方百计保障孩子受教育的权利，让每一个孩子接受公平的教育。”

“1月份开工，9月份投入使用，配套设施也基本完工。”莘县教育局局长孙金柱指着新建的东鲁学校介绍，“没有县领导和各部门的支持，绝对没有今天的东鲁学校。”为解决城镇大班额问题，改变“城镇挤”的现状，莘县出台了《关于解决城镇普通中小学大班额问题规划及实施方案》，依据轻重缓急，为新建、改扩建学校制定了年度建设进度表和路线图。截至目前，新建、改扩建学校已全部开工，竣工37所，其中新建学校竣工12所，改扩建学校竣工25所。同时，还依托优质学校办分校，新建了春笋小学、振兴路学校、阳平路学校等，依托优质学校的师资和管理，有效化解了城区大班额问题。

据了解，莘县“均衡县”创建规划投资18.14亿元，已投入资金13.63亿元，新建、改扩建189所学校，建筑面积53.32万平方米，改造旱厕131个，切实改善了办学条件。全县义务教育阶段学校的131个运动场地都按标准进行了建设，学生运动条件得到有效改善。为全县中小学校配齐了一体机、电子白板、计

* 本文原载2017年12月11日《山东教育报》。

算机、图书、实验仪器设备、音体美器材、空调等教育教学设施设备，师生的工作、学习、生活条件得到进一步改善。

近三年来，莘县共招聘教师 1514 名。开展“名师带动”活动，通过专家、学者讲座，网络专题研修，外出参观学习等方式，加强培养培训，提升教师的综合素质。三年来，该县共交流城乡校长 45 名、教师 1118 名，实现了师资与教学条件的均衡。

茌平县多举措防范“高考后风险”*

董　畅

针对高考后考生可能面临的一系列安全风险，如过度焦虑、过度空虚、过度放纵、打工被骗等，茌平县日前出台多项举措，防范“高考后风险”。

茌平县各高中学校对高考后的高三毕业生普遍进行了文明离校及假期安全教育。针对高考后和暑期学生活动的特点，重点加强交通安全、旅游安全、勤工俭学安全、网络安全、交际安全、娱乐安全、饮食安全及防溺水等方面的安全再教育，确保高三毕业生度过一个安全、充实、快乐的暑期。督促家长帮助孩子做好假期规划。高考结束后有近三个月的假期，各高中学校要求家长帮孩子制订计划，好好利用这段时间：培养独立性，早餐自己做，衣服自己洗；学习汽车驾驶，考取驾照；参加社会实践和公益性活动，培养社会责任感等。引导孩子由自然人向社会人转变，为将来适应社会做准备。同时，要求家长对孩子每天的活动做到了如指掌，及时察觉他们的情绪波动，多花时间陪他们共同度过这个特殊的时段。

据悉，茌平县相关部门还建立了高中毕业生权益保护的协作配合机制。工商部门加大对非法中介、非法雇佣高中毕业生行为的打击力度；人社部门联合相关企业设立专门面向高中毕业生的工作岗位，并给予企业相关政策优惠，提高企业参与的积极性；公安部门加强网吧等娱乐场所整治，加大高考后社会治安维护，建立网格化管理体系，及时处理涉及高中毕业生的治安问题，防止演变成恶性事件。

---

* 本文原载2017年6月19日《山东教育报》。

高唐县综合施策专项治理校园欺凌*

刘婷美　罗丙唐

2017 年 12 月 13 日下午，高唐县鱼丘湖派出所民警来到该县职教中心，举办了一场以“预防校园欺凌事件”为主题的法治报告会。报告会上，民警列举发生在学生身边的校园欺凌事件和违法犯罪案例，让学生明白哪些行为违法，哪些行为犯罪，告诫同学们必须引以为戒，增强法治观念。同时，报告会还向学生介绍了如何运用法律武器维护自己的合法权益，正确地与违法犯罪分子做斗争。这样的报告会，高唐县已开展 40 余次。

近期，为预防校园欺凌，保证中小学生健康成长，高唐县开展了校园欺凌专项治理工作。高唐县制定了《校园欺凌事件应急预案与预防处理制度》，要求各学校建立校园弱势群体学生及问题学生档案，加强教育和监管；明确相关岗位教职工预防和处理校园欺凌的职责，做到全员预防校园欺凌；设立班级安全联络员，及时关注学生的动态，确保第一时间发现问题，把欺凌事件遏制在苗头状态。

高唐县先后投入 100 多万元，在各校重点部位安装监控及照明设施，要求各校在学生就餐前后、下晚自习到就寝期间、课间操等重点时段和厕所、操场、宿舍等重点地点加强值班，一发现校园欺凌的苗头就及时制止，防止演变为事件。要求中职学校加强学生校外实习实训期间的教育和管理，及时发现和处置学生间的校外欺凌。

高唐县还通过家长会、电话家访、微信群、微信公众号等，了解学生在家表现并指导家长如何察觉孩子遭受欺凌的苗头，形成家校合力，及时防止欺凌事件发生。

---

* 本文原载 2017 年 12 月 15 日《山东教育报》。

莘县“入学保障工程”助推教育公平*

孔卫平

教育公平首要的是受教育权利的公平。近年来，莘县以保障儿童入学机会公平为抓手，实施“入学保障工程”，保障每个儿童都享有平等的入学机会。

莘县严格坚持“划片招生，就近入学”的原则，确保入学机会公平，将进城务工、经商人员及其他非本地户籍就业人员随迁子女就学纳入全县教育发展规划，安排到就近学校就读。着力推进残障学生的义务教育工作，改善特殊教育学校的办学条件，全县“三残”儿童入学率达97.3%。

同时，莘县各学校还广泛开展“牵手关爱留守儿童”活动，开设心理咨询课程，配备心理辅导教师，开展心理健康教育辅导，扎实做好结对帮扶活动，让留守儿童在生活上有照顾、心理上有依靠，努力提升他们的学习兴趣。“以前，我总认为让孩子吃好、穿好就行了，没想到教育孩子还有这么多道道儿。”妹冢镇中心小学一名留守儿童的爷爷说。该县积极开展“送课到村入户”活动。在周末和节假日，教师到留守儿童家中，和监护人零距离交流，传授知识。教师还用微信、QQ等与留守儿童监护人进行交流。

“不让一名学生因家庭困难而辍学”，是莘县实施“学生资助工程”向社会的一项庄严承诺。多年来，该项工程以促进家庭经济困难学生的成长和成才为核心，秉承“爱心、和谐、育人”的理念，构建了以助学为主导，以资助为主要形式的学生资助体系。在资助工作中，莘县重视对学生思想品德的引导和塑造，将诚信感恩教育引入学生资助工作的全过程，实现了扶贫与励志、助学与育人的有机结合，探索出了具有特色的学生资助之路。近年来，莘县共资助高中、学前、义务教育家庭困难寄宿学生近7万人次，资助资金2亿元。“真好！在我们镇就可还上助学贷款，半个小时搞定。”正在还款的大学生张明说，以前大学生还贷款必须到县资助中心办理，一去就是一天。为推动国家助学贷款工作开展，

---

* 本文原载2018年1月21日《山东教育报》。

方便学生，简化流程，优化服务，莘县创新工作方式，为每个乡镇资助中心配备了POS机（刷卡一体机），使大学生不出乡镇就可方便地贷、还款。为了方便大学生贷款，该县还把各乡镇资助中心贷款流程、地点与联系电话，通过微信、电话等告知群众，确保群众不走冤枉路、不耽误时间。截至目前，莘县共为2万多名大学生办理了生源地贷款1.5亿元。“2017年，我们实现了100%的大学生在乡镇贷、还款。”莘县教育局局长孙金柱介绍。

莘县 52 名责任督学全上岗*

张　强　崔志华　孔卫平

日前，莘县实行挂牌责任督学制度，共组建 13 个督导责任区，覆盖全县所有中小学、幼儿园，首批聘任 52 名挂牌责任督学，并在各学校悬挂出了统一制作的督学公示牌。

据了解，莘县责任区督学的主要职责为：对学校依法依规办学进行监督；对学校管理和教育教学进行指导；受理、核实相关举报和投诉；发现问题并督促学校整改；向教育督导部门报告情况，并向政府有关部门提出意见。

督导内容包括：校务管理和制度执行情况；招生、收费、择校情况；课程开设和课堂教学情况；学生学习、体育锻炼和课业负担情况；教师师德、专业发展和有偿家教情况；校园及周边安全情况，学生交通安全情况；食堂、食品、饮水及宿舍卫生情况；校风、教风、学风建设情况。

责任督学到校每月不得少于 1 次，并填写督导纪录，督导结果要当场向学校反馈，并及时向县教育督导室提交报告。责任督学随访督导结果将作为对学校办学水平、年终考核以及各级各类教育先进集体评选表彰的重要参考依据。

---

* 本文原载 2014 年 3 月 13 日《大众日报》。

临清“三管齐下”推进农村学前教育*

赵兰峰　栾瑞佳　王　原

新学期开始，临清市专门公开招聘的61名乡镇幼儿教师走上各自岗位，开始了新学期教学工作。为全力加快农村学前教育发展，临清“三管齐下”实施农村学前教育推进工程，加强镇办中心幼儿园建设，加大幼儿园师资队伍建设力度，逐步建立健全幼儿资助制度。

近年来，临清市统筹兼顾，推动教育均衡，加大向农村学前教育资金、人才倾斜力度，逐步构建“广覆盖，保基本，多形式，有质量”的学前教育公共服务体系。

临清市加大乡镇中心幼儿园建设力度，总投资1728.36万元新建了潘庄、戴湾等8个省级标准化镇办中心幼儿园，建筑规模达2184平方米，进一步改善了农村幼儿园办学条件。同时，完善学前教育政府助学金制度，资助家庭经济困难儿童、孤儿及残疾儿童接受学前教育，资助标准为每生每年1200元，资助比例为不少于在园人数的10%。2013年，全市发放学前教育助学金209万元，资助学前儿童3468人。为继续壮大幼儿园师资队伍，该市去年12月份通过考试、体检、考察和资格复审，专门特招了61名乡镇幼儿教师，为镇办幼儿园队伍注入了新鲜血液。

---

* 本文原载2014年2月26日《大众日报》。

轩云湘事迹报告反响强烈*

申洪举

“轩老师34年扎根农村学校，没有耽误学生一节课，让我们很受感动，很受鼓舞，让我们这些工作20多年的老师都有点汗颜。我们要像轩老师那样爱岗敬业，无私奉献。”日前，冠县崇文中学教师陈玉燕，在听了轩云湘事迹报告团的报告会后，感慨颇多。

2014年9月9日，轩云湘作为山东省教育系统的代表，在北京受到习近平总书记亲切接见，他的事迹在全国教育界引起强烈反响。根据聊城市教育局的安排部署，2014年9月底，冠县成立轩云湘事迹报告团，到聊城市8个县市区进行巡回报告，让全市6万多名教职员工近距离感受全国模范教师的风采。

“我愧对于我的父母，我愧对于我的亲人，我无愧于我的事业！”这是轩云湘在冠县东古城举行的事迹报告会中说的一句话。2014年10月17日下午，东古城镇政府会议室座无虚席，来自全镇的340余名教师在会议室聆听轩云湘事迹报告团的报告。轩云湘的同事李保栋从工作中的好榜样、生活中的好兄长、人生路上的好向导三个层面，回顾了轩老师平凡中见伟大的点滴事例；学生李俊民则从一个学生的角度，回忆了轩老师在自己的心目中严师、慈父和挚友的高大形象；轩云湘老师则从点滴叙述了自己几十年如一日，扎根农村、献身教坛的平凡经历。

报告团成员用朴实的语言、真挚的情感、生动的事例，为大家讲述了轩云湘立足本职、无私奉献、心系教育、热爱学生的先进事迹，深深打动了在场的每一位老师，许多老师听后泪流满面。会后，大家纷纷表示，在今后的工作中，也一定会以轩云湘老师为榜样，爱岗敬业，无私奉献，努力做好自己的本职工作。

---

* 本文原载2014年11月5日《大众日报》。

打造“阳光课堂”，让孩子健康成长*

齐以华

近日，家庭教育专题讲座《与孩子一起成长》在茌平县振兴小学举行。本次讲座是由茌平县妇联、茌平县振兴中学、振兴小学共同举办的一次专题活动。共有600余人参加了本次活动。讲座由振兴中学心理咨询室主任、国家二级心理咨询师商玉坤主讲。

商玉坤根据自己多年的家庭教育研究经验，从“给孩子无条件的爱”“在有偿生活机制中爱孩子”“做孩子心灵的导师”等六个方面阐述了家庭教育的新理念，并且着重强调了“更新成才观念，注重孩子全面发展”的阳光教育理念。整个讲解过程形象生动，气氛温馨融洽，家长们真诚热情地参与交流，部分家长坦诚地述说自己在教育孩子过程中的困惑并得到商老师的耐心指导。

据了解，茌平县振兴中学为使学生阳光健康的成长，在全县范围内率先设立心理咨询室，并培养了一批优秀的心理咨询师，心理咨询工作走在全县乃至全市的前列。2010年，学校被评为“山东省心理健康教育先进单位”。2014年，振兴中学提出“阳光教育”的办学理念。“阳光教育”是师生全员参与的一种正向教育，以期达到教师爱岗敬业、享受工作，孩子在课堂上积极参与、在行为上自主管理、在生活上乐观健康，是一种为孩子一生发展作人生积淀的教育。学校致力于通过阳光管理建设“阳光校园”，开设“阳光课堂”，培养“阳光学子”，成就“阳光教师”。为此，学校还成立学生自主管理委员会，依托素质评定进行班级管理，提高了学生的组织管理能力和自我约束能力。课堂教学方面，学校从转变学生的学习方式入手，运用小组合作学习管理模式，打造“阳光课堂”。

---

* 本文原载2014年5月21日《大众日报》。

东昌府区沙镇中学:探索食堂管办平衡点*

孙亚飞　胡学燕　孟昭福

学生餐费的15%支付做菜师傅的工资

宽敞明亮的食堂内,400套用餐桌椅整齐地排列着,在每名学生的餐桌上,不锈钢餐盘正倒扣在碗上,等待着主人的到来——这是2014年6月6日记者在聊城市东昌府区沙镇中学的食堂看到的场景。

"我们学校现在的食堂可好了,不但早饭有鸡蛋和火腿,每周的菜还都不重样,以前的食堂可真是没法比。"初三学生耿雪芹说。当记者问起以前的食堂是什么样时,耿雪芹指着食堂后面的一排平房告诉记者,那就是他们曾经的食堂。"虽然说是食堂,但是只有伙房,没有餐厅,我们只能在窗口买完饭后在院子里或蹲或站着吃。而且,每天除了火烧就是饼,连菜都很少。"

看到孩子们吃饭连个坐的地儿都没有,沙镇中学的校领导很着急。2012年学校出资100多万元建设的食堂正式落成,校方另外拿出22.5万元为食堂配备了相关设施。

沙镇中学校长王永周告诉记者:"食堂建好了,本以为学生们会很喜欢,但是经过我两个月的观察,我们全校近800名学生,来这里就餐的寥寥无几,很多学生还是在校外买着吃,这跟之前孩子们没地儿吃饭有啥区别啊?后来我就到家长和学生中去找答案,才知道,菜的样式少只是一个原因,问题的关键是大家对进菜的渠道不放心。"

由于当时的学校食堂是对外承包的,校方很难在进菜、做菜等方面进行干预。2013年3月,王永周找到承包食堂的师傅,商量食堂由校方接管的方案,最终,双方达成协议:将学生餐费的15%作为食堂师傅的工资。

---

* 本文原载2014年6月18日《大众日报》。

拿回了食堂的管理权，王永周便对食堂进行“手术”：学生们觉得食堂的菜少不好吃，便要求后勤部门协助食堂制定菜单，每天变着花样给孩子们做菜，并将鸡蛋和火腿写进了早餐的菜单中。

为了解决学生和家长对进菜渠道不放心的问题，王永周将进菜来源定在了大型连锁超市。在学校接管食堂的两个星期后，校方便举行了家长会，并在中午邀请学生家长在“新餐厅”就餐。就餐期间，王永周将食堂的工作流程及改变与学生家长进行了分享，同时他还许诺，欢迎每一名学生家长随时来校食堂检查，赢得了在场家长的认可。

餐费的85%全部用在学生身上

“以前我每天在外面买着吃，每顿饭差不多花 10 块钱。现在都是在食堂吃饭了，这里的饭菜干净，吃着放心。”该校学生刘红敏说，“学校规定了，早饭 2 块 5 毛钱，午饭 5 块钱，晚饭 3 块 5 毛钱，有荤有素还有汤，不仅菜好吃，馒头啥的还能随便吃。”

王永周告诉记者，学生是否选择在校食堂就餐本来就是自愿的，自从饭菜变起了“花样”，特别是得到了家长与学生的认可后，如今已有一半的学生选择在食堂就餐。学生们的餐费每月一交，除了 15%的费用要付给食堂师傅外，其余费用全部用在购买食材上，而且餐费每用一笔，都经校财务统计，月末列出清单公布在学校的公示栏上。

“让学生吃得安全，看得明白，这样才能让学生和家长们放心。我们接管食堂的本意就是为了让孩子们有个放心吃饭的地方，所以学生们的餐费我们一分钱也不能动，至于食堂设备维护和更换的费用全部由校方承担。”王永周说。

食堂师傅挣得不比以前少

本是自己承包的食堂，一下子被学校接管，食堂师傅的心里有何想法？记者走进厨房，正巧看到食堂师傅王新国在案板上切菜。见记者提问，王新国停下了手里的活，乐呵呵地说：“以前承包食堂，既要买菜又要做菜，活多累人不说，还没有学生说好。现在学校接管了食堂，又进行了改变，来的学生越来越多，而且餐厅卫生由学生打扫，我们的工作也轻松了很多。以前每月能挣 3000 多块钱，现在我们给学校打工，工资每月也是 3000 多块钱，挣得不比之前少。更重要的是，我们没有以前累了，现在只需要一心扑在做菜上，不用为别的事操心。如果我们的菜做得再可口些，样式再多些，吸引的学生多了，那么我们挣得也就能更多。”

“碗筷自己洗，自己班负责的区域自己打扫，这样做不单单是为了培养学生们的责任意识。”王永周指着每排桌子第一个位置上的两个不锈钢盆说，“每班的菜都会盛在这些盆里，学生们吃多少盛多少，如果有学生因有事不能按时来吃饭，那么只要跟带队老师或值日生说一声就行，这样就避免了迟到没有饭吃的情况。”

生本高效　情智共生*

——冠县武训实验小学“研学后导，展示提升，当堂达标”课改纪实

杨秀萍　刘　新　申洪举　顾兰顺

当代著名教育家陶行知先生说：“先生的责任不在教，而在教学生学”，“教的法子必须根据学的法子”。这与当今新课程改革所倡导的“自主、合作、探究”的教育观点不谋而合。然而，这实施起来却非常艰难，因为教学生学远难于简单地灌输教法。

在冠县武训实验小学校长梁秀红看来，课堂教学改革的关键就在于教师教的方法和学生学的方式的改进。只有以学生为主体、教师为主导，真正把课堂还给学生，唤醒每个学生主动学习的意识，调动学生学习的积极性，课堂才会真正有效。

为深化基础教育改革，落实新的课程标准，冠县武训实验小学在学习、借鉴许多课改名校的基础上，探索出了适合本校特色的课堂教学模式——“研学后导，展示提升，当堂达标”，并取得了明显效果。

一堂课如何让每一位学生（特别是学困生）的自主学习能力、合作交流能力、质疑探究能力真正得以形成和提升呢？这是梁秀红一直在研究的课题。在她的带领下，冠县武训实验小学从 2012 年初就开始了艰难的课改路。

课改初期，冠县武训实验小学把“当堂训练”放到了课后，课堂上研学弄懂之后，课下完成作业，这样不能及时检测学生是否真正掌握，教学目标的实现大打折扣，同时也不能使学生养成紧张、快节奏的学习习惯。如今在该校，每节课都要让学生“当堂训练”，训练的内容是本节课所要掌握的基础知识。比如字词、习题或者《配套练习册》中的习题，教师不辅导，学生不讨论，通过同桌互评或台前板演，了解学生学习的程度，检测本节课的教学效果，有针对性地引导学生进行更正，进而让学生巩固新知，并运用新知识，形成能力，最终实现教学目标。

---

* 本文原载 2015 年 5 月 6 日《大众日报》。

“搞课改，贵在坚持，贵在实践，只有在实践中发现问题，解决问题，课改才能有效、高效。”梁秀红说。冠县武训实验小学通过“立标课”“过关课”，以培训、师徒结对、赛课、评课、座谈、研讨等不同方式开展工作，与此同时，还进行了教学模式的实践。

谈及课改带来的新变化，梁秀红如数家珍。首先是让每个学生都得到了全面发展。“研学后导，展示提升，当堂达标”改变了学生的学习方式，学生由原来“听老师讲”变成“我要学”，内在的积极性调动起来，主动专心去看书，独立完成检测，遇到疑难处大家相互讨论、更正，老师点拨引导，培了“尖”补了“差”，人人当堂达标，体验了成功，让每一个学生都获得自信和尊严。学校运用这种教学模式使学生养成了坚持不懈、勇往直前、紧张有序的好习惯，磨炼了意志，培养了自主、合作、探究的能力，教会终身学习，得到全面而长远的发展。

其次是提高了教学质量。“研学后导，展示提升，当堂达标”极大地调动了学生学习的积极性，让每个学生每堂课都能像竞赛那样紧张地看书、练习、更正、讨论、当堂完成作业，学习效率特别高；它还能及时、准确地反馈学习效果，当堂发现问题，当堂解决，让每个学生都能当堂达标。每一节的新知识都掌握了，教学质量怎能不提高呢?

此外，课改还减轻了师生的压力和负担。“研学后导，展示提升，当堂达标”的教学模式，改变了传统的“教”与“学”的顺序，强调了学生“学”在前，教师“导”在后，即在学生自我、小组研学之后，教师对学生不对的、不会的地方以学定教，进行点拨、指导，真正体现了教师组织者、引导者、点拨者的作用，具有理论价值和实践意义，教学步骤简约、实在、有效，操作起来非常简便。只要能够坚持从实际出发，以学生为主体，教师为主导，以学定教，顺学而导，就一定能获得有效以至高效的教学效果。尤其对于年轻老师来说，特别容易掌握，能准确定位，有法可循，有路可走，进而快速提高课堂驾驭能力，减轻了教学压力。

“研学后导，展示提升，当堂达标”的教学模式让学生当堂学会新知，形成能力，完成作业，真正做到不把繁重的作业拖到课后，又不强求学生课前预习，从而减轻了课外负担，减轻了学生的压力。

回顾漫漫课改路，梁秀红坦言：“一路走来，有过迷茫，走过弯路，受过质疑，但全体教师凭着不断进取、持之以恒、坚持不懈的精神，最终形成了符合学校实际及学生发展需要的教学模式。”

“课堂教学改革之路，没有尽头，也永远没有标准的模式。但我们必须体现‘以学生为主体，以教师为主导’；我们必须解决两个基本问题：我们应该教给学生什么？我们应该怎样教？在课改的路上，且行且思，求真务实，不断深化，相信我们终会迈向‘生本高效，情智共生’的理想境界。”梁秀红说。

肖丹:奋斗的岁月是最珍贵的财富*

记者 蒋 鑫 王兆峰 通讯员 高 洁 钱忠艳

700分的成绩,对于我来说既在意料之外,又在情理之中。意料之外是我能够拿到700分;情理之中就是我付出了努力,这就是给我的回报。记得我刚进入学校的时候,不是打球就是玩游戏,对学习不上心,到了高三,成绩始终没有起色,一直在610分左右徘徊,自己也没有感觉到压力。但是自从我听了一位清华老师的讲座,看着一个个学生都能考上清华、北大,我就想我为什么考不上?听完讲座的当晚,我就给自己制订了学习计划。数学不好?那就一天一套数学高考题。理综错误太多,没问题,趁别人休息的时间仔细啃一啃。高三上学期结束,我就攻克了2011~2013年全国各地数学高考题、理综高考题。虽然当时成绩不明显,但是我并没有失去信心。高三下学期,我加大了做题难度,增加了做题数量,也让我有了越挫越勇的拼劲儿,直到自己交出700分的答案。回想起来,最后分数已无太大意义,高中的奋斗岁月才是我最珍贵的财富。

母亲崔玉凤:成长离不开适宜的生活环境

肖丹今年高考取得700分的好成绩,我们全家都很高兴。肖丹生长于一个崇尚读书的大家庭,自小接受浓厚的文化熏陶。我和他的祖父、外祖父、舅舅都是教师,几十年的职业生涯都离不开三尺讲台。在这样的家庭环境里,自然都把读书好坏看得很重,但是我们不赞成"死读书,读死书"。在力所能及的范围内,我会带他逛书店、旅游、参观博物馆,陪他下棋、看球赛。篮球一直是儿子最喜欢的运动,在我看来,适当的运动可以为儿子的学习、生活提供充沛的精力,让他拥有健壮的体魄。除了一起游戏,我们全家经常畅谈天下奇闻,分享读书之趣,体会伟人之德,欣赏自然之美。

---

* 本文原载2014年7月30日《大众日报》。

孩子的茁壮成长离不开适宜的生活环境，而我和孩子的父亲所能做的，就是尽最大的努力为孩子创造一个绿色、舒适、惬意、文化氛围浓厚的环境。我们认为，一个优秀的孩子，并不是一个只会学习的孩子，所以我们对孩子参与的帮助同学、融入集体的活动给予了大力支持。个人成才固然重要，但一个人的价值真正体现在回馈社会、回馈国家上。所以无论参与什么，我们都会让孩子明白他应该前行的方向，让孩子尽自己所能成为一个对社会、对祖国真正有用的栋梁之材。

班主任庄士伟：他是老师的小伙伴

相比学生这个称呼，肖丹更像是我们的小伙伴，他学习很刻苦，平时成绩不错，尤其在高三期间，他学习得更加认真刻苦，并且也很好问，只要遇到了问题，首先和同学交流，不明白的再找老师探讨。肖丹是办公室里的常客，经常拿着题找老师研究，他在给老师讲述题目的同时，既加深了对难题的记忆，又提升了他自己的叙述能力。

每周班会，我会讲述学校历年来优秀学生的学习心得，来增强学生们的信心，树立学习的榜样。

此外，心理疏导也很重要，压力释放不出来，因此会影响到成绩的稳定，所以，我们作为老师，也经常和学生交流，在沟通中纾解他们的压力。

副校长单艳军：让每位学生均获成功

近几年，临清一中不断深化教学改革，大力推行"目标尝试教学模式"，开展小组合作学习，充分调动学生学习的积极性和主动性，走出了一条教育理论与教学实践相结合的教改之路，学校教学质量也得到大幅度提高。

学校以"多元智能理论"为指导，树立"让每个学生在不同层次均获成功"的教育理念，因材施教，促进了学生的全面发展和个性发展。树立了"学校无差生，差异就是财富"的人才观和"多一把尺子，就会多一批好学生"的人才评价观，全方位开发学生的智能，学生的潜能和特长得到开发。三年来有四名同学因学科特长被保送进入北京大学、中国科学技术大学和复旦大学学习，还有多名艺体专业学生考入了中国传媒大学、北京体育大学、中国美术学院、北京电影学院等名校。

哈宝泉《"321"工作思路的要义与行动》在教育系统引起强烈反响*

张跃峰

最近一段时间，聊城市教育局局长、党组书记哈宝泉的一篇署名文章在全市教育系统引起强烈反响。

这篇名为《"321"工作思路的要义与行动——掀开新的改革篇章的教育》的文章，共分为上、下两篇，2015 年 11 月 21 日、22 日连续被《中国教育报》第 4 版全版刊发，全面论述了聊城市教育改革发展的思路、方向和重点。一个地方的教育工作经验，在教育系统最具权威和最有影响力的新闻媒体刊发，这在全国非常罕见。文章发出后，随即在全市教育系统引起了强烈反响，并引起了国内教育界的关注。

据冠县教育局副局长李娟介绍，"321"工作思路的要义就是，通过大力推进"教学质量，师德建设，立德树人"三项重点工作，实现聊城教育整体工作要居全省中上水平，单项工作要居全省、全国一流（县乡教育部门以此类推）的事业目标和"崇教尚学，大气兼容，担当奉献，创新奋进"的文化目标，打造一个亮点突出、特色鲜明的聊城教育品牌。在"321"工作思路的指引下，聊城教育的变化与腾飞，全市广大学生与家长切切实实感受到了。

"321"工作思路提出，要深化课程改革，提高教学质量。对此，冠县实验中学校长许金光体会颇深。据其介绍，正如聊城市教育局局长哈宝泉文中所说，提高教学质量是推动经济社会发展的重要力量。经济社会的发展离不开人才，而人才培养要依靠高质量的教育，教育兴则百业兴。教育质量是教学质量的上位概念，教育质量的高低最终要体现在教学质量的高低上。许金光介绍说，对于教学质量提升的要求，一线学校更能感受到来自社会及家长的期许，而且从国家层面来说 2015 年也特别提出了要求，要进一步提升教学质量，聊城无疑走在了前头。

---

* 本文原载 2015 年 12 月 16 日《齐鲁晚报》。

“这个走在前列是非常了不起的，因为早一年让教学质量得到提升，就会让全市一大批学生受益。”在文章刊发的第一时间，冠县北陶联合校的刘付海老师就关注到了。据其介绍，当时他仔细通读了好几遍，“321”工作思路中提出加强师德建设并围绕如何落实给出了切实可行的方案，其中大部分工作他都亲身经历了，特别是近两年涌现出的全国模范教师、全国师德建设标兵、冠县东古城镇中学的轩云湘老师，给了他们学习的动力。

虽然没有在报纸上看到报道，冠星小学四年级四班学生杜霖益的家长杜德波最近却经常听到孩子学校的老师们讨论“321”工作思路。交流过程中，这位学生家长很有感触。据其介绍：“冠县教育这两年的变化他都看在眼里，一下子新建了多所学校，听说还面向全国招聘高中校长。特别是孩子所在的学校，这两年老师的素质和学校的教学质量变化也非常明显。”对于这些他感到非常满意。

培育工匠精神　打造职教品牌*

——山东省高唐县职业教育中心学校发展纪实

聊城市教育局

2016年政府工作报告中提到了"培育精益求精的工匠精神","工匠精神"的核心是精益求精,其特质之一是职业专业技能。近年来,高唐县职业教育中心学校秉承"以生为本,立德树人,全面发展"的办学理念,以"厚德强技,成就未来"为培养目标,以建设国家示范校为契机,主动适应当地经济发展方式的转变和产业结构优化升级的需要,大力加强内涵建设,用心培育现代工匠精神,全力打造品牌学校。

一、砥砺图治发展路,自强不息奋进曲

美丽的校园,朝阳初升,青春涌动。走进职教中心学校,校园里绿树掩映,鸟语花香。学校设施先进,每间教室都安装了先进的多媒体电子白板系统;各个实训楼配备各种先进的实训器材设备;每个宿舍均有独立卫生间,都配备了太阳能热水器,确保学生在校有一个良好的学习和生活环境。来到教学区,一种浓郁的书香迎面扑来:教室里朗朗的读书声,运动场上的欢笑声,实训室里的师生讨论声、键盘敲击声,校园书店里寂静安宁,处处显示出学校的生机与活力。

每一段年轮,都有一段激情难忘的记忆;每一步跨越,都是一首催人奋进的壮歌。2012年4月,县政府将学校的基础建设纳入城乡建设规划,无偿划拨土地520亩,总投资3亿元,启动学校新校区建设。2012年10月,学校实现整体搬迁。学校建设从破土动工到落成使用仅用6个月,创造了高唐县建筑史上的奇迹。目前,学校已经完成了两期建设任务,拥有教学楼4栋、实训楼3栋、综

---

* 本文原载2016年5月7日《齐鲁晚报》。

合楼1栋,8人套间的学生公寓3栋,可供4000人同时就餐的学生食堂1栋,总建筑面积135000平方米。闭路电视监控、多媒体教学管理网络、计算机校园网及各学科多媒体电教室、多媒体电脑网络室、电子阅览室等设施一应俱全。走进职教中心学校,校园绿树成荫、修竹掩映、楼宇列队、花石成趣,镌刻校名的巨石、环校大道和文化长廊锦上添花,人文景观与自然景观相映生辉。一座具有强烈现代意识和生态化、个性化、高品质特点的职教中心学校呈现在全县人民面前,为高唐教育增添了一道亮丽的风景。

为了改善实习实训条件,学校利用地方配套资金和自筹资金投入2000多万元,充实了机电技术应用、汽车运用与维修、现代农艺技术、计算机应用、会计、护理等专业实训室,不仅满足了学校专业实习实训的教学需要,而且为争取国家和省市的中职优惠政策以及学校的未来发展打下了良好的基础。

二、桃李夭夭花千树,硕果累累香满园

学校在发展中改革,在改革中创新,办学水平不断提高,综合实力稳步提升。2013年4月,学校被国家教育部门、人力资源和社会保障部门、财政部门确定为第三批国家中等职业教育改革发展示范学校项目建设单位。这意味着学校迈入了全国1000强中职学校的建设行列,这为学校的新一轮发展提供了大好契机,为学校的腾飞提供了广阔的舞台。

学校以示范建设项目为引领,走“特色化、品牌化”创新驱动发展之路,学校的办学实力和社会影响力得到极大提升,各方面发展都跃上新台阶,成为高唐乃至全市职业教育发展的亮丽名片。

学校努力搭建人才培养“立交桥”,努力拓宽中职学生升学就业“双通道”。学校实行“分层教学”,着力抓好春季高考。2012～2015年,学校有917名优秀毕业生考入青岛大学、青岛科技大学、山东理工大学、山东科技大学、齐鲁工业大学、聊城大学、滨州医学院等高校就读本科。同时,学校还努力为学生搭建良好的就业平台,在省内外40多家企业建立长期稳定的学生就业基地。

强化德育内涵,深化育人机制。学校坚持“厚德立身,技行天下”的育人理念,围绕职教德育主线开展内容丰富、形式多样的校园活动,通过开设“道德讲堂”“志愿服务”等活动,培养学生做一名敢于担当、关心社会、适应社会、融入社会、奉献社会的“社会人”;通过开展“中华经典品读”“舞龙舞狮”“太极拳”表演等活动,弘扬中华传统美德,培养学生做一名有人文素养、阳光自信的“文化人”;通过“技能大赛”等活动,培养学生用巧手和匠心追求人生的完美和极致,做一名技艺精湛、具有“现代工匠”精神的“职业人”。

细节决定成败，学校在管理中从不放掉一个“细节”。“6S”（整理、整顿、清扫、清洁、素养、安全）管理、精细化管理、自我管理、家校合作、育人导师等现代化管理模式是学校多年积累的管理教育经验。以创建标准化宿舍、文明班级、先进集体、优秀个人为载体，全面实行标准化、精细化、系统化、数字化、流程化的现代化管理模式，对学生的生活起居全程跟踪，对学生的日常开支全面监控，在宿舍休息、食堂就餐、课堂教学都建立了相应的管理流程。

学校积极进行校企合作机制创新，实现校企深度融合。学校主动适应经济发展新常态，助力地方经济发展方式转变和产业结构的转型升级，积极构建产教融合的校企合作育人平台，实行“招工招生一体化”，校企交替培养，逐步由学校为主体向校企双主体过渡。学校对接产业、企业、岗位建立专业建设内外结合机制。由外聘企业专家和学校专业课教师组成的调查小组，深入行业协会和企业了解岗位需求，确定专业设置和方向。2016 年，学校新增“电子商务”“无人机驾驶”和“工业机器人”三个专业方向；定期召开行业企业专家咨询会，具体指导专业建设；邀请企业领导、相关人员参与制定人才培养方案，保证专业人才培养目标的实现；聘请 30 多名企业专业技术人员担任兼职教师，改善师资队伍结构；派专业教师轮流到合作企业提高实践能力，解决教师理论脱离实际的核心问题。学校培养的毕业生以良好的素养和扎实的技能得到用人单位的青睐，毕业生初次就业率保持在 98%以上，就业满意率在 95%以上。

桃李芬芳因雨润，人才辈出赖师贤。学校注重加强师资队伍建设，从师德、教研、团队方面，不断培养和提高教师综合素质，建立起一支理念领先、业务精湛、拼搏向上的教师队伍。学校积极引领教师自主发展，通过开展各种“赛课”“晒课”活动，促进教师专业发展，提升教师的整体素质。学校注重培养骨干教师队伍，建立多个“名师工作室”，以名师为引领，以学科为纽带，以工作室为载体，组建教师专业发展共同体，搭建教师发展平台，扎实开展学科专业建设和教育教学研究，促进教师专业发展和课程改革深入推进，凝聚成以名师为核心的高素质骨干教师团队，推动学校教育质量稳步提升。目前，学校有全国优秀教师 1 人、全国模范教师 1 人、省级优秀教师 1 人、齐鲁名师 1 人、聊城市十佳教师 2 人、水城名师 1 人、市级优秀教师 3 人、高唐名师 3 人。2014 年，校长闫斌被评为聊城市“十佳校长”。

三、策马扬鞭奋蹄疾，乘势而上正当时

好风凭借力，乘势正当时。奋进中的高唐县职教中心学校，学校办学条件

不断优化，办学规模不断壮大，办学实力和社会影响不断扩大，可持续发展能力日益增强。学校全体师生意气风发、豪情满怀，正以创新的意识、勤奋的工作、进取的精神、求实的作风，为把学校建成“环境优雅、设施齐备、师资雄厚、办学形式多样、教学质量优良”的全国职教名校而努力奋斗！

临清教育均衡发展迈出新步伐*

明　旭　钱忠艳　韩桂云

临清市始终高度重视义务教育均衡发展工作，紧紧围绕促进公平和提升质量，创新思路，强化措施，统筹推进，取得了明显成效。2015 年 11 月，临清市顺利通过了国务院教育督导委员会的评估认定，在聊城市率先创建成为全国义务教育发展基本均衡县，大大提升了临清市基础教育在全省的位次。创建成功后，临清不断创新思维，多方举措，努力推进优势互补、城乡相长、互利互赢的均衡发展。

一、以加大投入为保障，推动办学条件基本均衡

2015 年 11 月成功创建成为全国义务教育基本均衡县后，临清市持续加大投入，不断改善义务教育学校的办学条件。一方面，坚持“双轮驱动”，大力实施解决城区大班额工程，共建设项目 10 个，涉及逸夫实验小学、京华附属小学、实验小学、明德中学、新华中学、一中、三中等学校，建筑总面积 4.99 万平方米，投入资金 7236 万元。另一方面，深入实施“全面改薄”工程，加快改造薄弱学校。2016 年以来，临清市投资 1.13 亿元建设项目 36 个，总建筑面积 8.74 万平方米；采购多媒体、计算机和建设实验室及同步课堂教室投资 1800 万元；购置图书、课桌凳投资 450 万元；改造操场 30 个，投资 1500 万元；学校改造拆迁投资 920 万元，南部新建初中征地评估价值 9880 万元。临清义务教育学校的办学条件标准化建设总投入达 3.3 亿元，极大地改善了薄弱学校的办学条件，有力地促进了城乡、校际均衡。

* 本文原载 2017 年 12 月 7 日《齐鲁晚报》。

二、以合作引领为依托，推动教师资源均衡共享

2017年，临清市新招聘教师269名，占全市事业单位招编计划的95%，为教师队伍补充了新生力量。加强学校协作区、联合体建设及城乡之间、校际之间在教科研、管理、师资、师训等方面的交流与合作。近三年来，临清采取对口支教、送教下乡等方式，推动城乡教师交流400多人，有效发挥了优秀教师的引领带动作用。

另外，临清市与北师大、山师大、聊大等高校建立了定期合作培养计划，提高了教师队伍的整体素质；组织第三届临清名师、第二届水城名师赴北师大研修320人次；与山师大合作举办全市班主任培训班、校长高级研修、薄弱学科（初中生物）专题培训等2050人次；委托聊城大学对全市校长、园长进行高级研修，对2017年招聘教师进行岗前培训，对骨干教师进行教育技术能力培训，共计1740人次；组织第四届临清名师到鲁东大学提升培训120人次。

三、以特色建设为抓手，推动学生个性发展

充分挖掘临清市传统文化，培植学校特色项目，开展丰富多彩的"非物质文化遗产进校园"活动；打造多样化的特色课程体系，积极构建"一校一特色"的发展格局，张扬学生个性，提高学生综合素质。促进全市各校充分挖掘校内课程资源，充分发挥专用教室、各种媒体的作用，扬长避短，使相对薄弱的学校发展优势项目，已有优势项目特色的学校形成特色，把特色明显的学校打造为特色学校，并朝着个性化、优质化、品牌化方向发展，力求以学生的发展为本，使每一个学生成为全面而有个性的人。如京华中学的"红烛京剧艺术团"培养了一批小京剧迷；实验小学实施"七彩课程"重构，满足学生个性化、多样化的需求；逸夫实验小学开展学生"海量阅读"工程，让学生凭自己的兴趣开卷阅读；民族实验中学开展综合实践活动"走班制"学习，张扬了学生个性。

徒步35公里，这千名“00后”真不赖*

张跃峰　陈敬一　贺传庆

2017年5月14日，聊城一中1400多名高一学生集体走起，一场声势浩大的35公里远足拉练活动再次上演。高一学生远足拉练这一传统在9年时间里已举行7次，成为聊城一中重要的综合实践活动。当下，不少学校因担心安全问题，几乎杜绝了大型校外活动，聊城一中这个活动受到学生及家长的普遍好评。

家长不能当后援，“捡人”校车无人坐

14日，1400多名学生早早起床做好了准备。7点半，这些“00后”组成的队伍浩浩荡荡出发，出聊城一中东门，沿柳园路南行至湖南路向东……按照事先安排，每年的徒步远足都是前往驻聊某部队，参观军营，接受爱国主义教育，简单休整后再原路返回。整整一天时间，学生们的往返路程足足有35公里。

队伍一出现在柳园路上，就引起众多市民驻足关注。学校规定不准家长跟随提供各种“后勤服务”，可不放心的家长还是坚持到路边看上一眼。“起初家里人都很担心，毕竟孩子从小到大还从来没有徒步走过这么远。后来，跟学校多次沟通后，我才发现这一担心是多余的，反而越来越期待这一活动。”家长隋女士说。

学生们的期待之情更是溢于言表，许多学生提前一周就开始准备。除了准备个人用的东西，他们还精心设计班级的队旗、标语、口号。

担心身体弱的学生难以坚持下来，聊城一中提前进行了摸底调查，对于特殊情况的学生逐一征求意见。没想到，没有一名学生要放弃。一名女生生病还未痊愈，也让父母骑电动车陪着参加。“高中三年就这一次机会，实在坚持不下

---

* 本文原载2017年5月15日《齐鲁晚报》。

来，再跟父母坐电动车回学校。”她说。

跟着大队伍“捡人”的校车也始终没有人乘坐。高一 22 班的一名女生崴脚后没好利索。在大家的帮助下，她一直坚持走完全程。

还有家长担心孩子，就开车偷偷跟着队伍，打算途中悄悄“捎上一程”，没想到竟然没有一个学生接受父母的“好心”。

聊城一中的团委老师介绍，每年都有父母开车跟着，却没见有学生和父母一同“作弊”。不仅如此，学生们需要自己背着背包解决午饭问题，一些体弱的学生就成了全班的重点照顾对象。

校外大型活动，很多学校都不敢碰

自 2009 年开始，聊城一中在 9 年时间里已经举行 7 次徒步远足，现在该项目已列入学校的综合实践活动，每年都会组织全体高一学生参加。35 公里路程的徒步远足，对于很多学生来说还是极具考验的。上午 7 点半出发，接近 12 点才到达军营。在军营简单休整补充体力后还有各种参观，下午 1 点 50 分又踏上归程，直到接近下午 6 点才能返回学校。

组织如此大型的校外活动，聊城一中着实下了一番工夫。从最初的路线踩点、组织后勤保障等各种预案，到对接有关部门提供支持，每个细节都不马虎。活动还得到了公安、交警等相关部门的大力支持，每到一个路口都会有交警维持秩序。

采访中，记者也发现，因为害怕出现安全事故，绝大多数学校对组织大型校外活动都不是很积极，甚至非常抵触。聊城城区一所小学的老师表示，他们学校已有十多年没组织过校外活动了。其实，按照教学要求，中小学校都有组织学生外出参观或进行社会实践活动的需要，只不过每次组织学生集体外出都非常烦琐，一旦出现安全事故，学校一年的工作都会被“一票否决”，严重时学校主要负责人还要担责。

城区另一所中学的相关负责人表示，高中生还好组织一些，所以聊城一中敢试水，而小学生、初中生就不是那么好组织了。“一下子组织 1400 多名学生集体出去，要是我们绝对不敢想！现在高中组织校外活动的应该也不多了，顶多就是布置作业，让学生们趁着假期搞个社会调查。”聊城一中相关负责人说，学生的安全要考虑，但不能“因噎废食”。“每一次徒步远足活动都是一次生活化的教育，对于磨炼学生们的意志力、提升大家的团队协作意识非常有帮助，而且还能实地走进军营接受国防教育，这是任何书本里都学不到的。”

特色课程　快乐成长*

——冠县辛集镇联合校特色教育纪实

张银亮

教育无小事，小学阶段的教育尤其如此。这个阶段，孩子们像一棵棵刚发芽的小苗，需要肥沃的土壤才能结出丰硕果实；像一只只雏鹰，飞上广阔的天空才能成就精彩的未来。

近年来，冠县辛集镇联合校在校长李立文的总体规划下，确立了"发展学校，幸福教师，快乐学生——一个都不能少"的办学理念。该校以"建文化，创特色，铸品牌"为目标，把特色教育作为学生发展的基础，抓好"赏美画，作美文，写好字"三项基本工作，强化养成教育，注重兴趣培养，让学生爱上特色课程，拓宽学生的发展空间。

一、赏美画：兴趣小组提高美育素质

辛集镇联合校提出以"美育"为学校的办学特色，培养学生具有求真的科学素养、向善的人文精神、尚美的审美情怀，成为具有健全人格和强烈社会责任感的社会主义接班人。

该校构建以学校教育为中心，学校、家庭、社会三结合的特色教育体系，本着循序渐进、逐渐提高的原则，对不同年龄的学生实施不同能力水平的训练。如砂纸画课程按照低、中、高三个学段分别制订教学内容：低学段内容为卡通画和想象画，主要对兴趣培养和色彩能力进行训练；中学段内容为临摹画和想象画，主要对色彩和造型能力进行训练；高学段内容为临摹画、写生画和创作画，主要对素描、色彩和造型能力进行训练。

学校鼓励学生参加各类兴趣小组，形成经常性、小型、多样化课余活动模

---

* 本文原载 2017 年 6 月 20 日《齐鲁晚报》。

式，确保美育创新活动正常开展，聘请当地知名书画家作为学校美育顾问并开展活动，在校园开办艺术长廊，学校连续多年举办师生书画展。此外，学校还在教室及走廊悬挂宣传板，张贴学生制作的激励性标语牌、古人诗词卡片或学生优秀的美术、书法、绘画作品，激励学生的创作热情。

二、作美文：特色教研提升习作水平

对于很多农村小学教育来说，作文是语文教师的一大难题，习作是学生望而生畏的科目。在县教育局小学教研室的支持下，辛集镇联合校率先实行“三重五步，篇篇过关”作文训练实验与研究，成功改善辛集镇作文教学现状，带动该镇语文教学成绩全面提高。

辛集镇从2014年开始成立课题研究组，结合该镇小学习作教学现状，制定适合本校的研究方案，并付诸大量实践。课题研究组发现问题后反复研究，形成方案再积极推行下去。短短半年多时间，辛集镇作文教学成绩提升显著，学生的作文水平明显提高。来自六年级二班的孙茹芸告诉记者：“以前每次考试，看见作文就犯愁，根本不知道从哪里下手。平时练习作文时，写出来的也很单调，没有真情实感。但是，自从学校开始实施‘三重五步’工作以后，我就发现自己开始喜欢写作文了，开始享受作文的修改过程。经过多次修改后的文章，读起来也不再单调乏味。”

三、写好字：快乐练字提高书写质量

书写是重要的语文基本功。基本功的形成要从小抓起，小学阶段的书写教学尤其重要。在辛集中心小学教室内，到处张贴着孩子们的书法作品，无不显示出学生深厚的写字功底。学生作业本上，每一页都写得认真干净。任课教师都说，看着学生写的字漂亮整洁，批改作业和试卷时心情也很愉悦。

为了更好地激发学生的练字兴趣，学校免费发放字帖、练字纸等书写用品，并对全镇语文教师进行写字培训，制定写字教学流程，做到教师会写会教。然后由教师根据写字流程，指导学生坐姿、握笔和写字技巧等。学校在每天上、下午课前10分钟创设“快乐练字”板块，全体师生在古筝轻音乐的陪伴下练习书写。学校还创造性地开展丰富多彩的活动，培养学生的写字兴趣，提高写字质量。

短短一年时间，“快乐读写”特色创建使辛集联合校发生了巨大变化。师生的阅读和写作能力均有了明显提高，荣获县、市级奖项增多，办学水平登上新的台阶。家长们看到了孩子的进步,对学校的支持和认可程度逐步提升。

淡淡墨香写春秋,幽幽书香沁心脾。胸怀挺立潮头书写风流的豪情,凝聚脚踏实地埋头苦干的韧劲,在教育主管部门的关心指导下,辛集镇联合校将继续以“发展学校,幸福教师,快乐学生——一个都不能少”的办学理念为指导,通过精细化管理,以学生快乐成长为目标,以创建美育特色学校为追求,通过打造美育特色学校,树立学校品牌,办好人民满意学校。辛集联合校正以独具特色的校园魅力展示着她的发展历程,书写充满希望的明天。

武风久远　训蒙养正*

——冠县武训实验小学发展撷英

顾兰顺

千年冠州，孔孟之乡，尊师重教，源远流长。昔日千古奇丐武训行乞办学扬神州，今有莘莘学子书声琅琅传故道。在这片底蕴深厚、名人辈出的热土上，有一所久负盛名的学校——冠县武训实验小学。

学校始建于1989年，原名冠县商业局联办小学，2013年9月异地搬迁，因纪念清末平民教育家、千古奇丐——武训而命名。学校占地35亩，现有41个教学班，2800名学生，137名教职工。学校始终以“训蒙养正，润智育行”为办学理念，现有省教学能手1名、水城名师3名、冠县名师2名，先后有51名教师分别获得市、县各学科的教学能手称号，承担着国家、省、市、县多项课题研究任务。

学校教学以“学本教育理念”为指导，积极探索出的“研学后导，展示提升，当堂达标”课堂教学模式，突出体现“先学后教，以学定教，顺学而导”，达到“生本高效，情智共生”的理想境界。

山东省家庭教育论坛在冠县武训实验小学设立了分会场。

一、社团发展：万紫千红春满园

武训实验小学非常重视学生素质的全面提高，通过积极引导学生社团的成立发展，开展丰富多彩的社团活动，促进学生全面发展。学校结合自身实际，适时举办口算、讲故事、古诗文诵读、作文竞赛等教学活动。除按规定开足开全艺术课程外，学校积极开发了合唱、古筝、绘画、科技制作、播音主持等40余门校本课程。

---

* 本文原载2017年6月16日《齐鲁晚报》。

武训实验小学先后培养了一批具有鲜明特色的优秀社团。该校每年都举办艺术节、班级歌咏比赛、“校园小主持人”比赛等活动，鼓励学生参加社团活动。学校合唱队、器乐队、舞蹈队、课本剧表演队多次在县级比赛中荣获一等奖，并多次参加市、县电视台“六一”、春节联欢会等节目的录制。2015 年 5 月，武训实验小学成功召开了全市小学教育教学整体发展与改革现场会，学校特色教学成果受到业内一致好评。

二、习惯养成：涓涓细流润幼苗

天下大事，必作于细。武训实验小学在“先成人，再成才”的育人理念指导下，非常注重学生良好习惯的养成。学校每周确定一个行为习惯养成主题，如“上下学自觉成队”“入校则静，入室则学”“上下楼梯靠右走，轻声慢步过走廊”等，对学生的习惯进行规范和引导。学校成立“文明礼仪监督岗”和“红领巾稽查岗”，每天对学生的行为活动进行检查、督导；编写校本教材《幸福人生的 100 种习惯》，引导学生形成良好的行为习惯。走进冠县武训实验小学，校园里每一个角落都非常干净整洁，“随手捡起一片纸”是师生的自觉行为；“轻声慢步过走廊”已经成为学生的一种习惯；每次上下学，学生都自觉到指定集散地点等待家长的接送，学生的举手投足、一言一行之间无不体现着学校习惯养成教育的成效。

三、经典诵读：书香校园蕴内涵

“青山横北郭，白水绕东城。此地一为别，孤篷万里征。”每周三下午第一节课是武训实验小学全校师生的古诗词诵读课。每到这时，全校上空飘荡着背诵各个朝代、各位名家的诗词作品的声音。学生们在品读传统经典的同时积累了知识，开阔了视野，提高了能力。

冠县武训实验小学全校师生大力开展“课下人手一本书”“班间好书共欣赏”等活动，每班教室都有老师推荐阅读书目的“推荐台”，楼道里的“读书长廊”摆放着学生喜爱的书籍，孩子们随手就可以拿起自己喜爱的书阅读。每学期，每个班的师生都进行阅读汇报课展示，并根据阅读内容编排课本剧、歌舞等节目汇报演出。剧本题材丰富多样，小演员们把自己的理解融进剧中，表演得声情并茂、惟妙惟肖。

四、家庭教育：家校共建谱新篇

冠县武训实验小学大力开展家庭教育工作，促进家校共建、合力共赢，形成了以“家长进学校，家长进课堂，家长进活动”为特色的家庭教育模式。2016年12月，该校成功承办了山东省家庭教育论坛分会场，学校的特色工作赢得了各级领导的一致好评。学校先后获得“全国尝试教学示范实验学校”“中华优秀传统文化教育研究先进示范学校”等一系列荣誉称号。

武子之风影响深远，训蒙养正正逢其时。意气风发、豪情满怀的冠县武训实小人，正在武训“大爱”精神的感召下，以追求高品位、高标准、高质量之雄心，以革故鼎新、浩浩汤汤之气势，用爱心去打造一所现代化名校。

走出去学习　请进来指导*

——沙镇中学“请课下乡”活动侧记

许书敏　杨广立

2015 年 5 月 26 日上午，东昌府区教研室主任赵长庆一行莅临沙镇中学。这是带领名师送课下乡来了。“下面，请这位同学为第三只猫代言……”这是聊城六中董学兰老师在为沙镇中学七一班学生讲语文课。

这次“送课下乡”活动，聊城六中董学兰、王玉燕等五位老师送来了语文、英语、数学、地理、历史等多个科目的精彩课例。沙镇中学、大张中学和侯营中学参与听课的老师都表示受益匪浅。

课后，教研员与授课教师及听课的各学科组教师进行座谈。座谈会上，首先明确了本次活动意在交流、重在提高的宗旨，然后从教师基本功、教材解读、教学设计、教学过程、师生互动、课堂生成、教学效果等多个环节对所听之课进行面对面的精细点评和深入交流，探讨课堂上的得失，交流如何做好教学设计、如何激发学生参与活动、突出学生主体等问题。听课教师反思自己的不足，明确了今后努力的方向。

思路明方向，践行出成效。这次“送课下乡”活动，源于沙镇中学的诚意邀请。近期，沙镇中学全面落实聊城市教育局党组提出的“321”工作思路，突出重点工作，努力提高教学质量。除加强课程计划的实施、教学常规的落实、教学资源的开发利用、课堂教学改革与教研方式的创新之外，就是加强对教师的培训。学校按照习近平总书记提出的有理想信念、道德情操、扎实学识、仁爱之心的“好老师”标准要求培训教师，更加关注教师的专业发展，定期开展培训、听课、赛课、评课活动，促进教师之间学赶帮超。通过印发教育教学先进理念学习资料，写读书笔记，搞小课题研究，引导教师更新教学观念，加强对先进教学理论的学习；定期安排老师走出去学习，开阔眼界，增长见识；定期请名师下乡送课，

---

* 本文原载 2015 年 5 月 27 日《农村大众报》。

努力提高自身水平。

这种名师送课进学校的方式，让老师们看到了原生态的名师课堂，可以更切实地促进教改，推进课堂教学模式创新，为提升我校教师的教学水平、及时发现和解决教师课堂教学中存在的困惑和问题、深化教学改革起到了极大的促进作用。这项活动对授课和听课教师来说是一个自我反思、自我加压、自我改进的机会，对教师专业化成长和提高课堂教学效率将起到积极的推动作用。

高唐农村学生吃上了“自助餐”*

刘珍珍　张　波

15 年前，记者就读于高唐县东部的一所农村中学。那时候，孩子们大都抱着咸菜盒去上学。腊月廿七，一个寒冷的日子，借着新春走基层活动，记者来到了高唐县尹集中学的学生食堂。没想到，这里已经发生了翻天覆地的变化。

处处有监控，食材统一配送

走进尹集中学的食堂，记者意识到，这里已经不是原来意义上的食堂了：消毒柜、留样柜、冷藏柜、抽油烟机、厨具样样采用国内领先设备；储藏室、操作间、检验室间间都有自己的消毒标准和监控设备；切菜刀、切肉刀，切菜机、切肉机，洗菜盆、洗肉盆完全分离。

“我们的食材全部由教育局统一配送。教育局还跟我们这些校长签订了安全责任书。”尹集中学校长张正义指着餐厅的大屏幕说，“食堂的各个角落在这里都能看到，比如师傅们干着什么活儿，菜洗得干不干净，肉称得分量够不够。”据高唐县教育局安全科科长刘勇介绍，教育局成立了一个小组，与供货商一家一家地谈，通过询价、议价，最终确定了蔬菜由 3 个蔬菜基地直供，食用油由蓝山集团直供，肉由县里的唯一一家国有企业——高唐县肉联厂直供，面由一家大面粉厂直供。

艰难谈判，“拔掉”所有私营业主

农村学生能享受到的这些“福利”得益于 2012 年和 2013 年县教育局艰难的劝退工作。

---

* 本文原载 2016 年 2 月 17 日《农村大众报》。

2012 年下半年，高唐县先从 3 所中学进行试点，逐渐从私营业主手里收回了食堂的承包经营权。2013 年暑假，开始向剩余 9 所学校“动刀”。经过与承包者的多次艰难“谈判”，最终用 2 个月的时间成功劝退了所有私营业主。同时，高唐县还支付了 251 万元的合同违约金。

随后，高唐县又投资 120 万元为学校配齐高档厨具、餐具，学校也自筹资金近 100 万元对厨房和餐厅进行了净化工程。自此，高唐县农村学校食堂已全部收归国有。

顿顿不重样，10 元一天管好管饱

当日，记者在尹集镇碰到了尹集中学的初三学生杨朝辉。谈到学校食堂，他打开了话匣子：“我们学校的菜顿顿都不重样，早晨有鸡蛋，中午一荤一素两个菜，晚上一个菜。肉包子和馒头，我们可以随便吃，吃饱为止。”据尹集中学校长张正义介绍，虽然是教育局统一制定菜谱，但各个学校可以灵活改善。学校每周召集学生开一次生活座谈会，问问学生喜欢吃什么。他们也经常观察剩菜剩饭，如果某些菜剩得多，说明他们不喜欢吃，学校就不做了。考虑到学生喜欢吃烧饼，尹集中学还额外买了 5 个电饼铛，每周为学生烙 2 次肉饼。“原先某中学的俩伙房用不了 10 斤肉；现在，这俩伙房一天得用 120 斤肉，平均每个学生每天 1 两半肉。孩子在学校吃饭就像吃‘自助餐’，统统管够。”张正义说，“孩子每天交 10 元伙食费，早饭 2 元，午饭 5 元，晚饭 3 元，按顿算。孩子如果哪顿饭没吃，我们就把钱退给他。”

“各个学校收了钱以后，直接交到教育局专户上，孩子们的这 10 元钱由教育局封闭管理、科学使用，保证全部用到孩子身上，最终让孩子吃得健康、吃得营养。这就是食堂收归国有的好处。”高唐县教育局副局长张彩梅说。

互联网

高唐县7万少年儿童共享优质教育服务*

刘婷美　罗丙唐

近年来，高唐县委、县政府逐年增加教育投入，不断优化学校布局，先后进行农村学校危房改造工程、学生生活设施提升工程和运动场地改造升级工程，配齐配全多媒体教学设备，实现城乡教育设施的全面升级和教学质量的同步提高，促进了全县城乡教育的优质均衡发展。

一、优化城区学校布局，缓解大班额问题

时风中学和第一实验小学南校区于2013年秋季开学投入使用，缓解了城区中小学生的入学难问题，城区学校布局更趋合理，基本能实现就近入学。将原卫校校区改建为城区中心幼儿园，建成第三、第四实验小学幼儿园，出台《高唐县普惠性民办幼儿园综合奖补资金管理暂行办法》，"以奖代补"发展普惠性民办幼儿园，缓解了幼儿入园难问题。第二实验小学的扩建工程已启动，可以大大缓解城区西部适龄儿童的就学压力。

二、积极改善办学条件，城乡义务教育均衡发展

近五年来，为全县40多处中小学建设教学楼、办公楼等13多万平方米。实施农村寄宿制学校宿舍改造升级工程，全县纳入宿舍改造升级工程的9处镇中学，已有7处盖起了学生宿舍楼。实施农村寄宿制学校餐厅改造升级工程，新建4处镇中学学生餐厅。按照省级标准化幼儿园的指标要求，投资150万元为镇(街)幼儿园购置了玩教具等配套设施。2014年投资1000多万元为全县中小学配备581套交互式一体机、更新学生微机室和校园网，全县中小学全部实

* 本文原载"聊城教育信息网"(2015-2-15)。

现了多媒体教学和教育信息化。实施农村中小学运动场改造升级工程，投资684万元建设标准化操场和运动场地，为学生体育活动和大课间锻炼提供了优质环境。

三、坚持立德树人，学生综合素质不断提高

开展社会主义核心价值观教育，充分发挥课堂主渠道作用，做到进教材、进课堂、进头脑；举办“走复兴路，圆中国梦”读书教育活动、红色经典诵读（演讲）比赛等活动，让核心价值观内化为学生的信念，外化为自觉行动。严格落实国家课程方案，促进学生全面发展，517名学生在省、市、县组织的青少年科技创新大赛、书画大赛和征文比赛、运动会等各类竞赛中获奖。职业教育在对口升学保持全省领先的基础上，加强学生技能培养，2014年30多名学生在全国、全省技能大赛中屡次取得优异成绩。

聊城市积极创建特色学校打造教育品牌*

郭　敏

近年来，聊城市不断加大教育教学改革力度，各学段积极寻求发展的新思路，开拓创新，主动求变，涌现出一批特色鲜明、亮点突出的学校。

一、小学不畏难，改革常态化

莘县实验小学以“排好队，读好书，写好字，唱好歌，上好操，扫好地，做好人”七件事为工作抓手，培养学生的良好行为和学习习惯，通过“夯实常规管理，强化六个团队（干部、专家、教研、教师、学生、家长），深化自主互助课堂”三大支柱建设，彰显了学校特色。东方双语小学的“全天生活皆教育”，把教育融入学生学习、生活的点点滴滴，以润物无声的力量从根本上改变学生的学习习惯、品德修养，为今后的全面发展打下了坚实的基础。高唐一实小的“语文教学改革——单元整合，五课并进”，将每个单元各课的知识加以梳理、划分，使之纳入各个层次的知识系统中，形成五个课型，从而构建知识间的联系，形成系统的知识网络，使知识更明晰，更便于学生接受。

二、初中快起跑，创新攻难关

聊城市实验中学的“考试即教育”，主张学生自主命题、诚信考试、无分数评价，从考试准备到考试结果全权由学生负责，不仅解放了教师，更提高了学生自主学习的意识，培养了学生诚信为人的品格，可谓双赢。杜郎口中学的“三三六”教学模式，立体式、大容量、快节奏，在学生自主预习的基础上展示、反馈，整个课堂都是学生自觉的感情投入，收效甚好。东昌中学的“导师制”，则是按学

---

* 本文原载“大手笔网”（2015-2-7）。

生成绩把学生分给任课老师，老师密切关注学生个体的学习情况和心理状况，及时与自己负责的学生进行沟通交流，真正做到责任到人、立德树人。

三、高中树旗帜，特色助发展

聊城一中的“高三分层走班教学”，从学生实际出发，因材施教，科学育人，在历届高考中取得优异成绩，成为聊城教育的一面旗帜。聊城三中的“翻转课堂”，与时俱进，利用现代教育信息技术，有效整合课上与课下的时间，学生通过观看有针对性的教学视频，提高自学能力。聊城二中的“生本教育”“二阶五步教学法”，坚持以学生为本，以学定教，少教多学，学生利用自主学习任务单先行自学，利用小组讨论集思广益，利用班级展示秀出风采，真正让学生成为学习的主体，让学生感受学习的乐趣。莘县实验高中的“大教育理念”，下好全校一盘棋，狠抓教学常规，以活动带动学生管理。

东昌府区教育系统“回头看”活动成效显著*

李令涛

东昌府区教育系统各级党组织认真落实区委《关于对教育实践活动整改落实情况进行“回头看”的通知》(东昌群办发〔2015〕1 号)要求，狠抓第二批党的群众路线教育实践活动整改落实情况“回头看”，进一步巩固和扩大了活动成果。

一是狠抓理论学习。活动结束后，全区教育系统各级党组织狠抓理论学习，使之成为工作常态，组织领导班子成员学习了习近平总书记系列重要讲话特别是在教育实践活动总结大会上的重要讲话、姜异康同志在全省教育实践活动总结大会上的重要讲话、林峰海同志在全市教育实践活动总结大会上的重要讲话、李小平同志在全区教育实践活动总结大会上的重要讲话。同时，局机关和学校领导干部结合教育工作实际开展专题学习，落实了贯彻讲话精神，巩固和拓展了教育实践活动成果的具体措施。

二是狠抓工作落实。在群众路线教育实践活动中，教育系统各级党组织制订了领导班子及其成员整改方案、整改问题清单台账、普通党员整改问题清单台账，明确了整改事项、整改措施、完成时限和整改实效。各级党组织负责人切实履行整改落实第一责任人职责，带头落实整改措施，领导班子成员按照分工抓好相关工作落实，抓好牵头负责的班子整改任务落实和教育实践活动联系点的整改落实。各级党组织对领导班子和党员干部的整改情况及时进行公示，自觉接受群众监督。目前，教育局党委领导班子“四风”方面存在的 17 个突出问题以及领导班子成员的个人问题已全部按时、高质量地完成整改。局党委高度重视省、市、区确定的专项整治任务的整改落实，联合物价、财政等部门对中小学收费进行了专项检查，进一步规范了教育收费。通过推行城区名校兼并农村薄弱学校、大力改善农村学校办学条件、增加农村学校评选东昌名师的比例、落

* 本文原载“聊城教育信息网”(2015-2-15)。

实农村机关事业单位工作人员的补贴政策、深入开展城乡学校教师“一对一”交流等措施,推动了城乡义务教育均衡发展。同时,与市区有关部门积极配合,加大资金投入,下大气力整治学校及周边环境,完成整改问题160多个。严格落实义务教育招生政策,从严规范学籍管理,城区学校“大班额”问题得到有效缓解。在此基础上,局党委抓住热点问题不放松,近日在全区教育系统对党员、干部和教职工的办公用房进行了再次清查。同时,对基层党组织党建、侵害群众利益行为等工作进行了专项整治,确保上级要求落到了实处。

三是狠抓制度建设。教育系统各级党组织狠抓制度建设。局党委完善建立了《关于认真学习贯彻执行中央八项规定及各级系列作风禁令的通知》和《关于进一步规范全区教育系统党建工作的意见》等18项制度,按程序废止了《东昌府区教育局关于进一步规范学校教职员工请假制度的通知》和《关于加强廉政建设工作的意见》等5项制度,确保各项整改工作持之以恒、久久为功。

东阿县“四大举措”全力创建书香校园建设*

聊城市教育局

为贯彻落实李克强总理在2015年《政府工作报告》提出的倡导全民阅读，建设书香社会的要求，进一步培养广大中小学生的阅读习惯，营造读书氛围，探索建设书香校园新途径，东阿县教育局通过制定举措，全力推进书香校园建设。

一是建立工作制度。各校成立了以校长为组长的活动领导小组，从本校实际情况出发，制订“书香校园”建设规划和具体实施方案，做到科学规划，合理安排，建立起一整套推进落实机制、措施保障机制、考核激励机制，力争目标明确、内容具体、可操作性强，保证活动的有序开展。

二是量化读书指标。各学校根据学生的不同年龄阶段，按照新课标的推荐书目及学生自荐、互荐的书目，倡导坚持“五点”读书方式：每天摘一点、每天背一点、每天读一点、每天写一点、每天讲一点。各学校要在此基础上细化不同年级学生的适度书目，制定科学合理、分层分类的量化指标。

三是创造读书条件。在时间保障上，各学校要通过晨读、开设“大阅读课”等形式，保障学生有必要的读书时间。每周从自习课中抽出一节安排为阅读指导课或读书交流会，由语文教师对学生进行阅读指导、答疑解惑，或向学生推荐介绍好书、交流读书心得等，同时与作业布置结合起来，不过分加重学生课业负担。

四是丰富活动载体。建立“学生读书成长手册”，将读书活动中读到的精彩片段、好词好句、名人名言、心得体会以及每学期制订的读书计划、参加读书实践活动的作品及获奖情况等记录下来。结合实际工作情况，开展读书成果交流展示活动，分层次、分类别、有计划地开展图书推荐会、赏诗会、读书笔记和手抄报展览、读书报告会、专题讨论会、演讲比赛等系列活动，为学生搭建展示读书成果的平台。

---

* 本文原载“中国山东网”(2015-3-10)。

聊城市“七项要求”构建教育新局面*

聊城市教育局

2015年3月9日，聊城市委常委、常务副市长耿涛到市教育局调研指导教育工作，和大家共商教育发展大计，共谋教育改革良策，共同推动聊城市教育事业稳步健康发展。市政府办公室调研员杨连柱陪同调研。市教育局领导班子成员、相关科室负责人参加了座谈会。

会上，市教育局相关班子成员全面汇报了近期教育工作的开展情况，包括基础教育综合改革情况、大班额问题解决情况、教师队伍建设情况，市实验幼儿园、市特殊教育学校和新高中建设情况，职业教育发展情况，校车安全问题等，并对当前教育工作存在的问题及下一步工作提出了意见和建议。

在听取汇报的过程中，耿涛不时询问并探讨有关教育发展问题。他指出，教育是基础性、先导性、全局性的重要工作，涉及千家万户，关乎群众切身利益，关系国家、民族的未来和希望，要始终把教育摆在优先发展的战略地位，在新常态下砥砺前行，奋力开创教育发展新局面，不断满足群众接受更多更好教育的殷切期盼。

对做好今后教育工作，他提出七点要求：一是要努力办好人民满意教育。要把握工作基本原则和基调，吃透上级文件政策、会议要求；要以提高群众满意度为目标，建立教育满意度测评机制，把教育惠民措施落到实处。如解决农民工随迁子女就近入学、大班额、课外辅导等实际问题。二是要树立“大教育”理念。学前教育、基础教育、职业教育各学段要贯通一致，共享资源，共育人才。三是要以开明人士办学校。多年来，聊城市各学校积极探索发展的新路子，涌现出很多特色学校，形成了“百花齐放，百家争鸣”的局面，要不断总结分析这些先进经验，正确引导，鼓励学校不断探索创新，在此基础上在全市推广经验，彰显效益。四是教育改革要积极稳妥。现阶段，教育面临很多新问题，各项改革

* 本文原载“中国山东网”(2015-3-12)。

都要在广泛深入的调查研究和充分征求意见的基础上，采取审慎的态度推进，要顺应改革，在改革面前打好主动仗。五是要为教育办实事。切实把教育理念由务虚转向务实，不能只做宏观指导的文章。要扎实做好市实验幼儿园、市特殊教育学校和新高中建设工作，做好中小学食堂餐厅的建设工作，做好校车管理工作。六是要按“好教师”的要求抓队伍。教师工作是塑造灵魂、塑造生命、塑造人的工作，要建立一支师德高尚、业务精湛、结构合理、充满活力的高素质专业化教师队伍，要按照师德建设的总体要求在全市教育系统争创“好老师”。七是要坚持依法治校。学校要按照依法治国的要求，加强法制教育；要实行民主管理，切实保障师生权利；要积极开展学校周边环境整治，给师生创造一个良好的学习、生活环境；要充分发挥法制校长的作用，教育学生学法、懂法、守法。

阳谷县教育系统三个“狠抓”全力维护学校安全稳定*

曹 青

学校安全事关学生的健康成长、家庭的幸福和社会的稳定。阳谷县教育系统坚持“安全第一，预防为主，源头遏制，过程监管”的方针，把安全工作纳入学校的重要议事日程，常抓不懈，确保学校安全工作不留“盲区”，不留“死角”。

一是狠抓学校安全常规管理。各学校认真分析学校安全工作中存在的薄弱环节，对照县教育局下发的每个安全工作文件要求，明确目标，健全组织，排查隐患，制订全面详细的预防措施，并在日常工作中狠抓落实，严格执行。建立符合本单位实际的应急救援预案，一旦出现安全问题，严格按制度执行，积极稳妥地处理善后事宜，严防事态进一步恶化。

二是狠抓学校安全教育。对教师、学生进行全面的安全教育，把安全教育与中小学生日常行为规范教育、行为习惯的养成有机地结合起来，并适时开展安全应急演练，切实提高学生的安全意识和自我保护能力。

三是狠抓安全的隐患排查、整改。各学校利用开学初这段时间，集中开展了安全工作大检查，认真排查各类安全隐患，对各类安全隐患及时发现、及时整改，不等、不靠，明确监督责任，严防死守，防患于未然。目前，阳谷县各学校安全工作组织逐步健全，管理制度逐步完善，学校安全工作取得了显著成效。

---

* 本文原载“聊城市政府网”(2015-3-24)。

聊城东昌府区“全、准、实”把脉全区初中教学*

聊城市教育局

东昌府区教育局对全区20所初中学校开展的为期4周的教学视导成果进行了研究汇总，形成了包含20份各初中学校的教学视导报告和1份全区初中教学视导总报告在内的《2014年度东昌府区初中教学工作报告》(简称《报告》)。《报告》中翔实准确的数据、详尽全面的情况、优势亮点的挖掘、主要问题的剖判、具体可行的建议为把脉全区初中教学提供了充分可靠的依据。

一是全区初中教学基本情况把握得“全”。《报告》对每所学校的教师队伍、学生情况、教学质量进行了全面分析，其中教师队伍具体到人，包括年龄特点、任教学科、个人学历、荣誉分布等项目；学生情况包括学生人数、班级人数、寄宿情况、各年级学生整体素质特点等项目；教学质量全面体现了学校的强项学科和弱势科目、2013年和2014年学业水平的对比情况等。

二是优势亮点挖掘和主要问题剖判得“准”。《报告》从课程建设、课堂教学、教学管理和教学研究等方面汇集材料，对各学校的实际情况进行逐条分析，本着利于学校特色发展的原则，挖掘每个学校的优势亮点，并剖判各校现存的主要问题。如某中学拥有一支年轻而和谐的教师团队是其优势，校本课程开发和实施居于全区前列是其亮点，教师队伍过于年轻、经验不足、授课能力不强是其主要问题。

三是意见建议和改进措施提出得“实”。《报告》从课程建设、课堂教学、教学管理和教学研究等方面着手，提出意见建议和改进措施。在课程建设上，要求各校因地制宜，创新思维，合理规划、调剂、整合、分割课时，探索实行“弹性课时制”，充分挖掘和利用学校现有的各种教室、功能室、活动中心等场地，实施“选课走班”。在课堂教学上，着重强调构建生本课堂，开展有效课堂研讨活动，

* 本文原载“中国教育在线”(2015-4-28)。

加强“小组合作学习”课题研究，加大网络教研的要求。在教学管理上，从常规管理、教学评价、教师成长、家校共育、特长生培养、学校文化等层面进行分析和指导。在教学研究上，就如何增强教学研究的有效性提出指导性建议。

聊城市 100 名监督员
获聘上岗监督教育行风*

聊城市教育局

2015 年 6 月 12 日，聊城市教育局隆重举行百名教育行风监督员聘任仪式。聊城市委常委、常务副市长耿涛，市委常委、市纪委书记张宝泉出席会议，市政府办公室调研员杨连柱、市教育局党组成员、全体教育行风监督员参加了会议。

会上，市教育局局长、党组书记哈宝泉宣读了《聊城市教育局关于聘任全市教育行风监督员的通知》（聊教字〔2015〕82 号），出席会议的领导为教育行风监督员代表颁发了聘书。

耿涛在讲话中指出，聘请教育行风监督员，有利于动员社会各界积极建言献策，增强教育工作的科学性和民主性，也有利于把各种监督力量有机结合起来，形成监督合力，增强监督实效，还有利于加强教育行风政风建设，提升教育形象，促进教育事业跨越发展。他强调，全市教育系统要以聘请行风监督员为契机，进一步加强自身建设，切实转变工作作风，推进依法行政、依法治教，推动教育工作跨越发展。教育行风监督员要充分行使权力，加强对教育事业的关心、关注和关爱，对教育工作提出宝贵的意见、建议，形成教育合力，真正架起政府机关和人民群众之间的桥梁，共同推进教育行风建设，树立聊城教育新形象，促进教育事业跨越发展。

张宝泉在讲话中指出，聘请教育行风监督员彰显了聊城市教育局履行党风廉政建设主体责任的坚定决心和政治担当，是新形势下加强政风、行风建设的有效举措，必将对教育系统政风、行风建设发挥重要的推动作用。他要求，教育行风监督员要坚守责任担当，切实履职尽责：一是要当好监督员。善于发现、敢于指出教育领域作风建设方面的问题，特别是损害群众利益的突出问题，帮助教育系统整改、提高。二是要当好咨询员。要在了解教育大政方针的基础上，

---

* 本文原载“中国山东网”（2015-6-16）。

紧紧围绕市委、市政府的中心工作，广泛收集社情民意，抓住教育方面群众反映突出的问题，深入分析并提出合理化的建议。三是要当好宣传员。积极向群众宣传教育方面的法律法规和相关政策，及时消除群众对教育工作的认识盲区，赢得群众的广泛认可。

据悉，聘请教育行风监督员，是新形势下加强教育系统党风廉政建设的有效举措，也是教育工作接受社会监督的有效载体。聊城市聘请的100名教育行风监督员有省市人大代表、政协委员、学生家长和群众代表，还有来自新闻媒体、市县有关职能部门的同志，覆盖面广，代表性强，综合素质高。行风监督员承担着传递社情民意、监督部门行风问题整改的职责，将成为全市广大教育工作者联系学生、家长和人民群众的桥梁和纽带。

茌平县"四举措"顺利完成2015国家义务教育质量检测工作*

王小会

在茌平县教育局的周密安排与精心部署下，参与国家义务教育质量监测的相关人员完成了对该县20个样本校四年级和八年级数学、体育与健康两个学科的教师和学生的监测工作。

一是成立了以局长为组长的监测工作领导小组。根据上级的要求，制订了具体的实施细则方案，在实施的过程中，做到目标具体、责任明确、保障有力、数据真实。

二是严格按照时间节点完成各项准备工作。根据省监测工作领导小组的安排，及时登录监测平台，下载App系统，准时完成学校信息上报、确认样本校抽样结果，参加省监测工作培训会，审核并提交样本校测试年级教师和学生信息。

三是召开专题会议，加强宣传培训，确保监测工作顺利实施。通过校长、信息员动员会，宣传义务教育质量监测工作的重要性和基本要求，通过测试程序与规范培训会，帮助所有参加监测工作的人员明确测试程序、工作职责，通过信息员强化培训，保证各项工作准时和高效完成；通过体育监测员现场监测模拟演练培训，保障监测工作的流畅和顺利完成。

四是加大宣传，向社会公开，强化社会监督。教育局统一为样本校制作社会公示条幅、学校公示栏，公布社会监督电话，并安排熟悉业务的人员专门值班、接听电话、记录监测情况等，通过社会监督，进一步确保监测工作的真实性与客观性。

五是成立专门的问题排查小组，到所有样本校逐项落实，完成测前准备问题的排查工作。各责任督学深入样本校监督、指导样本校的各项工作，严格按

* 本文原载"聊城市教育信息网"(2017-8-14)。

照《组织工作手册》的要求进行测试前的各项准备工作；县领导小组所有成员在测试前一周内，对所有样本校的准备工作进行逐校检查。与参加监测工作人员进行座谈、排查安全隐患等，及时解决发现的问题，确保监测工作顺利开展。

测试当天教育局组成三个巡查小组，协同省巡视员深入样本校了解测试组织和开展情况。测试过程中，工具包的领取、学生检录、学生测试与问卷、教师和校长问卷、下午体育检测、各类试卷的封装、工具包的送回等工作开展得有条不紊，无特殊事件发生，采集数据真实、客观、有代表性。

用“巧办法”盘活教师队伍*

石　琳

聊城市度假区为建设一支高素质的教师队伍，营造优秀教师不断涌现的良好教育局面，全面盘活教师队伍，积极致力于学习型学校的建设，全体教师的创新素质与研究能力得到进一步提高。

一、转变观念，全面提升学校品位

度假区开展了师德师风建设年活动，组织广大教师深入学习《教育法》《教师法》《未成年人保护法》等，撰写自查报告书，开展师德演讲活动，征集学生、家长对师德、师风建设的意见，通过各种方式引导教师牢固树立正确的世界观、人生观、价值观，增强教书育人、以身立教的责任感和使命感。度假区社发局发出“寻找身边的师德榜样”号召，开展“十大师德标兵”评选活动，全区教师“树立高尚的道德情操和精神追求，静下心来教书，潜下心来育人”的教育理念蔚然成风。

二、制定政策，激发教师学习的积极性

度假区各学校分别制定了优惠政策激发教师学习的积极性。其中，度假区实验小学的做法尤为突出。该校青年教师占60%，他们乐于进取、奋发向上，为鼓励教师读书、学习，学校出台了“为教师订购杂志补贴50%”的政策，并出资为教师购置教育教学理论的书籍，编列读书目录，丰富教师的读书内容，为教师创设了良好的读书氛围，调动了全校教师读书、学习的热情。自2012年以来，该校先后派教师到苏州、南京、烟台、泰安、北京、青岛等地外出学习，每次外出学

---

* 本文原载“中国山东网”(2015-7-23)。

习的教师们都带着任务去，回来后要向全体教师作学习汇报、谈感受，讲解前沿教学理念、教学活动。

三、请进来，走出去，培育学习型教师群体

一是寻求先进的理论指导，营造良好的学术氛围，提高培训层次。针对度假区实际，积极调整思路搭建合作交流平台，实施参与式培训，实现名师、名校培养目标。社发局多次组织业务校长、骨干教师到韩集中学参观学习。

二是立足校本培训，接力“青蓝工程”，通过培养大批具有示范带头作用的名教师，以点带面，以教师的先进性来激发和带动学校教师队伍整体素质的提高。

“名校带动”战略让弱校变强*

聊城市教育局

东昌府区深入实施“名校带动”战略，把新建、改建和薄弱学校通过兼并整合等方式交由城区名校带动，被带动学校在办学条件、师资、管理水平和教学质量上迅速和名校拉平。这种做法在短时间内满足了群众对优质教育资源的需求，促进了教育公平，成为城乡义务教育均衡发展的有力推手。

一、一体管理，充分融合

城区名校采取“一套班子，两个校区，统一管理”的运作机制，对分校实行人财物一体化管理，共享办学理念、管理经验、师资力量和校园文化，分校和总校优势互补、协同发展、同步运行。2014年，东昌府区进行了城区名校兼并农村薄弱学校的试点：先后把侯营镇田庄小学并入文苑小学，闫寺街道办事处中学并入聊城实验中学，岳庄小学和八东小学并入聊城实验小学，完成兼并后，被兼并学校作为名校的分校，人财物由名校统一管理。东昌府区为带动田庄校区尽快提升，文苑小学、实验小学制定了“人员互置”方案，让田庄校区和文苑小学校区、实验小学校区和岳庄小学校区等管理人员、师资全部置换，迅速打开了工作局面。实验中学将其先进的教学理念、规范的管理模式全部应用于闫寺街道办事处中学，使其教育教学水平得以快速提升。

二、加大投入，加快建设

聊城二中附属文苑小学兼并侯营镇田庄小学后，区财政投资83万元对校园、校舍进行集中整修，文苑小学筹措资金30多万元，填补了分校建设的资金

* 本文原载“中国山东网”(2015-8-10)。

缺口;实验小学兼并岳庄小学后,区财政投资 30 多万元、实验小学自筹 30 多万元用于岳庄分校的建设;实验中学针对闫寺街道办事处中学的实际,积极协调,争取上级扶持资金近 100 万元,解决了学校债务问题,办学条件显著改善。

三、成效显著,群众满意

“名校带动”战略实施 10 年以来,由城区名校带动的 16 处城区新建、改建和薄弱学校的教学质量快速提升,有 7 处学校从名校独立出来,发展成为新的名校,优质教育资源迅速大规模扩张,城区薄弱学校已全部消除。在被二中附属文苑小学兼并前,侯营镇田庄小学破败不堪,适龄儿童本应超过 200 人,但在校生却不足 20 人。田庄小学由文苑小学带动的当年,在校生就猛增至 200 多人,现在已经超过 400 人。闫寺中学由实验中学兼并后,招生人数由被兼并前的 210～220 人增加到 440 人,大大缓解了城区中学的办学压力。“名校带动”战略的深入实施,大大减轻了群众的经济负担,消除了因为择校、通勤带来的各种交通安全隐患。文苑小学兼并田庄小学后,和以前让孩子进城择校上学相比,每个家庭一年能够节省至少上万元费用。同时,城区名校带动农村薄弱学校,使区域内的其他农村学校形成了“鲶鱼效应”,进一步促进了农村教育水平的整体提升。孩子就近入学,让当地群众能够拿出更多的时间、精力和资金,安排生产、照顾老人、教育子女,促进了经济发展和文明乡村建设,增进了社会和谐,受到群众的普遍欢迎。

临清市暑期家访获点赞[*]

聊城市教育局

为了进一步增进家校沟通，更全面地了解学生的学习和家庭情况，近日，临清市新华中学拉开了暑假家访活动的序幕。

临清市新华中学的干部及班主任共15人参与本次家访活动，3人1组，分5组对辖区内30多个村庄即将升入初二、初三的学生进行了家访。根据假期前学生学习互助小组安排，每个村庄中有1～2名学习小组组长，在家访活动中负责召集小组成员及家长。每到一个村，家访的教师都会受到热烈的欢迎。老师们针对学生们的作业完成及在家表现情况和学生、家长进行了真诚的交谈，一起围绕学生的学习、生活、青春期的叛逆等交流了思想。学校干部向家长传递了学校办学理念并进行了家庭教育指导，广泛征求家长意见，明确了学校在管理和教学中的不足，为新学期新华中学教育教学工作的进一步完善提供了好思路、好办法。

本次家访获得了社会的认可和赞誉。左西店、范尔庄等村的村委会人员充分利用村广播迅速召集家长和学生，让老师们无比感动。家访也给学生留下了深刻印象，他们感受到了老师的关怀，在老师的肯定与鼓励中，更加自信地面对学习和生活。家长们热情的接待、对家访工作的高度支持和赞同，让老师们收获了充实与感动。

炎炎夏日，新华中学家访在行动，走进家庭，走近孩子，用真诚、热情和爱践行了家访最本色的教育初衷。

---

* 本文原载“聊城新闻网”(2015-8-13)。

高唐县强弱互补 313名城乡教师交流轮岗*

聊城市教育局

为落实《山东省关于推进基础教育综合改革的意见》，推进中小学教师“县管校聘”管理改革，2015年秋季开学前期，高唐县出台了《关于推进义务教育学校教师校长交流工作的实施办法(试行)》，决定在县域内开展教师交流轮岗，进一步均衡城乡师资。9月1日，该县参与交流轮岗的313名中小学教师全部到岗。其中，54名城区骨干教师到农村中小学支教，54名农村中青年教师到城区学校跟岗学习，205名教师参与校际间的学习交流。

一、明确交流原则

一是试点先行，全面推进。高唐县确定了7个实验区，“交流轮岗”试点工作在这7个实验区内同步推进。通过区域试点，摸索经验，完善方案，为在全县全面推进“县管校聘”管理体制改革打下了基础。二是统筹兼顾。统筹学校需要和交流对象的实际情况，兼顾学校的办学特色与优势，兼顾交流对象的工作、生活和家庭实际情况，保持教师队伍的动态平衡，维护学校良好的教育教学秩序。三是城乡互动，强弱互补。轮岗交流的主要方向是超编学校流向缺编学校、优质学校流向薄弱学校、城区学校流向偏远学校。

二、确定交流对象

本次交流的对象是指在同一所公办学校连续任现职满8年的校长(包括副校长)、在同一所公办学校连续任教满6年的教师。本次轮岗交流的主体是中青年教师，流动的重点对象是学校干部和骨干教师。确定交流后，服务时间不少于3年。

---

* 本文原载“中国山东网”(2015-9-7)。

三、多渠道交流

一是实验区内交流。各实验区根据教师队伍发展的需要，校长和骨干教师以及超编学校教师在实验区内交流。骨干教师的交流方式是城区学校教师向农村学校流动，超编学校教师向农村薄弱学校流动，农村青年教师到城区学校跟岗学习。二是镇（街道）联校内交流。联校根据本镇（街）内各小学教师队伍的学科、职称和年龄结构均衡配置，制订交流计划，实施镇内教师交流。三是跨实验区、跨学段教师交流。各实验区及所属学校按照教师学科配备的要求，在本实验区无法解决师资配置的情况下，可以向县教育局提出申请，经县教育局研究批准后，可跨实验区、跨学段为申请学校调配交流急需的学科教师。

四、强化保障措施

本次交流要求各学校重新修订完善本单位《教职工教育教学工作考核评估细则》和《绩效考核实施方案》，制定相应的激励政策，鼓励教职工积极参与交流轮岗工作。城区学校到农村中小学轮岗交流教师、校长享受乡镇岗位交通生活补贴，经考核合格的交流轮岗教师在评先树优、职称评聘等方面给予优先考虑。考核不合格的教师则退回原学校待岗，待岗期间只享受基本生活待遇。

高唐县强调在交流轮岗过程中，要从实际出发，严格程序，规范操作，严肃纪律，加强监督，确保交流工作公平、公正、有序开展，对违背政策和程序的聘任行为，坚决予以查处。

冠县多措并举破解“大班额”难题*

申洪举

针对“大班额”现象，冠县加大投入，优化师资，调整布局，多措并举全力破解“大班额”难题。

一是多渠道筹集资金。县财政在确保用足用好上级各项教育支持资金、统筹各类民生支持资金的基础上，多渠道筹集解决“大班额”所需资金，确保规划任务如期完成。积极争取金融支持，在省、市统一组织下，利用多种融资渠道，补足各级财政资金不足部分。将学校建设新增土地编入县级年度用地计划，新增用地指标、盘活的存量土地和城乡建设用地增减挂钩等节余指标优先用于解决“大班额”问题。

二是扩建城区学校。新建城区第五小学，改建清泉街道代屯小学，改建崇文街道中学为小学。崇文街道中学异地新建，2017 年暑假开学前完成学校整体建设。2016 年完成县实验高中建设，目前一期建设主体基本完工。2017 年启动第四高中建设，总投资 3 亿元。

三是扩大名校办分校范围。继续坚持名校办分校、托管薄弱学校等好的经验与做法，充分挖掘城区周边教育资源。2016 年，县实验小学、县第二实验小学、冠星小学分别托管周边一所街道所属小学，小学每年增加 270 个学位。

四是改善乡镇中小学的办学条件。高标准规划全县乡镇初中和中心小学 40 所，规划一步到位，建设分期实施，办学条件与城区学校一个标准，减少农村适龄儿童向城区流动人数。新建东古城镇第二中学，每年增加学位 500 人，2017 年一期工程建成投用。创新招考模式，突破户口等资格限制，在编制不足时招考聘用制教师，满足扩大办学规模的师资需求。通过撤并、改企转制等方式收回的事业机构编制资源，优先保障新设中小学机构的编制需要。

五是全力支持民办学校发展。大力支持民办学校发展，支持企业、社会团

---

* 本文原载“冠县政府网”(2015-11-3)。

体和个人等社会力量通过独资、合资、合作等形式举办中小学校。采取派出公办教师支教、购买学位、落实民办学校与公办学校教师同等待遇等措施，支持社会力量举办中小学。目前全县3所民办学校运行良好，每年可增加小学学位540个、初中学位400个。

聊城推进2017年实现中小学教师“县管校聘”*

聊城市教育局

为在更大范围内提高教师调配和交流的程度，盘活教师资源，解决教师紧缺问题，日前，聊城市出台了《关于推进中小学教师县管校聘管理改革的实施意见》(以下简称《意见》)。

该《意见》自2015年9月正式实施。2015年，在阳谷县、高唐县进行试点；2016年，扩大试点范围；2017年，在全市全面推行。“县管校聘”管理改革的实施范围为聊城市公办中小学在编在岗教职工，在强化县域统筹功能的基础上，落实学校用人自主权，为教师合理交流轮岗提供制度保障，将进一步促进区域内师资均衡配置，大力推进教育公平。

实施“县管校聘”，“学校人”变为“系统人”。《意见》规定，要加强县(市、区)域内义务教育教师的统筹管理，推进“县管校聘”管理改革，打破教师交流轮岗的管理体制障碍。各级教育行政部门同有关部门制定本区域内教师岗位结构比例标准、公开招聘和聘用管理办法、培养培训计划、业绩考核和工资待遇方案，规范人事档案管理和退休管理服务。政府有关部门要简政放权，进一步扩大学校在教师公开招聘工作中的参与权、话语权、决定权。中小学依法与教师签订聘用合同，负责教师的使用和日常管理。教师交流轮岗经历纳入其人事档案管理。按照“总量控制，统筹城乡，结构调整，有增有减”的原则，建立区域内中小学教职工编制“总量控制，动态调控”机制。机构编制部门会同财政、教育行政部门根据生源变化和教育教学改革需要，定期核定教职工编制。对学生规模较小的村小学、教学点，按照教职工与学生比例和教职工与班级比例相结合的方式核定教职工编制。教育行政部门在核定的编制总量内，按照班额、生源以及师资结构等情况将名额具体分配到各学校，实行动态调整，并到机构编制

* 本文原载“齐鲁网”(2015-10-1)。

部门和财政部门备案后实施。机构编制部门会同教育行政部门、人力资源和社会保障部门及时确定每年用编进人的计划总量，保证专任教师"退补相当"，确保区域内所有中小学开齐开足国家规定的课程。

全面推行中小学新任教师公开招聘制度。建立完善区域内中小学岗位设置动态调整机制，调整完善中小学岗位结构比例，根据学校编制的变动情况，及时调整岗位数量。在分配专业技术中、高级岗位时，应向农村学校、薄弱学校倾斜。按照规定，农村、偏远地区中小学和薄弱学校中、高级职称岗位的设置比例，可在规定的比例上限内上浮1～2个百分点。除国家政策性安置、按照人事管理权限由上级任命、涉密岗位等人员外，新进教职工一律实行公开招聘。教师公开招聘的办法，要符合教育教学规律和教师职业特点，突出职业道德、职业精神、专业素养和从教潜能。增强公开招聘教师工作的科学化、精细化，考试科目的设置和内容要突出岗位特点和职业适应性。创新招聘形式，可探索采取先面试后笔试的办法，使热爱教育事业、真正适合当教师的人才进入教师队伍。

教师考核连续两年被确定为不合格等次，学校可依法解除聘用合同。落实学校用人自主权，聘用学校按照有关规定做好教师考核评价、评先树优、职称评聘、工资分配等管理工作。全面落实中小学教师聘用合同管理，做好聘用合同的签订、履行。搞活内部用人机制，加强教师的工作考核，并将考核结果作为调整岗位、工资以及续订聘用合同的依据，对不能完成工作任务的人员要进行转岗或低聘，真正建立人员能上能下、能进能出的竞争性用人机制，激发中小学人才活力。鼓励有条件的县（市、区）依托现有机构，统筹负责中小学教职工人事档案的集中管理、教师资格定期注册管理以及有关服务工作。县（市、区）教育行政部门及其他有关部门要根据本地实际，建立县（市、区）域内教师在城镇学校和农村学校、优质学校和薄弱学校之间双向流动的长效机制。县（市、区）域内校长教师交流轮岗需要办理人事调动手续的，由教育行政部门提出方案，按照干部人事管理权限到有关部门办理相应手续。切实做好交流轮岗教师退休后的服务和管理工作。建立以师德、能力、业绩、贡献为核心，学校、教师、学生、家长和社会多方参与的教师评价机制。通过严格考核、科学评价，逐步建立教职工退出机制。教师年度考核被确定为不合格等次的，学校可以调整岗位，或者安排其离岗接受必要的培训后再调整岗位，教师无正当理由不同意变更岗位的，或者虽同意调整岗位，但到新岗位后年度考核仍不合格的，学校有权按照规定程序单方面解除聘用合同；连续两年被确定为不合格等次的，依法解除聘用合同。学校制定的教职工竞聘方案、考核办法等，须经教职工代表大会审议通过后实施。聘任和考核结果须公示7个工作日以上，充分保障教职工的参与权和监督权。对学校违背政策和程序的聘任行为，坚决予以查处。要不断提高教师的社会地位,确保教师的平均工资水平不低于或者高于当地公务员的平均工资水平。

“县管校聘”管理改革2017年在聊城市全面推行。实施中小学教师“县管校聘”管理改革是推进区域内义务教育均衡发展、保障教师交流轮岗工作顺利实施、实现师资均衡配置、办好人民满意教育的重要举措。

冠县三力齐发把学校建成让学生最留恋的地方*

申洪举

近年来，冠县按照“全面改薄”20 条底线要求，加大投入，整体推进，确保 2018 年完成“全面改薄”工程，全面改善办学条件，把学校建成让学生留恋的地方。据悉，冠县全面改薄学校 123 所，规划总投入 50550 万元。

一是强化领导力，明确责任。县政府成立由县长任组长，分管副县长任副组长，发改、住建、教育、财政等部门主要负责人为成员的“全面改薄”工作领导小组，具体负责组织协调、监督指导、检查验收等工作。各乡镇(街道)均成立相应的领导小组，具体负责“全面改薄”工作，一级抓一级，层层抓落实，确保政策执行到位，措施落实到位，工作标准到位，任务完成到位。

二是强化执行力，注重实效。县工作领导小组召开培训会，完善各项制度，制定工作标准，明确工作要求。对照标准，分学段、分类别做好统计，将 123 处学校纳入薄弱学校改造范围。在充分论证的基础上，制定“全面改薄”实施方案，确定工作任务和资金需求，实行一校一方案、一校一规划。根据全县总体工作目标和任务量，分 2014～2018 年度列出时间表和路线图，确定年度任务和目标，核算经费需求。根据实施方案，实行规范化管理。由教育部门组织勘察、设计并由县政府采购办委托中介机构进行公开招标，由监理公司、县质监站进行工程监理和质量监督，分阶段验收。项目竣工后，教育局组织县质监站、监理公司、财政、消防等部门共同验收，由县质监站出具工程竣工验收备案证书，全部工程资料由教育部门统一收集归档。

三是强化落实力，高标准规划。冠县对全县中小学建设规划做出新部署，聘请了 5 家具有专业资质的省级设计院，按照“规划一步到位，建设分步实施”的原则，对全县中小学进行校园总体规划，由县规划项目审批委员会评审后实

---

* 本文原载“聊城新闻网”(2015-11-5)。

施。第一批确定了首批20所学校的选用方案。规划交稿后将马上进行施工图设计,年底前完成前期准备和招标工作,春节后开工建设。同时,第二批20所学校的规划工作正在准备,待第一批规划结束后启动。

高中三校同堂竞技　助推青年教师成长*

王世勇

近期，阳谷县举办了高中三校青年教师“同课异构”赛课活动，全县300余名教师参与了听评课活动。

本次活动按学科进行，由阳谷县教育局高中教研室具体组织实施。活动期间，每学科安排3节公开课，授课教师分别由3所高中学校择优推荐产生的27名青年教师组成，三校同年级同学科教师参与听评课。活动过程中，对授课教师和听课教师进行双向评价，当场评出优秀听课意见若干条，第一时间从“可取之处”和“改进建议”两方面对青年教师的课作出反馈。三校青年教师同堂竞技，碰撞出了高中教学中的思想火花，传递了高中教学正能量，收到了“新课标理念得以渗透，教材挖掘得以深化，重难点得以突破，教育自信得以增强”的预期效果，切实助推了三校青年教师的成长。举办“同课异构”赛课活动，旨在加强三校间的交流与合作，实现“相互学习，相互启迪，相互借鉴，共同进步”的目标。

---

* 本文原载“聊城新闻网”(2015-11-18)。

聊城市首批157名教育志愿者送教下乡*

聊城市教育局

“我宣誓:从今天起,我志愿做一名光荣的教育志愿者……”12月6日,聊城市教育志愿者送教下乡启动仪式顺利进行,市委宣传部副部长赵昌军,市教育局党组书记、局长哈宝泉为志愿者代表授“送教下乡”教育志愿团团旗,全体志愿者进行了庄严宣誓。

此次活动由聊城市委宣传部、聊城市教育局共同举办,共有157名教育志愿者。他们均为名师和教学能手,将为聊城教育薄弱地区14个学科的5700多名农村教师送去先进的教学理念和管理方法。仪式首先由教育志愿者刘东海、李淑婷老师宣读了倡议书。最后,哈宝泉局长提出殷切希望:一是希望广大志愿者积极努力,始终不渝地追求“一个梦想”(让每个孩子享受更好的教育),倡导“两种精神”(奉献精神和专业精神),实现“三个愿景”(学生健康快乐成长,教师敬业乐业,家长、社会满意);二是希望全市广大教师和教育工作者积极参加教育志愿服务行动,弘扬正能量,唱响主旋律;三是希望各县(市、区)教育局、各学校大力支持教师参加教育公益服务活动,有组织地开放学校校舍、图书馆、运动场、教学器材设备等资源,为开展教育公益服务活动提供必要的条件;四是希望各高校积极组织广大青年学生参加志愿服务活动,在志愿服务活动中锤炼品格,增强服务社会的意识和能力。

为了更好地完成此次活动,实现教育均衡发展,哈宝泉局长还提出了五点要求:一是用“321”工作思路来引领。通过大力推进教学质量、师德建设、立德树人三项重点工作,凝聚起积极向上的力量,促进全市教育均衡发展。二是用扎实学识来带动。要坚持知识育人,扎实的知识功底和科学的教学方法是老师的基本素质,要用扎实的学识来提高教学质量,用扎实的学识来带动教育事业。三是用宽阔胸怀来影响。教育事业是现代化的、面向未来的,作为教育工作者,

---

* 本文原载“聊城新闻网”(2015-12-7)。

开阔的眼界、宽广的胸怀、宽阔的思路是实现教育事业的根本途径。四是用厚德载物来塑造。教师要“以德为先”,不能犯德薄而位尊、智小而谋大、力小而任重等错误,而是要做到德才兼备,不断提升各方面的素质和修养,努力成为一名称职的好老师。五是用担当责任来号召。全体教育志愿者乃至全体教师要具有担当奉献的精神,要有海纳百川的胸怀、气吞山河的气概、咬定青山的韧劲,要在教育的基层兢兢业业,为教育均衡发展贡献力量,为办好人民满意教育添砖加瓦。

茌平县家庭教育讲师团在振兴中学成立*

王小会

2016 年 1 月 8 日，茌平县家庭教育讲师团成立暨研讨会在茌平县振兴中学举行。茌平县妇联主席赵培荣、振兴中学校长赵希太出席会议。

赵培荣主席详细介绍了当前茌平县家庭教育团体和个人迅速发展和成长的情况。她说："家庭和谐是社会和谐的基础，当前越来越多的人认识到家庭教育的重要性，而茌平县一些家庭教育的团体和个人也在迅速成长和壮大，为茌平县的家庭教育默默地做着一些事情。"

这次讲师团的成立，为个人和团体搭建了一个平台，让茌平县的家庭教育有计划、有层次地开展下去，为更多的个人和家庭提供服务。讲师团团长、振兴中学心理咨询室主任商玉坤就讲师团下一步的工作提出了意见和要求，建议大家找准自己擅长和努力的方向，选好课题，用自己学到的知识为茌平县的家庭教育做贡献。

---

* 本文原载"齐鲁人才网"(2016-1-14)。

开发区提升教学质量,创新教学模式*

聊城市教育局

为更好地理解并落实全市“初中教育教学工作暨教学质量提升教学模式创新”现场会精神,近日聊城市开发区初中教研室全体人员就如何提升我区教学质量和创新教学模式两个问题召开了专题座谈会。

在提升教学质量方面,各教研员经过认真讨论达成共识,提出“三看”和“三交流”。“三看”:一看备课。教师充分细致地备课是上好课的前提,直接关系到课堂教学质量的高低,有无备课,备课是否充分,教案质量、课堂效果是最好的体现。二看课堂。课堂是师生交流、生生交流的地方,是培养学生思维的地方,也是学生直接获取知识和学会做人的地方,是学生展示的舞台,教师需留出充足的课堂时间让学生自己提出疑问并自主解决问题。三看作业。当前了解学生掌握知识的情况主要是通过作业完成的,学生的作业要有批有改,有改有纠,有纠有析。

“三交流”:一是加强教研员和业务校长的交流,教研工作的开展离不开学校领导的支持,教研员和业务校长的沟通途径应该是多样和畅通的。二是加强全区学科教师之间的交流与合作,通过学科大教研活动,把学科老师的智慧都集结起来,真正实现全区教学资源共享。三是加强师生交流,真正意义上的师生交流不仅仅限于课堂,课前、课后和学生零距离交流也是很重要的,通过交流和学生交心,达到“亲其师,信其道”的效果。

在教学模式创新方面,鼓励各学校根据本校实际情况,结合各学科特点,在原有教学模式的基础上进行大胆改革与创新,做出特色,做成精品。本次座谈会给我区的教育教学工作指明了方向和目标,也为开发区初中下学期工作的有利开展打下了基础。

---

* 本文原载“山东教育厅网站”(2016-1-21)。

高唐县加快课改成果推广步伐*

刘婷美　罗丙唐

为全面推广高唐县第一实验小学“单元整合，多课渐进”主题语文教学模式的课改成果，加快改革成果推广的步伐，2016年1月26日，高唐县举办了“学习推广一实小语文单元整合教学法培训会”。

为改变语文课堂教学中教师过于注重基础知识的现状，自2010年2月开始，高唐县第一实验小学开展了“单元整合，多课渐进”主题语文教学法的课改实验。该校组织相关人员先后五赴潍坊、两赴江浙、一赴京津进行学习调研，组织了六次语文课改推进会，邀请凤凰母语教育科学研究所培训部原主任高林生及省教研室语文教员李家栋到校指导。为使这一课改成果尽快推广，高唐县举办了本次培训会，要求20处实验学校提高认识，逐级成立学习、推广工作领导小组，制定具体实施方案及相关制度和规定，保障实验的顺利进行；要求发挥好第一实验小学课改指导团队作用，开展课改实验培训工作，组织全体实验教师深入研究，切实掌握“单元整合，多课渐进”实验操作规程和方法；要求全体实验教师加强学习，积极反思，不断积累实验经验，为搞好实验工作作出积极的努力。

---

* 本文原载“聊城教育信息网”(2016-2-1)。

阳谷特殊教育走出课堂融入社会*

王世勇

近日，春风习习，气温回升，阳谷特殊教育学校师生一同赴南湖广场参加社会实践活动。

阳谷特殊教育学校本学期继续对学生强化生活技能教育，积极组织学生参加社会实践活动，让学生真真切切地感受社会并融入社会。在此次活动中，教师们热心组织，孩子们踊跃参与，特殊教育学校数十名师生参加。活动过程中，孩子们充分展示了爆米花、配钥匙、擦鞋、砖石画、丝网花等技能，并鼓励孩子们在“比、学、赶、超”的氛围中学习掌握各种技能，勇敢融入社会。

这次实践活动引起了强烈反响，得到了社会各界人士的认可与赞扬。“孩子们的丝网花好逼真！”“孩子的砖石画画得真漂亮！”“爆米花很好吃！”“孩子们真棒！”……现场各种夸赞声不绝于耳。

阳谷特殊教育以体验和实践为手段，以提高学生生活自理能力和社会实践能力为目的，克服障碍，让特殊学生“学会生活，学会学习，学会交往，学会生存”，为特殊学生开辟了一条让学生感受社会并融入社会的通道。

---

* 本文原载“中国山东网”(2016-3-15)。

“五弦齐奏”促教育信息化走出阳谷面向世界*

王世勇　王素娟

2016年6月，在青岛举办的“2016年国际教育信息化创新产品与应用成果展”中，阳谷县教育局被省教育厅选拔为优秀教育信息化区域试点案例参展，将阳谷县的教育信息工作思路推向了世界。阳谷县教育信息化建设及应用水平一直走在全市乃至全省前列，主要得益于“五弦齐奏”。

一、加大投入，完善硬件配备

2012年以来，阳谷县已累计投资8400余万元，为中小学一线教师配备笔记本电脑5260台、触控一体机2569台，在聊城市率先完成了专任教师“人手一机”和“班班通”的配备任务；完成了12座高标准录播教室的建设；完成了教育资源公共服务平台和“人人通”平台的安装部署工作；网络建设已达到“校校通”的指标要求。

二、创新培训，注重实际应用

自2013年初开始，阳谷县实施了以“抓应用”为核心，以“全员培训，督导考核，活动提升”为抓手的教师信息技术应用能力提升工程。为了使多媒体设备真正应用到课堂上，阳谷县教育局在实际调研的基础上，创新培训模式，把培训内容制作成微视频教程下发到学校，每段微视频教程时长3～10分钟，教师可灵活利用课余时间学习，也可反复观看，直到真正掌握为止。阳谷县教育局通过多媒体应用、计算机基础知识全员培训、“专递互动课堂”等活动，增强了教师

---

* 本文原载“中国教育装备网”(2016-7-8)。

信息技术应用教学的能力，促进了信息技术与教育教学的深度融合，提升了教育教学质量。

三、激励热情，巩固培训效果

近年来，为巩固培训效果，进一步激励教师主动应用信息技术进行教学，阳谷县教育局先后举办了两届教师信息技术暨教学应用技能大赛，大赛设置了上机操作考试和课件制作展示两个环节。在课件展示环节中，参评教师现场制作课件并运用触屏一体机进行演示操作，评委进行现场打分并当场公布分数。两届大赛共计 470 名选手参加，大大提高和巩固了教师的电教综合应用能力。每届大赛结束后阳谷县教育局均对成绩优秀的单位和个人进行表彰，同时，各学校每次阶段性考核和技能大赛的成绩，均计入学校督导评估成绩。

四、开展互动，推动均衡发展

自 2015 年 5 月开始，阳谷县开始了"专递互动课堂"的尝试，经过近一年的试验，对互动课堂的技术要求有了比较准确地把握，确定了互动课堂教学模式。从 2016 年 3 月开始，阳谷县从两个方面开展工作：一是开展城区学校与农村学校一对一结对子，同上一堂课，同步听课互动，让农村孩子接受优质教育；二是以乡镇为单位，乡镇中心小学负责监督本乡镇教学点的同步教学教研活动，确保教学点开足开齐课程。目前，城区与农村结成对子的学校都制订了"专递互动课堂"实施方案，规定了具体的时间和课程，每周都会开展互动课及网络教研活动。随着城区学校录播教室的建设，阳谷县将进一步扩大"专递互动课堂"实施的范围，大力促进城乡教育的均衡发展。2016 年 5 月 18 日，省教育信息化专项督导组仲红波主任一行在阳谷县李台联校观看了"专递互动课堂"后，对阳谷的"专递互动课堂"的模式和效果给予了充分肯定。

五、提升水平，开发资源平台

经过近一年的论证，阳谷县于 2016 年 2 月完成了云平台软件和硬件招标工作。目前，阳谷教育云平台已安装部署完毕，将致力于开展阳谷县本地优质资源的建设工作，开展基于网络空间下的教学模式的尝试。阳谷教育云平台的建设目标是：建设区域优质教育资源并实现区域共享；实现网络空间下的教学方式和学习方式的创新；通过建设统一标准的公共服务平台，实现标准化、规范化的大数据管理。阳谷教育云平台的基本要求为:平台整体架构技术先进,使用、升级更方便,符合网络发展趋势,设计和开发基于同一平台;同一平台各功能及页面同时支持 Windows、苹果、安卓系统设备终端直接使用,支持各移动终端屏幕自适应浏览;导航清晰条理,操作便捷,直观易用,功能模块化,结构、流程组合设置灵活合理,适合教学实际,便于管理;确保资源建设、教学教研应用及数据存放的独立性和自主性,保障数据安全;保证资源质量,注重资源的生成和审核过程的合理性与实用性。

莘县“送课进班”助推教育质量提升*

张　强　崔志华　孔卫平

为了推进城乡教育均衡发展，实现城乡教育资源共享，莘县教育局积极开展名师“送课进班”活动。与以往不同是，莘县选聘“本土”名师走进农村中小学，深入到班级，给每个班级的学生现场上课。

据了解，莘县“送课进班”共 2 天时间，98 位名师深入 24 个班级送课进班 192 节，受益学生 1200 多人，涉及语文、数学、科学、英语、音乐、美术等各个学科的教学。莘亭中心小学的一名学生说：“城里老师不但教给我们知识，更多的是教给我们独立学习的好习惯，让我们懂得如何自主学习。”

“送课进班”受益的不仅仅是学生，更让莘县 200 多名农村中小学教师业务素养得到提升。莘县教育局副局长孙石山介绍，名师“送教进班”比“名师送课下乡”更突出了学生的主体地位，让学生学习习惯发生了变化，更让老师的课堂教学得到“回归”，“让老师不光学会教知识，更要注重学生能力和审美情趣的提高，真正让师生成为‘幸福教育’的‘主人’”。

“均衡教育发展，全面提高教育质量，教师这个关键因素必须得到质的提升。‘名师送课进班’，让教师队伍‘互动’起来，共同提高，必将推动我县教育教学质量的全面提高。”莘县教育局局长孙金柱说。

---

* 本文原载“聊城教育信息网”(2017-6-19)。

高唐县全面落实“乡村教师支持计划”*

刘婷美　罗丙唐

为加强乡村教师队伍建设，确保乡村教师队伍稳定，促进教育公平，按照省市要求，高唐县制定了《乡村教师支持计划（2015～2020年）实施办法》（高政办发〔2016〕10号），采取多项措施全面落实“乡村教师支持计划”。

一是重新测算农村学校岗位情况。高唐县结合《关于调整中小学教职编制标准的意见》，重新核定教职工编制。对中小学在校学生数、规模小的教学点班数等有关情况进行摸底，对规模较小的农村小学、教学点按照教职工与学生比例和教职工与班级比例相结合的方式核定教职工编制。教职工编制重新核定后，高唐县根据新核定的编制情况，制定临时周转编制专户建设等相应的教师补充方案。

二是启动乡村教师安居工程。高唐县根据各校实际情况，计划建设231套教师周转宿舍，现已建成并投入使用198套，尚有33套正在建设中。此举将有效解决乡村教师，特别是新教师、交流轮岗教师及实习支教师范生的居住问题。

三是建立乡村教师荣誉制度。高唐县积极鼓励和引导社会力量建立专项基金，对长期在乡村学校任教的优秀教师给予物质奖励。在评选表彰教育系统先进集体和先进个人等方面向乡村学校倾斜。在名师、名校长、特级教师选拔时，乡村学校实行计划单列。

四是大力推进城镇学校校长到乡村学校任职。高唐县大力推进校长交流轮岗的力度，鼓励城镇学校校长、副校长到乡村学校任职。2015年，高唐县农村学校校长出现空缺，通过公开选拔、竞争上岗，4名城区学校管理干部到农村中小学担任校长职务。高唐县计划用5年左右时间，完成乡村学校校长轮换。

---

* 本文原载“今天新闻网”（2016-7-16）。

聊城市政府召开校长职级制改革新闻发布会*

郭　敏

2016 年 10 月 27 日，聊城市政府新闻办公室召开新闻发布会，聊城市教育局局长、党组书记哈宝泉就聊城市中小学校长职级制改革推进情况及相关要点进行了介绍并回答记者提问。哈宝泉介绍，推行校长职级制改革，是顺应国家深化教育改革的必经之路，是加快聊城市基础教育综合改革、推进义务教育均衡发展的重要环节，是实现校长专业化成长的重要手段，是构建现代学校制度的重要举措。推进校长职级制改革，实行校长"职级能上能下，待遇能高能低，位置能进能出"的动态管理机制，对于理顺政校关系、建立现代学校管理制度，破除校长的"官本位"思想、提升校长的专业职业素养，扩大城乡学校校长轮岗交流、推动城乡义务教育均衡发展具有重要意义。

10 月 14 日，市委、市政府召开了全市分类推进事业单位改革暨中小学校长职级制改革工作会议，宋军继市长作了动员讲话，标志着全市中小学校长职级制改革的全面启动。10 月 26 日，在市教育局举行了聊城市中小学校长职级制改革市属学校首聘仪式，对市属聊城一中、聊城三中、聊城市水城中学、聊城市实验幼儿园的校(园)长、书记进行了聘任和任命，代表着聊城市中小学校长职级制改革迈出了关键的一步。

哈宝泉介绍，聊城市校长职级制改革的实施范围为全市公办中小学校、特殊教育学校及幼儿园的校长、园长、党组织书记。各县(市、区)属中等职业学校结合实际，试点实施。

校长职级由高到低依次为特级、一级、二级、三级，其中，一级、二级校长各设一等、二等、三等三个等次，三级校长设一等、二等两个等次，共四级九等。一级、二级、三级校长的比例及细分等级的比例为 3∶5∶2，一级一等校长的数量不超过该职级校长总数的 1/3，特级校长的数量控制在全市中小学校长总数的

* 本文原载"聊城教育信息网"(2016-10-27)。

3%以内。各县(市、区)在实施过程中要根据学校办学规模、办学类型和不同学段等具体情况,在职级总额内适当调控职级比例。原则上,高中学校不设三级校长,高中不足24个班、初中不足18个班、小学不足12个班的学校不设一级一等和特级校长。取消中小学校和干部行政级别。列入校长职级制实施范围的中小学一律取消机构规格,按隶属关系由教育行政部门管理。按照“老人老办法,新人新办法”的原则,现任学校干部保留原有行政级别,纳入档案管理。新任干部不再套用行政级别。新设立的中小学机构不再确定机构规格。校长采取公开选聘方式产生,由组织部门牵头成立选聘领导小组,制定选聘方案后由教育部门具体组织实施。校长的1个聘期为3年,教育行政部门与校长签订聘任合同,明确聘任双方的责任、权利和义务。

首届全国小学名班主任论坛在聊城召开*

郭　敏

10 月 28 日，首届全国小学名班主任论坛暨数学、英语名师课堂教学观摩大会在聊城召开。1000 多位名师齐聚聊城，以“传授经典治班之道、精湛教学艺术”为主题进行了研讨。

聊城市教育局局长、党组书记哈宝泉出席开幕式并致辞。中国教育报刊社宣传策划中心主任王瑜琨，市教育局党组成员、副局长徐化忠出席开幕式。

哈宝泉对会议的召开表示祝贺，对各位名师的到来表示欢迎，并介绍了聊城教育的基本情况。他说，近年来，聊城教育以“321”工作思路为统领，以办好人民满意教育为目标，攻坚克难，开拓创新，教育事业实现快速健康发展，教学质量稳居全省上游。全市现有各级各类学校 1190 所、教职工 54308 人、在校生 81.48 万人，有幼儿园 1492 所、教职工 14176 人、在园幼儿 22.98 万人。杜郎口中学、莘县实验小学和聊城东方双语小学的教学改革走在全国前列。到杜郎口中学参观学习的人数已近百万，2011 年中共中央政治局委员、时任国务委员刘延东同志亲临学校视察并给予充分肯定。莘县实验小学 2012 年底被中国教育科学院树为全国素质教育典型、“小学教育的一枝奇葩”，仅外地到校参观学习考察的人数已达数万人。2014 年以来，全国小学英语教育教学改革高峰论坛、全国普通高中多样化发展和招生考试制度改革研讨会等相继召开，极大地提高了聊城教育在全国的品牌形象和影响力。

哈宝泉指出，小学是人生的奠基阶段，而班主任与学科教师对于学生更好地成长则起着关键性的作用。今天，首届全国小学名班主任论坛暨数学、英语名师课堂教学观摩大会在聊城举行，这既是一次更新教育理念、碰撞思想火花、互相交流学习的盛会，更是聊城市向专家和名师请教学习的难得机遇，它必将

---

* 本文原载“聊城教育信息网”(2016-10-31)。

对聊城市继续深化教育教学改革、进一步提升班主任与教师的教育教学水平和教学质量产生重要的推动作用。本届大会名家之多、规格之高、内容之丰富，在全国也实属少见，希望与会同志把握难得机遇，认真学习交流，借这次会议东风进一步加大工作力度，做好今后工作。

高唐县多措并举留住乡村教师*

刘婷美　罗丙唐

近年来，高唐县采取多项措施，稳定农村教师队伍，确保农村教师能留得住、教得好。

一是解决农村学校教师的午休、午餐问题。近几年，高唐县新招录的小学教师全部被分派到农村小学。这部分教师的吃饭、午休成了一大问题。为解决这一问题，高唐县为每个中心校或教学点的教师集中购置床张，调腾宿舍，配备餐具、厨具，雇佣临时工，负责教师的午餐和饮用水问题。

二是改善农村教师的居住条件。自2015年起，高唐县大力推进“全面改薄”和保障性住房建设项目，投资2234万元为所有农村寄宿制学校建设了教师公寓，面积达20189平方米，并全部安装了洗浴设备和空调，使农村教师能够“安居”乐业。

三是提高农村教师职称岗位的设置比例。2016年7月，高唐县在教师分级竞聘上岗工作中，将农村学校中高级岗位比例在规定上限基础上提高了2个百分点，增设农村学校283个中级岗位和12个高级岗位。

四是落实乡村教师的相关待遇。高唐县在全市率先落实农村教职工补贴，提高相关标准。2014年1月，高唐县开始发放农村教师工作补贴。2016年7月，高唐县在全市率先提高农村教师乡镇工作补贴，每月提高140元；同时定期组织为乡村在岗教师查体。

五是加大农村教师的培训力度。为提升农村教师的专业发展空间，高唐县通过组织名师送教下乡、协作区教研、校本研修等活动，通过提高农村教师在远程研修、省培和国培等培训中的参训比例等措施，三年来共培训农村教师1.7万人次，大幅度提升了农村教师的专业素养。

六是建立乡村教师荣誉制度。高唐县积极鼓励和引导社会力量建立专项

---

* 本文原载“聊城教育信息网”(2016-12-14)。

基金，对长期在乡村学校任教的优秀教师给予物质奖励。在评选表彰教育系统先进集体和先进个人等方面向乡村学校倾斜。在名师、名校长、特级教师选拔时，对乡村学校实行计划单列。

茌平综合施策避免孩子成为低头的“向日葵”*

沈庆剑

寒假来临，不少学生沉溺于电子产品，玩手机、看电脑不亦乐乎，加之坐姿不正确，小小年纪导致颈椎类疾病多发。

孩子们成了“低头族”的原因有多种：一是大多数家长自己本身是“低头党”，身传言教不到位。二是孩子们被手机等网络媒体吸引，动画片、游戏开始海量、无限制地扑向他们，而孩童时期的孩子自制力较差，没有较强的自我管理能力。三是孩子们一旦低头迷上了手机，便“静若处子”，不少家长省去了看管孩子的时间，也就不再关注孩子的行为是否正确了。为此，茌平综合施策避免孩子成为低头的“向日葵”：一是倡导家长们以身作则，尽量少玩手机，并要求家长限制孩子玩手机的时间，多增加户外运动时间，培养孩子的兴趣爱好等。二是学校增加做颈椎运动的课间操，改善孩子的颈椎状况。三是开展危害宣传。学校通过主题班会、宣传栏、电子显示屏、讲座等，帮助孩子自己意识到低头玩手机的坏处，鼓励孩子们参加课外活动，多和外界接触，逐渐改掉沉迷手机的坏习惯。

---

* 本文原载“聊城教育信息网”（2017-1-24）。

武训精神与当代义教高端论坛举行*

张　锐

12月5日，武训精神与当代义教高端论坛开幕式在武训先生纪念馆举行。山东大学儒学高等研究院执行副院长王学典、教授颜炳罡，山东师范大学齐鲁文化研究院教授赵卫东，冠县原副县长、武训教育基金会理事长许公绥，冠县教育局党组书记、局长康振标等40余人参加开幕式。

开幕式上，参会代表向武训先生塑像敬献花圈，全体参会人员肃整衣冠，端庄肃立，向武训先生行三鞠躬礼，随后参拜了武训墓园。仪式由颜炳罡主持，王学典、许公绥分别致辞。

随后，在聊城阿尔卡迪亚国际温泉酒店举行了座谈会。会上，许公绥代表山东武训教育基金会作了发言，介绍了武训先生的生平。他指出，武训是中国普及教育的先驱，是义务兴教的楷模，率先开启了行乞积资兴学和免费义务教育的先河，并阐述了武训用自己的青春和热血铸造了“一丐兴学三州县”的武训文化。他表示，回顾武训先生乞讨办学的一生，缅怀他的崇高业绩，追思他的崇高风范，就是要继承他的信念，传承优良传统，高扬先贤旗帜。为了弘扬武训精神，促进教育发展，经山东省民政厅批准，成立了山东省武训教育基金会。基金会的宗旨就是弘扬武训精神，倡导捐资助学，广泛聚集社会力量，促进全省教育事业均衡发展。自基金会成立以来，大力弘扬武训精神，全面光大武训文化，积极组织社会捐赠，广泛开展助教活动，促进了教育事业发展。

座谈会由颜炳罡教授主持。他对能从百忙之中抽身来参加此次论坛的所有专家学者表示感谢。他表示，武训先生三十年如一日的苦做，成功兴办了三处义学，实现了其“不顾亲，不顾故，义学我修好几处”“人生七十古来稀，五十三岁不娶妻。亲戚朋友断个净，临死落个义学症”的理想。在山东，民众甚至直呼武训为“武圣人”。武训办义学，不仅在国内有很高的声誉，而且在国外也有一

* 本文原载“聊城教育信息网”（2017-12-7）。

定的影响。他强调，武训先生能靠乞讨成功筹集三处义学的资金，不仅仅是因为他个人的付出，也是因为当地老百姓支持他，才愿意给他捐钱捐物，也反映出当地老百姓崇文尚学、尊师重教的氛围。他希望，通过本次会议，能让更多的人知道武训、认识武训，传承发扬武训精神，能有更多的有识之士投身于义教之中。

专家们结合自身研究领域，对武训精神与人格风范、武训精神与近现代平民教育、武训精神与当代义教的新开展发表了观点，进行了讨论，充分肯定了武训先生兴办义学的事迹。

高唐送教团按需送教　开展点餐式服务*

刘婷美　罗丙唐　宋延顺

“王环老师的习作讲评课真正做到了以生为本，关注到了每一位学生的感受，学生的潜能也被充分挖掘……孩子们充分展示着自己，课堂上处处充满了精彩。这节展示课也帮助我们打破了如何上好习作讲评课的‘瓶颈’，正是我们现在所需要的。”清平镇第一中心小学叶培伟老师在参加完高唐县“名师按需送教团”送课下乡培训活动后兴奋地和培训老师们谈论着。

12月8日，高唐县组织“名师按需送教团”到清平镇第一中心小学开展送教下乡活动。本次“送教团”成员共8人，由学科教研员、高唐名师和骨干教师组成。参训教师为清平学区小学段语文、英语教师及班主任，主要内容为学科培训和班主任培训。

学科培训中，四位高唐名师围绕清平中心小学的教育教学需求，精心准备培训内容，让参训教师获得了具体的、可操作的教学方法。在班主任培训中，两位骨干班主任分别以“做一名快乐的班主任”“用心做一个独一无二的班主任”为主题，畅谈了班级管理经验。他们以生动详实的案例、简便实用的方法博得了参训教师的阵阵掌声。

为实现城乡师资均衡，提高农村教师的专业水平，使培训更具针对性和实效性，本次培训采取了“按需送教”的形式。送教之前由学校根据本校实际情况提出“送教申请”，写清需要送教的学科、形式及时长，教育局对此进行汇总统计，根据整体情况协调安排。这次“按需送教”活动前进行了充分调研，最大限度地征求了受训教师的需求，因此培训内容针对性、实效性强，取得了良好效果。

为充分发挥高唐县各级名师的辐射带动作用，实现县域内优质教育资源共享，2017～2018学年，高唐县启动了“高唐名师按需送教”活动。高唐县从历届

---

* 本文原载“聊城教育信息网”(2017-12-14)。

"水城名师""高唐名师""教坛新秀"及部分优秀市县教学能手中组建了63人的"按需送教服务团",学科涵盖小学语文、数学、英语3个学科及初中语文、数学、英语、历史、地理、生物、政治、物理、化学9个学科。送教团按同一学段同一学科进行编组,共设21个送教组,根据学校送教需求制定相应的送教方案,对全县45所镇街中小学进行对应送教。

"按需送教"是因校而异开展的私人定制式培训,它打破了之前的"共餐式"培训方式,将送教培训带入到"点餐式"培训时代,使培训更能贴近教学实践一线,受到乡村教师的欢迎。

聊城全力解决“大班额”问题，用心办人民满意教育*

聊城市教育局

2015年9月，山东省政府提出：“解决好城镇普通中小学大班额问题，是全面建成小康社会的内在要求，是加快推进新型城镇化的客观需要，是教育均衡发展的应有之义，也是深化基础教育综合改革的重要基础。各级政府要按照特事特办、综合施策、用好存量、扩大增量的原则，到2017年底前解决大班额问题。”聊城市高度重视，集中力量，迅速启动了为期三年的解决“大班额”问题工作攻坚战。市政府成立了联席会议，制定了工作规划及实施方案，实行周调度、月通报制度，启动了约谈、问责制。市教育局开启“一把手”工程，实行县级领导分包县（市、区）制度，并一一列清学校建设时间路线图，周周调度工作进度。各县（市、区）坚持以“政府主导，部门配合，特事特办，综合施策”为原则，多方筹集资金，平行推进工作，并且将解决“大班额”问题与“全面改薄”、名校办分校和义务教育均衡等工作相结合，取得了阶段性成果。至2017年1月底，我市解决“大班额”问题进展如下：

全市解决“大班额”问题累计完成投资23亿元，占三年总规划的8.58%；全市已开工学校面积164.92万平方米，占总规划的121.91%；全市新建学校共开工49所，占总规划的89.09%；全市新建学校共竣工24所，占总规划的43.63%；改扩建学校共竣工46所，占总规划的74.19%；全市新聘教师6778人，占总规划的86.57%。省科学考核办制定的聊城市2016年度考核标准为47.16%，至2017年1月，聊城市综合完成率已达63.57%。

为做好解决“大班额”问题工作，市委、市政府主要领导和分管领导在多次会议上强调解决“大班额”问题，并召开专题会议对相关问题进行安排部署；市直相关部门相互配合，密切合作，就解决“大班额”问题涉及的“地”“人”“钱”等

---

* 本文原载“中国山东网”（2017-2-27）。

给予专项指导和大力支持;市、县两级教育行政部门上下一心、齐心协力,把解决"大班额"问题作为一项政治任务和民生工程摆在了重要议事日程。聊城市的主要做法是:

在"人"方面,市编办、市人社局、市劳动局、市财政局等部门,尽可能将编制数向教育方向倾斜,又结合教育部门的需要,在满足解决"大班额"问题教师需求的基础上,从评优选优、福利补助等方面支持乡镇、农村的教育发展,推动城乡教师交流,均衡义务教育发展。

在"地"方面,整合市国土部门提出的土地证办理分年限的实施细则,同时大力推广冠县模式,统筹办理县域内所有教育用地的土地手续,做好办理"四证一书"工作,早规划、早建设、早竣工、早验收、早使用,从根本上推进解决"大班额"问题工作进程。

在"钱"方面,聊城市解决"大班额"问题工作一开始在国开、农发两行进行融资贷款,但手续烦琐,进展缓慢,后市财政局筹集了10亿元基础资金,大力推动了聊城市融资贷款进程。同时,全市借鉴茌平经验,又向其他国有银行进行融资贷款,手续简洁,分开申请土地补偿金用贷款和建设用贷款,极大地促进了聊城市融资贷款工作。

经过一年多的努力,聊城市解决"大班额"问题工作已经全面铺开,取得了可喜的成绩。2017年是山东省解决城镇普通中小学"大班额"问题工作的收官之年,根据上级要求,防止"大班额"现象反弹,聊城市又制定了2018～2020年消除"大班额"问题工作规划。解决"大班额"问题是个短期攻坚、长期坚持的常态化战略性工作,也是最庞大的民生工程,从现在到未来,从城市到乡村,受到了中央、省、市各级领导的高度重视。"办好人民满意教育"是"为人民服务"的必要条件,而"解决好城镇普通中小学大班额问题"是"办好人民满意教育,实现教育公平"的必要条件,聊城市扎实推进解决"大班额"问题工作,让全体学生享受到均衡、优质的教育资源,全面发展,开发个人潜力,培养创新精神。

高唐县扎实推进校长职级制改革*

刘婷美　罗丙唐　宋延顺

高唐县采取多项措施,扎实推进中小学校长职级制和去行政化改革。

一是成立领导组织,出台指导文件。高唐县成立了中小学校长职级制改革领导小组,由县政府分管副县长任组长,县编办主任、县教育局局长任副组长,县委组织部、县编办、县财政局、县人社局、县教育局等为成员单位,明确各部门的职责分工。结合本县实际,出台了《中共高唐县委办公室高唐县人民政府办公室关于推进中小学校长职级制改革的实施意见(试行)》。

二是和义务教育学区制度改革一并进行。在校长职级制改革的进程中,兼顾义务教育学区制度改革。高唐县将两项改革合并进行,按照有关规定每个镇(街)设立一个学区,设学区长一人,统筹学区内的小学、初中、幼儿园三个并列事业法人,取消联合校这一专门的管理机构。

三是做好新校长的公开竞聘和组织考察。1 月 22 日,全县 60 余名符合竞聘条件的教育干部进行了答辩演讲,由专业团队组成的第三方机构对选手们进行了评价。同时,纪检和人事部门对参与竞聘人员的档案和违规情况进行审查,防止带病提拔。

四是加强培训,提升新校长的管理组织能力。2 月 6～7 日,高唐县组织 50 余名新任校长到聊城大学教育科学学院进行培训,进一步提高其领导管理能力。

---

* 本文原载"聊城教育信息网"(2017-2-8)。

后　记

党的十八大以来，以习近平同志为核心的党中央高度重视教育事业，把教育摆在优先发展的战略位置，将公平和质量作为主要追求。中国教育正在奋力书写让人民满意、让人人出彩的优秀答卷。

2013～2018年，聊城教育事业活力四射、激情澎湃、朝气蓬勃、成就卓著，在各个层面都取得了前所未有的骄人成绩。2014年，聊城教育系统力推“321”工作思路，凝聚起积极向上的力量，形成聚精会神抓教育、一心一意谋发展的大好局面，为推动全市跨越赶超提供了智力、人才、社会发展的保障。2015年，是教育教学质量全面提升年。聊城市大力改善办学条件，加强教师队伍建设，以立德树人为根本，推进改革创新，掀起教学革命，在“促进教育公平”和“提高教育质量”上实现了历史性新突破。2016年，聊城市重点实施了“七大”民生工程，在幼儿园标准化建设、加大义务教育均衡县创建力度、推动“全面改薄”工作、名校办分校、解决“大班额”问题、聊城一中新校建设等方面取得了长足进展，描绘了一幅幅旧貌换新颜的崭新画卷。2017年，是聊城教育里程碑式的一年：解决了城镇中小学“大班额”问题，提前完成“改薄”工作，全国义务教育均衡县验收一次通过……

为了充分展现聊城教育五年来砥砺奋进、勇于担当、打破常规、跨越发展的卓越成就，聚焦在聊城市教育局党组“321”工作思路践行中取得的骄人业绩，高举习近平新时代中国特色社会主义教育思想的伟大旗帜，推动聊城教育事业进一步宏大格局、抢抓机遇、革故鼎新、彰显魅力，使聊城教育的蓝天更加晴朗，事业更加蓬勃，聊城市教育局隆重推出系列丛书《聊城教育大写意》。

丛书共分四卷：第一卷为《雄关漫道真如铁——媒体上的聊城教育》，收录的是自2013年夏至2018年春近五年间在中央级、省级报刊和山东省教育厅等官方网站上公开发表的各种宣传、介绍聊城城乡教育发展的通讯、报道、报告文学、论文等；第二卷为《敢教日月换新天——“321”教育思路构建和践行中的聊城教育》，收录的是《聊城教育》《聊城日报》《聊城晚报》、聊城教育信息网上发表的关于教育改革、学校管理、践行“321”教育思路优秀案例及举办的各种活动的文章和通讯；第三卷为《直挂云帆济沧海——教改、课改、学改背景下的聊城教育》，收录的是奋斗在学校管理第一线、教学第一线、班主任第一线的先模人物的感人事迹以及发表的课改、教改、学改的论文、经验介绍等，大力弘扬聊城教育人的教改情怀、教改精神、教改成就，展示“课堂革命”的有益探索和尝试；第四卷为《无限风光在险峰——情怀、情结、情境下的聊城教育》，收录的是《聊城教育》意蕴丰厚、优美隽永的刊首语，广大教育人悟性高远、见解独到的读书心得，以随笔、散文、小说、诗词歌赋等形式抒发教育情怀、书写教育情结、铺陈教育情境、记录心灵脉动的文学作品。

《聊城教育大写意》系列丛书的编辑出版是聊城教育事业欣欣向荣、蒸蒸日上的一大硕果，更是聊城教育宣传工作的空前盛事。丛书记录了聊城教育改革、发展、创新、腾飞的历史进程，再现了全市教育系统的干部、教师辛勤耕耘的铿锵步履，展现了聊城教育人争先创优的飒爽英姿，彰显出高亢盎然的从教新风，将对引导广大教师和教育管理干部走教育、教学、学校管理与科学研究相结合的道路，推进教师专业化发展、教师队伍建设、教育教学改革产生深远影响。丛书还承担着鉴知往来、服务现实、保存史料、惠及后代的历史使命，让更多人感受到教育的强大威力，感受到教育的情愫和温度，有利于人们更好地了解聊城教育、关心聊城教育、支持聊城教育，有利于深化教育改革、激发教育正能量，更好地凝聚共识、焕发活力，开辟教育事业新天地。

《聊城教育大写意》系列丛书编辑时间短、征稿范围不够全面，肯定有些发表在重要报刊上的文章或尚在作者手中的优秀稿件未能收入，甚至存在疏漏和不足之处，敬请读者谅解。

哈宝泉
2018年4月